盜墓筆記之南部檔案

作者
南派三叔

張家檔案館系列

盜墓筆記

盗墓筆記 南部檔案

目錄

第一案 盤花海礁案

第二案　南疆百樂案

第一案

盤花海礁案

第一章　南洋檔案館的由來

盤花海礁案在一九〇六年轟動一時，當時在南洋的人都瞭解這個案子。

一九〇六年整一年，在廈門到麻六甲這條航線上，一共發生了二十七起船隻失蹤案，其中有十二起為百人以上的客輪，而所有失蹤船隻皆曾經過盤花海礁附近。

這些船隻消失得毫無徵兆，海上天氣良好，沒有船隻殘骸，沒有屍體，沒有貨物，事後也沒有海盜勒索，一切靜默無聲，就像它們完全沒有存在過一樣。人們都說盤花海礁附近有蛟盤踞，在海沙裡吞船食人，使海水渾濁，於是船隊皆避之。

當年的十一月分，海面起霧，麻六甲航線的大部分船隻都已經改道馬嶼，只有少數貨船仍舊穿過盤花海礁。這些船上都帶有龍母祭祀和祭拜的祭品，

此時有多個船員目擊到多起奇怪的現象。大霧之中，有人看到盤花海礁上站滿了人，皆垂頭而立，人數有上千之多，猶如水鬼望鄉，讓人不寒而慄。

為查明真相，南洋海事衙門遂成立南洋檔案館，專查南洋詭事，匯集成卷，又稱南洋卷閥，招募各地水手商販，以通情報消息。而開閥第一大案，就是盤花海礁案。

張海鹽原名張海樓，是第一批進入南洋檔案館的特務。他十六歲受訓，以為自己會進海事巡視，到租界替洋人幹活，沒有想到臨門一腳，被發配到了霹靂州做外派特務。

霹靂州的人念「樓」字時，發出來就是「鹽」的字音，不僅他名字變得鹹溼不說，外號也從「樓鬼」（可能是因為喜歡晝夜顛倒作息）變成「阿檳」。

張海鹽身形挺拔，穿上軍裝後，在廈門是人中龍鳳，而在這裡卻被看成是奇裝異服，猶如市井瘋癲。

和他一起派駐麻六甲的還有同期的張海俠，為了讓張海俠的名字能夠和自己的名字搭配，他給張海俠起了個外號，叫做「張海蝦」。兩人年紀相仿，一起行動，報出名字來腥氣逼人。

兩個人踏上盤花海礁的時候，已經是一九一六年。此時，海風非常大，張海鹽扶正自己的軍帽，跳上礁石的時候，點上了一支菸。巨大的海風把他吐出的煙吹成了一條線，劃過嘴角。

張海蝦在後面跟了上來，還拽了一個漁民，丟在礁石上。

在海上行了兩週時間，張海蝦的皮膚不僅沒有受到任何影響，反而顯得更加年輕英俊，這讓張海鹽有些心生懊惱。此時張海蝦正厭煩地看著張海鹽嘴裡叼著的菸，顯然對於在查案時抽菸的惡習，他是非常不認同的。

「你放心吧，都十年前的事了，若有什麼線索能在這兒留十年，也不是一根菸能破壞的。」

「你的菸。」張海蝦仍舊不依不饒地看著張海鹽嘴裡叼著的菸。「我推薦過一些菸草給你，那些不會讓我那麼討厭，現在這種味道會讓我分心的。」

張海鹽嘆了口氣，只得把菸丟到礁石上

被張海蝦丟在礁石上的漁民，渾身瑟瑟發抖。這人叫陳禮標，是十年前在這片礁盤目擊到水鬼望鄉的船員之一。之所以把他帶回礁石上，是因為這個陳禮標當時喝醉了酒，和同行的另外一個漁民老鄉看到礁石上數千隻鬼望鄉，竟然敢靠近看個究竟。

陳禮標喝得少些，靠得近了，酒就醒了。而他的老鄉卻上了礁石，最後大霧退去，人鬼一起消失，那老鄉再也沒有出現過。

據他所說，靠近礁石之時，就能看到那些水鬼臨水而立，臉色鐵青，身上全都是鹽痂。但大霧散去之後，這些水鬼便完全消失了。

陳禮標回國之後，通報了南洋檔案館，他是唯一一個在案發時候靠近過盤花海礁而活著的人。十年之後，張海鹽他們能找到的目擊證人也只有他了。公事公辦，張海鹽帶上證人，坐上海事駁船，無視船老大的抗議，就來了盤花礁。

張海鹽看著陳禮標：「鬼呢？」

「都十年了，可能站累了，都走了。」

「你別扯淡，當時我就懷疑你那個老鄉被你殺了，丟海裡了，然後你謊稱是被水鬼帶走。你如今的嘴臉，越來越像一個殺人犯。要不就地槍斃了，我回去銷案。」

陳禮標看著張海鹽，心生恐懼，立即搖頭。

「不想死就把水鬼叫出來！」張海鹽罵道。

雖然已經近黃昏了，但礁石上能見度還是非常高的，不僅沒有水鬼，可以說，什麼都沒有。

陳禮標渾身發抖，顯然對這塊礁石非常恐懼，他四顧再三，輕聲說道：「我上次來，是在大霧裡看到的，霧氣一退就什麼都沒了。」

「霧氣？什麼時候起霧？」

「太陽下山之前，風會停，然後起大霧，然後大概到半夜，風會再起來，霧氣會被吹散。我們上次就是在這個時候，看到水鬼的。」

張海鹽看了看手錶，離太陽下山大概還有半個小時。這塊錶是南洋檔案館的標配，每個海事人員都會分到一塊，上面有寄居蟹的圖案，在這個年代，這手錶可謂是價值連城。只不過他的是藍色的，而張海蝦的是白色的。

張海鹽看了張海蝦一眼，對方已經在仔細地檢查礁石的縫隙，沒有理會這一邊。

陳禮標渾身冒冷汗，神情非常焦慮，他看了幾眼張海鹽，又去看西下的太陽、四周的海，顯然十分害怕。

如此來回看了十幾遍，張海鹽有些不耐煩了，他揮了揮手，陳禮標飛一樣地逃回到送他們來的海事駁船上，還不忘說：「謝謝長官饒命！」

陳禮標跳到船上的時候船老大還在罵，隨即船老大就喊張海鹽：「長官，你們要在礁石上待到什麼時候？」

「怎麼，船老大你也害怕？」

「長官，我們更怕你啊，你要是行行好，就讓我們的船往外開個三百步，你們要回去的時候，再叫我們過來。你要是不肯，我們就在這裡，但這礁石，我們是萬萬不上去的。」

張海鹽失笑，自南洋檔案館成立以來，他遇到過的匪夷所思之事，比如降頭、小鬼，沒有一千也有八百了，大部分都是人為的詭計，萬種奇情鬼魅都歸於人心。

他不相信盤花海礁上發生的事情，能逃出這個規律。

「你們把酒和飯囊拋上來，之後就隨你們，但如果我發煙之後你們半炷香的時間趕不到，麻六甲你們就不用混了。」

張海鹽話沒說完，船老大已經把酒和飯囊全部拋到了礁石上。等張海鹽過去撿起來，他們已經快速離開了礁盤。

沒有船，礁盤四周一下沒有了和陸地的聯繫，張海鹽忽然發現自己被困在一個四面環海的孤島上。遠處海水茫茫，人在孤島上，有絕技也沒什麼屁用。人類面對自然，就是如此的渺小。

海浪打來，張海鹽忽然有些站立不穩，立即轉移視線，發現自己的雙腳還是穩的，只是海浪轉動，他竟然有了礁石在轉動的錯覺。

他打開酒喝了一口，就聽到張海蝦在遠處喊：「你可否到下風口？」張海鹽心中暗自罵了一句，轉到一塊礁石後面坐了下來，等霧來。

他和張海蝦已經合作了很久，知道他的脾氣。張海蝦的鼻子非常敏感，而張海鹽菸酒俱下，這對張海蝦來說是一種折磨。很多時候，張海蝦都恨不得替他洗澡，把他身上的多種味道洗乾淨。平日裡他只要坐在下風口，兩個人就能和平相處。

果然張海蝦不再煩他，他看著遠處慢慢沒入海平面的太陽。臨近海平面有很厚的雲層，慢慢地，太陽的光芒收斂成一輪紅日，藏入雲後，天邊出現火燒雲，而海風也緩緩地停歇了下來。

他還是想念廈門的點點滴滴。自己多少年沒有回去了，想起當年離開大陸來麻六甲之前，自己的師傅，自己叫乾娘的那個女人，問他是否能夠一個人在麻六甲生活三十年，自己滿不在乎地答應。如今想來太過幼稚了。三十年，他當時實在太小，無法理解三十年對於一個人來說意味著什麼。

一個人飄零在外土，自己就算受了足夠的訓練，也能和當地人相處融洽，卻總不能完全安下心來，終歸有一種奇怪的情愫，覺得自己不屬於這裡。如果不是張海蝦陪著他，那麼多年，他恐怕早就逃回去了。

他已經有點忘記乾娘當時說了什麼話，他只記得張海蝦非不讓他答應。但當時他只知道乾娘對他恩重如山，讓他做什麼，他就要去做什麼。他點頭之後，乾娘給了他一張紙，他就在那張紙上畫了一個圈。之後乾娘如釋重負，摸了摸他的腦袋，聽戲去了。

第二天他就被送上了去南洋的船，一路顛簸去了霹靂州。上船之後，才發現張海蝦也在。一問，原來張海蝦知道他畫了圈，急得掉了一大把頭髮。

張海蝦性格古怪，沒有什麼朋友，張海鹽算是他唯一的朋友了，跟好朋友要分別三十年之久，他無法接受，最後沒辦法，也畫了圈跟了過來。當時自己還挺開心的，覺得張海蝦講義氣，現在算是明白了，張海蝦這已經不是講義氣，這是陪著下地獄了。

兩個人在去麻六甲的船上，張海蝦氣鼓鼓的，一直沒有和張海鹽說話。這矛盾導致一直到現在兩個人也不對付，當時年紀還小根本不在意，長了幾歲，他才明白三十年意味著什麼，才懂為什麼張海蝦不讓他答應畫押。

那張狗日的白紙，是一張賣身契！如果違反了，回廈門是要坐大牢的。

正想著，面前的海慢慢模糊起來。張海鹽吸了口空氣，空氣黏稠帶著鹹味，這是霧氣要起來了。

他站了起來，喝了一口酒，扶正了軍帽。天色已經晚了，天邊的太陽只有一絲線了。他打起風燈，回頭的時候，發現從海上飄過來一大團霧，瞬間把盤花海礁淹沒。

張海蝦一下被裹入濃霧中看不清楚，張海鹽朝他走過去。他舉高風燈，對張海蝦道：「別找了，起霧了，我們得待在一起。」

正說著，忽然他就看到，前面的霧氣中，本來只有一個張海蝦的影子，現在一下子出現了幾十個影子，全部垂頭站立，猶如鬼魅一般。

張海鹽瞇起眼睛，愣了一下，結果霧氣中的影子越來越多，很快在他身邊圍了一圈。濃霧中看不清楚，只看到密密麻麻的人影，將他團團圍住。

第二章　霧隱醃人

人在目視困難的情況下，對於人形的東西，有著本能的恐懼。更何況，張海鹽能清晰地分辨出這些影子的姿態，和活人不同。

所有的影子全都垂下腦袋，但是身體站得筆直。只要是人都知道，活人保持這樣的動作會十分辛苦，而且，這些影子幾乎一動不動，猶如殭屍一樣。

「海蝦，你在嗎？」張海鹽對著濃霧中喊道。剛才濃霧湧過來的一剎那，他心中隱隱有一絲擔心，如果真的是鬼魅作祟，張海蝦這種南洋第一人間凶器恐怕也無能為力。

「在。」濃霧中的回答很淡定。

張海鹽鬆了口氣，問：「你怎麼看？」

「全是屍臭味。」張海蝦在濃霧中說道：「看樣子確實不是活人。」

「我們要不要先會個合什麼的？」

「你是害怕了嗎？」

「不是，你能不能不要抬槓。」張海鹽環視了一圈，人影並不靠近他，天色卻越來越暗，密密麻麻的影子令人毛骨悚然。他舉起風燈，燈光劈開霧氣。他沒有猶豫，逕直朝最近的那個人影走去。

靠近之後，那個人影逐漸地清晰起來，確實是一個站立的人，但那個人站立的姿勢非常古怪。

張海鹽在南洋看到過很多處理過的屍體，屍體在處理的過程中肌肉僵化程度不一樣，就會出現詭異的動作，比如說手腕外翻，腦袋橫著垂在胸口，或者上半身和下半身過度扭曲，這具屍體就是這樣的情況。屍體的嘴巴張得非常大，似乎已經脫臼。

整具屍體身上全是白色的鹽痂。

「醃過了。」張海鹽喊：「這就是一堆火腿。」嘴上這麼說，心裡卻嘀咕：我操，難道這十多年來，礁石上有人一直在醃人玩？

他突然愣了一下，覺得屍體哪裡不對，將風燈靠近，立即發現眼前站著的屍體，竟然是陳禮標！

只呆了半秒，他心裡咯噔了一下：糟了！船！

陳禮標剛才在船上，船已經離開礁石一段距離了，現在，他忽然出現在礁石上還被人醃了，說明他們的船肯定出事了。

「蝦仔，我們的船出事了！」

在孤島上失去船，他們都知道意味著什麼。

「沒事，斷後路這種事情，只有人幹得出來。既然不是鬧鬼，就是人幹的，那附近肯定還有船。」張海蝦在濃霧中說道。他悠閒地從一邊的濃霧中走出來，穿過那些鬼影，回到張海鹽身邊，連風燈都沒有點。

「我是有點擔心船老大，上有老下有小的。」

「看這情況，他們是想嚇唬我們，讓我們把鬧鬼的事情繼續傳播出去。所以，他們肯定有辦法讓我們回去。」張海蝦說道。

「出來！」張海鹽對著四周的濃霧喊道。

沒有回音。

張海蝦盯著濃霧。霧氣越來越濃，那些鬼影變得更加飄忽不定，一會兒出現一會兒消失。

張海鹽繼續道：「我是南洋海事督辦張海鹽，你們在這裡裝神弄鬼，我要把你們全部查辦。三分鐘內投降的話，我們只辦頭犯，三分鐘一過，全部就地正法！」

說完，張海鹽看了看手錶，開始解開領口的扣子。

張海蝦也活動了一下脖子。

時間剛過去三秒，張海鹽就放下風燈開始往前走。張海蝦道：「三分鐘還沒到呢！」

張海鹽扶正軍帽，樂道：「我的話你也信？趕緊的，趁他們考慮的時候去耍他們！」

體。

兩個人迅速進入濃霧，貓腰躡手躡腳地前進，很快，他們就看到了船老大的屍體。

張海鹽嘆了口氣，沒有靠近。所有的屍體都是被醃製過的，有些屍體已經高度脫水。

張海鹽用唇語對張海蝦說：「他們像是十年前在這裡失蹤的乘客，現在已經變成臘肉了。」話沒說完，兩個人都感覺到不對。轉頭，發現確實有東西在走動。不假思索，張海鹽翻動舌頭，對著濃霧吐出三道寒光。寒光射出的同時，他已經貓腰衝了過去。

第三章　前往海上

張海鹽嘴巴裡藏有刀片，是很多人都知道的事情，但刀片平時藏在哪裡，他是如何能夠強勁地射出傷人，甚至能打穿三層鐵皮，就誰也不知道了。按張海鹽後來的說法，舌頭和口腔的肌肉鍛鍊十分關鍵，特別是掌握了把口腔吸成真空的竅門。

他之所以特別喜歡用這種方式傷人，是因為他看著別人的時候，嘴巴幾乎同時也會對著那個人。

玩吹箭和射箭的人都知道，用嘴瞄準是非常準確的，射箭的時候箭羽一定是貼著嘴巴，而且轉頭看人時嘴巴的動作也是別人極難警覺的。所以張海鹽早先出擊，看人人就倒；此次也是一樣，他看向那個方向的同時，寒光已經勁射而出。而他的習慣，一定不會等獵物中招，獵物不管是否躲避成功，他的人一定已經逼到身前。

張海鹽的動作已經算快了，但是到的時候張海蝦已經到了，他都沒有感覺到張海蝦是如何跟上的。結果卻發現這個區域什麼都沒有，張海鹽在地上找到了打入礁石的兩枚刀片，拔了下來，塞回嘴裡，心裡卻奇怪第三片在哪裡。

張海蝦動了動鼻子蹲下來，劃亮火柴，就看到礁石上有血跡。

「中了。」張海鹽興奮起來。

「果然是人。」張海蝦非常失望，長嘆一聲。

他們受訓的內容都很嚴苛艱深，大多數的內容，感覺都不是用來對付人的，但到了南洋，連個粽子都見不到，更別說妖魔鬼怪了。每次出外勤，兩個人都希望能遇到真正的大事，張海鹽是無聊，而張海蝦是希望立功被調回去。但這麼多年，他們返回的卷宗都是以「謠言」結案。

此時，不知道是否是他們的動作太快，讓對方亂了陣腳，他們都聽到濃霧中開始傳來各式各樣的聲音。兩個人站了起來，就看到濃霧中的人影，開始一個接一個地消失，速度之快，真的猶如鬼魅一樣。

不過幾秒鐘時間，所有人的影子都退入霧氣的深處，消失不見了。「搞什麼？」張海鹽瞇起眼睛，感到有海風吹來，霧氣開始消散。

他們趕緊去追，發現霧氣中所有的屍體都不翼而飛。海風在他們尋找的時候變大，肉眼都能看到霧氣開始移動，幾分鐘之後，霧氣全部被吹散，礁石上猶如什麼都沒有發生過一樣，乾乾淨淨。

天上一輪明月，海風漸起，浪又開始打到礁石上。遠處海面上波光粼粼，沒有看到任何船隻，也不見有任何人。

張海鹽去看他們的船離開的方向，也是什麼都沒有。船確實不見了！如果不是血跡，剛才的一切似乎完全沒有發生過。

「這裝神弄鬼還滿良心的。」張海鹽喃喃道。

張海蝦回到血跡邊上，蹲下來。

「這是魔術。」

「人藏去哪裡了？這血能讓你找到嗎？」如果是魔術的話，這些屍體應該都還在礁石上，只是被藏起來了。但他們剛才那麼仔細地找，都沒有發現暗門一類的東西。

「血不是特別好的氣味標的物，傳播距離不夠遠。」張海蝦轉頭，聞了聞空氣，這裡海風很大，很多氣味會被快速吹散，但他忽然看向一個位置，那是張海鹽丟的菸頭所在之處。兩個人過去，發現菸頭被踩扁了。

「有人踩到了這個菸頭。」張海鹽撿起菸頭。「這菸頭裡我放了沉香，味很大，只要經過這兒，就會沾上味道，這味道穿透力遠，你肯定能聞到。」說著遞到張海蝦的鼻子下面。「乖，聞一下。」

張海蝦沒好氣地接過菸頭，聞了聞，然後丟到一邊，閉上眼睛去嗅空氣，嗅了一會兒，睜開眼：「不行，你嘴巴裡菸酒味太臭了。」

張海鹽哭笑不得：「和你一起混，擦屁股都得擦三遍，少擦一遍你都知道，放個屁就是死罪。人生太艱難了，你不如找個地方把鼻子撞爛得了，免得我們互相折磨。」說著退開去。

張海蝦不去理會，再次閉上眼睛，感覺了一會兒，然後看向一邊的海面。那是礁石邊緣，前面就是黑色的大海，月光下猶如翻滾的黑曜石。張海蝦指了指前方：「在海上。」

海浪非常大，目力所及之處看不到任何船。

「你是說，這些人把屍體快速地運到了海上？然後遠離了礁石？什麼船，速度能這麼快？」

「可能不是船，是其他東西。想知道的話，就去看看。」張海蝦看著海面遠處的黑暗。「那兒肯定有東西。」

一個大浪打在礁石上，對於普通人來說，這時候跳入海中等於自殺。但是這兩個人對視了一眼，非常默契地脫掉了軍裝，一起跳入了大海中，朝前游去。

第四章　不吉利的味道

水性是南洋檔案館挑選學員首要考察的，人天生就分親水和恐水的。張海鹽和張海蝦在水中心跳會放緩，比在岸上更加舒適，所以名字裡才帶了「海」字，予以區分。

在南洋海事衙門，帶「海」字的人中飯會多一些醃肉，饅頭也可以多一個，還是十分讓人羨慕的。

兩個人在水中猶如魚一樣，每一次入水再探頭，已經前進了十幾公尺，從動作上看不出一絲辛苦。

只有兩人自己知道，這水性是怎麼練出來的。在廈門鼓浪嶼西邊的礁石上，有一個坑洞，二、三十公尺寬，深不見底。潮水來的時候，坑洞被海平面吞沒，退潮之後則會變成一個深潭，深潭和大海並不相通，每天魚蝦都靠漲潮退潮來往。

張海鹽記得深潭中最多的就是螃蟹，抓都抓不完。當時乾娘會從海裡釣上一尾鯛來，丟入退潮的深潭中，讓他們幾個徒手抓上來，誰抓到了晚上就能和乾娘一起睡一張床。

鯛這種東西，哪裡是能用手去抓的？

八個月之後，這些孩子的肩膀和腹肌都如同被刀劈出來的一樣。當然鯛是從來沒有抓到過，那些鯛每每都是被驚嚇而死的。

張海鹽至今還記得最清楚的是，碧海藍天，一行小鬼慢慢長成大人，站在那個深潭邊上，已經不再咳聲嘆氣，想著鯛沒有被抓住。這些歲月如此美好，讓人懷念，也讓他如今能在大海的波浪中猶如魚一樣往前。

很快，他們已經看不見盤花海礁，四面都是大海，浪變得更大。張海蝦浮出水面，每次修正方向後，便毫不猶豫地繼續往前。游了有四、五千公尺，他們果然看到了海上的燈光。

燈光是青色的，這是海盜偷襲時用的燈，是用雞蛋清腐爛之後晒乾混油做的燈油，遠看的時候和月光在海中的反光很像，不容易被人察覺。

兩個人緩緩地靠近，發現那是一艘很大的鐵皮客輪，而且還不只一艘。目力能看到的大小船隻，有四、五艘大的，十幾艘小的，全被鐵鎖鎖在一起，形成了一個船陣。

這些船都已經十分老舊，上面全是藤壺、海鏽，顯然疏於保養。依稀能看到離他們最近的那一艘船上，寫著茹昇號。

張海鹽記得，那是十年前失蹤的客輪中的一艘，當時有兩百多名乘客跟著這艘船一起消失了。

船陣四周有十幾根錨纜拋在海裡，這裡的浪不大，張海鹽知道，這說明海底淺，他們身下的水底有礁石。

兩個人攀著纜繩出水，倒掛在一條錨纜上，已經聽到船上有人說話。兩人爬到船舷外踩著錨纜探頭查探，首先看到在船的高處客艙的頂上，有四、五個守衛，身上帶著步槍，竟然都穿著軍裝。

船上各處傳來雜話，他們凝神靜氣去聽。

「怎麼是桂西口音？」張海蝦道。桂西有很多軍閥派別，你吞我我吞你，打都打不清楚。他們是聽說過有軍閥操縱漁船從北部灣出海做海盜打劫收攏軍餉，但這裡離北部灣也太遠了，桂西軍閥到厤六甲來做什麼？

兩個人又凝神聽了一會兒，廣西話他們也聽不太懂，但是確定了，這些當兵的肯定是軍閥所屬的。

張海鹽看這些人的步槍，都是德國造的毛瑟步槍，不是漢陽造八八式步槍，這在軍閥裡已經屬於大手筆，說明這些士兵的等級非常高。再仔細觀瞧，還能看到士兵身上別著一種德國造的手槍。張海鹽曾在任務中接手過這種手槍的進口，有十二把從厤六甲運回廈門，給南洋海事衙門的長官們用，他知道這種手槍的威力。

「桂西軍閥到厤六甲來當海盜，會不會是被打敗的軍閥殘部為了討生活，在海上劫船準備東山再起？」張海蝦問道。

張海鹽仔細觀瞧這個船陣，心說船都是十年前劫的，如今還在這裡，當年劫船已經是一場奇案，再把劫船連成船陣，經營十年，更是奇上加奇。

在國際航線上把案子隱藏十年仍舊在案發現場混的，這種大手筆，背後老闆怎麼樣也應該是個陰謀家了！

有這種能力的人怎麼可能是敗軍之寇！再看這個船陣，鐵鎖連環十分合理，崗哨分布清晰嚴密。十年了，茹昇號頂部的哨兵都沒有半絲懈怠，這裡的將領也必然不是普通人。

張海鹽對張海蝦道：「你看這船陣，中間是空的，是一個空心的四方形，似乎圍著什麼東西。」

兩個人上船，張海鹽縮在陰影中，抬頭看頂上的哨兵。哨崗的位置設計得很好，甲板被分布合理的十六盞燈照得清清楚楚，根本沒法通過。

張海鹽凝神靜氣，深吸一口氣，「突突突」吐出三道寒光，直接打滅了三盞青燈。守衛被忽然熄滅的燈光吸引，就在那個瞬間，兩人直接衝刺，打著滾滾過了甲板，來到了客輪靠裡的那一面，重新縮入一處陰影中。

他們背後就是另一邊的船舷，船舷就是整個船陣遮掩圍住的區域，能看到船舷外的燈光更加密集，果然有東西。

兩人偷偷探頭，就發現船陣的中央圍著一塊礁石，礁石上有一個巨大的洞，四周全都是開礦的設備和腳手架。這個洞似乎是人為挖出來的，已經挖得很深了。

這些當兵的，在這片海域用這麼多船圍住了一塊礁石，然後在礁石上挖了一個洞。

除了當兵的，還能看到很多沒穿軍裝的人在礁石上幹活，手腳都戴著鐐銬，張海蝦捂住了鼻子。

張海鹽問：「你聞到什麼了？」

張海蝦道：「那個洞裡，有一種說不出來的味道，聞上去很不吉利。」

第五章　南海瘟疫船

張海鹽再度探頭，沒有看到更多的資訊，他靠回到陰影裡，奇怪道：「這礁石下面有什麼？」

「你說，這十年來，他們是單挖這一塊礁石，還是把這裡的礁石都挖了一遍？」張海蝦問道。

張海鹽點頭，他知道海蝦的意思，但礁石下面能有什麼？礁石就是海底大山的山頂被珊瑚礁包裹形成的結構。他們挖遍這裡的礁石，難道說礁石中有什麼特殊的礦產，或者說陳年的珊瑚礁中包裹了什麼珍貴的寶物？

「下去看看？」

「下不去，你看這些崗哨成環形結構，沒有死角，照明也非常足。」張海鹽道，心中卻想：不知道這些工人是不是十年前的乘客，在這裡被劫持當了十年勞工也夠慘的。「老規矩，抓個人問問。」

兩個人四處觀瞧，這種蒸汽客輪甲板上只有一個船塔，上面有兩個巨大的煙囪，主要的上層建築布置在船體中部；上層建築和船艄樓、尾甲板之間布置貨艙。

船艄柱筆直，水線下內收，典型的北大西洋艄。

哨塔就在上層建築的頂部，有七、八個崗哨圍繞兩個大煙囪，繩索掛下來，連在船舷上，有上百條，上面隔三、四公尺掛著一個青光風燈。甲板上很乾淨，不見任何人。

船艙和船艄還有上層建築的窗戶都是暗的，似乎裡面並沒有人，但張海蝦搖頭。「船艙裡有人生活的味道。裡面肯定有人。」

「你又聞到人上廁所了？」張海鹽憐憫地看著張海蝦。

張海蝦沒好氣，一字一句道：「我聞到了酒味。」說完張海蝦指了指一邊，正好船艄樓裡有人出來檢查被打滅的燈，證實了他的說法。但船艄樓離他們還挺遠的，竄過去很容易被發現。

從船艄樓裡出來的人，都穿著軍裝，他們看了看地上的碎燈玻璃，和上面的崗哨用桂西方言交流，神情很是疑惑。這些人也是中國人，中國人和馬來人，從來都是中國人難對付一點。越靠近本土的中國人，越難對付。

不過，這一次張海鹽算是聽懂了幾句，說的是剛才在那邊礁石上遇到了兩個身手不簡單的人，現在出現了異樣的情況，可能是那兩個人的緣故。

說完哨兵們點點頭，全部端起了槍，對準甲板。甲板上也出現了士兵，手槍全部上膛，開始四處檢查起來。

張海蝦看了看張海鹽，面有慍色，顯然對於張海鹽剛才莽撞處理那些燈有意見。

張海鹽在黑暗中聽著逐漸靠近的腳步聲，兩個雖然身手驚人，但是手上沒槍，他也知道自己在那種自動手槍下絕對沒有還手的機會。

心念轉動，張海鹽迅速抬頭，對準中間礁石坑洞處的青光燈吐出一枚刀片，寒光精準，一盞青光風燈被打碎，火星、玻璃落了一地，下面立即騷動起來。

張海鹽這個人最大的特點，是在人之常情中作文章，他做事絕對不周到，但「人之常情」是：有事總要多想一步，他不，他就生存在你多想一步的那二十秒裡，那是他的絕對領域。

下面的礁石比船要重要，如果礁石上的燈被打碎了，說明可能有人已經潛到礁石上了，所有人都會緊張起來，出現二十秒的認知緩衝時間。

二十秒足夠了。

守衛和搜查的人全部看向礁石。張海鹽抓住張海蝦的手，貼著地面，用了一個人類極難做到的動作，將張海蝦甩了出去。張海蝦落地的一瞬間，直接手一撐，貼著地面滑入了船艏的門裡。

接著，張海鹽也滾了出去。兩個人的動作畢竟太大了，樓上一個哨兵幾乎就要轉頭看到了。張海鹽猛吐出一枚刀片，刀片貼著甲板滑著打進甲板上一個人的鞋裡。那人「哎呀」一聲，那哨兵將轉未轉的頭被叫聲吸引了一下，在那一瞬間，張海鹽就滑進了船艏樓裡。

張海蝦接住他，說：「他們一分鐘內就會發現我們。」

「一分鐘還不夠？」

船艄樓是一個值班房間，有樓梯在房間中間，可以下到下面的艙區。下面是貨艙，兩人一下去，就看到了無數站著的醃製屍體，屍體上是厚厚的一層鹽疙瘩，足有上百具，非常壯觀駭人。屍體形態各異，男女老少都有，眼球都因為脫水萎縮不見，臉上的窟窿望著地面，令人毛骨悚然。

貨艙中沒有燈，所有的窗戶，都從裡面被糊上了，外面的燈光也透不進來。整個艙，只有一個光源，在艙的最深處。中間有一個隔斷，隔斷上有一個艙門，門開著，裡面點著暖色的燈，燈光非常亮，顯得非常暖和。

兩個人走入屍體堆中，往前探去，就看到貨艙盡頭的隔斷裡面，有一個穿著明顯不同的軍裝且有軍銜的人，他戴著口罩和手套，正在往一具屍體裡注射什麼東西。

張海蝦捂住張海鹽的嘴巴，用脣語說：「味道很刺鼻，不知道是什麼藥水。他在幹什麼？」

張海鹽推開張海蝦的手，用脣語回答：「直接問他。」說完剛想往前，就聽到有電話響，那個軍官接起來，拉掉口罩，人非常年輕英俊。他聽了一會兒電話，用官話對電話道：「以這裡離盤花海礁的距離，游是游不過來的，如果能游過來，那肯定是張啟山的人。把衝鋒槍拿出來，如果是張啟山的人，你們這麼找是找不到的。」看樣子這電話是甲板上的人打下來的。

張啟山？

張海鹽愣了一下，但沒有遲疑，打電話的瞬間是人沒有防備之時。他一下發力，衝入隔斷之內，剛想控制住軍官，幾乎是同時，軍官猛地轉頭拔出了手槍，對準他的頭「砰」就是一槍。張海鹽反應奇快，偏頭躲過子彈。

灼熱的子彈劃過他的臉，讓張海鹽冒了一身冷汗。

這冷汗不是因為子彈，而是那軍官的動作毫不遲疑，早有準備，顯然早就在等他進攻。他輕敵了。他多久沒有輕敵了？他自己都不知道。那一瞬間，自己輕敵的心態讓他生出巨大的恐懼。

這恐懼不是來自於敵人，而是來自於乾娘對他的教導。他的乾娘，對於輕敵這件事情，是會給予最可怕的懲罰的。對於他們來說，輕敵，是絕對不允許犯的錯誤。但他離開了十年之後，竟然還是忘了。

幾乎是條件反射，張海鹽躲子彈的時候，嘴巴裡的刀片就射了出去。刀片射進軍官的嘴巴裡，直接穿透，從後腦出來，血在後腦炸開，軍官直接被幹翻在地上。

張海鹽知道自己的力道失控了，立馬上前一把扶住軍官的脖子，踢掉他的槍，問：「你們到底是什麼人？」

軍官的嘴巴裡全是血，他痛苦地看著張海鹽，想要掰開他的手。張海鹽說道：「我鬆手你就會死，你告訴我，我幫你縫好傷口，以後就是晚上多上幾趟廁所，其他沒事的。」

軍官的眼神有些發飄，一直看向一邊的一個櫃子，櫃上全是裝有福馬林的瓶子，還有一些抽屜。張海蝦悠閒地走進來，關上門，開始去翻那些抽屜，裡面全都是檔案。

軍官的血流了一地，不停地翻著白眼，似乎快要休克了，張海鹽只好鬆手。

張海蝦從櫃子裡找出一沓東西，翻了翻：「上面的士兵很快就會下來，你最好做一下準備，然後，你看，我知道他們在找什麼了。」他撕下一張紙，給張海鹽看，上面寫著：關於中國南海明朝瘟疫船的研究。

第六章　沉船裡的東西

十五世紀下葉，德國出現了一種船叫做愚人船。各個城市將他們管轄區域內的瘋子，都交給路過的水手，將人集中到一艘船上，在城鎮和城鎮之間流浪。這些瘋子中不乏哲學家和詩人，有時候，水手會航行到城鎮和城鎮之間的曠野上，將他們放逐，於是會出現一群瘋子在曠野上發呆群聚的情況。

再往後就沒有那麼浪漫了，麻瘋病開始大肆傳染之後，麻瘋病人也被送上愚人船，這些病人會被送往孤島，自生自滅。這就是赫赫有名的麻瘋船。

無獨有偶，明朝末年鼠疫橫行，也有人將重病親屬送上東營出海的大船，一共六十七艘，順東海岸一路往南，前往南洋。當時的人都知道，南洋水手出到外海，就可能把這些病人全部丟入海中溺死，但他們仍舊將親屬送上船，因為瘟疫已經蛀空了中國的北方，時間太長了，所有人都希望這災難有結束的一天。

當時流行的瘟疫，從記載來看，應該是鼠疫。因為當時鼠類活動非常詭譎，到處都有記載老鼠銜尾渡江的縣誌和文獻，但也有別名大頭瘟、綠線瘟的各種瘟疫，據說併發的瘟疫多達幾十種。

當時，有人正相談時，忽然搖頭，繼而死亡。眾人四散而去，屍體就在街上腐爛，千百具陳列著，惡臭熏天。

這種從東營出海的大船，就是瘟疫船，船上有上百甚至上千的病人，擠在貨艙內，病死的人就在身邊腐爛，要等幾天才會被丟入海中。但史料有記載，好多艘瘟疫船不僅沒有拋棄病人，而且還真的行駛到了南洋，並且上了岸，其中甚至有人病癒，然後在南洋定居了下來。

這裡的人在挖掘一艘瘟疫船，這就很說得通了。

當時的瘟疫船如果前往南洋，在這裡擱淺沉沒，那麼經過了幾百年，整艘船都會被珊瑚礁包裹起來。

這裡暗礁眾多，如果一塊礁石一塊礁石地去找，確實需要十年時間。而如今看這裡的陣仗，他們應該找到了。

軍官似乎已經死了，張海鹽聽到外面有腳步聲，他在軍官的衣服上擦了擦手上的血，對張海蝦說：「繼續念，找有意思的念。」

說著，他從腰部的皮帶內拔出三根金針來，朝自己的喉嚨扎下去。

金針刺入喉嚨，他咳嗽了幾聲，講話的聲音已經變了。他小聲說了幾句，調整了金針的位置，說話的聲音就變成了剛才軍官的嗓音。

張海蝦繼續道：「你看，這裡引用了古籍，東營一個大夫記錄了這麼一種瘟疫，這種瘟疫是從南方傳過來的，叫做五斗病。五斗病發病，傳染特別快，從發現第一例到死光一個村子，只用了一個月。難不成這裡的人要找到的瘟疫船，上面就有患五斗病的病人？」

張海鹽摸了摸脖子，接過資料，張海蝦就往角落裡一躲，藏了起來。

張海鹽披上軍官的衣服，站到桌子後面，讓屍體遮住他的褲子，然後背對外面。

正好上面的哨兵聽到槍聲過來，問：「副官，怎麼有槍聲？」

「剛才有人混進來，現在已經跑了。」張海鹽背對著外面，似乎在翻動資料，聲音幾乎和那個軍官一模一樣：「讓人全船去搜，我們要加快速度。現在情況怎麼樣？」

進來的哨兵馬上給下面的人使眼色，然後繼續報告：「馬上就要挖到底艙了，現在加倍小心，怕裡面的東西出來。」

張海鹽眼珠轉了轉，心說：東西出來，什麼東西出來？他略微轉頭看了看張海蝦在黑暗中的臉，張海蝦也很有興趣。

張海鹽繼續問哨兵：「我考考你，如果擔心裡面的東西出來，你們應該做什麼準備？」

「您說，讓那些勞工去挖，我們身上只要塗了藥水就沒事了，難道還不夠嗎？這些年死的人，您都是這麼處理的，還用鹽封起來，我們以為這就足夠了。」

張海鹽沒聽懂，但他眼珠一直轉，知道多僵持不好，就揮了揮手。「告訴下面的人，今晚一定要挖通，不管用什麼辦法，張啟山的人已經來了。」

哨兵如釋重負，立即退了出去。

張海鹽翻了翻資料，資料上沒有寫那瘟疫船裡有什麼，心說：奇怪，有東西要出來，這船沉了幾百年了，還有什麼怪物能活在裡面？

第七章　五斗病

想著，張海鹽忽然靈機一動，看著外面的哨兵還沒有走遠，立即把他叫住。

「等一等。」

張海蝦躲在椅角旮旯裡很不舒服，剛想出來，被張海鹽這麼一叫，又縮了回去，繼續藏好。

哨兵走回來，張海鹽假裝擺弄櫃子上的瓶瓶罐罐，仍舊沒有轉身，說道：「有件事情，我沒有告訴你。但我想了一下，現在情況危急，我也不能再隱瞞了。」

「副官您請說。」

「你知道一個叫做張海鹽的人嗎？」張海鹽問道。

哨兵哪裡會知道，搖頭：「屬下不清楚。」黑暗中的張海蝦也皺起了眉頭，不知道他要做什麼。

「這個人隸屬於南洋海事衙門，洋務督辦府下面的南洋檔案館，專門查南洋海路上的奇案，是一個赫赫有名的高手。剛才在盤花海礁上的人，就是他。他是我一生的宿敵，我在他的陰影下，已經生活了很久很久。」

哨兵滿臉問號，遲疑了一下。「哦。」他小心翼翼地回答：「屬下知道了。但，您剛才不是說，那是張啟山的人？」

「我是不想嚇到你們，這個張海鹽，比張啟山要棘手一千倍。我說張啟山，不說張海鹽，是怕你們害怕。」張海鹽壓低了聲音，盡量讓自己不笑出來。他看了看張海蝦，黑暗中的張海蝦朝他翻了一個白眼。

哨兵顯然是更害怕張啟山一點，此時已經完全錯亂。「所以——副官的意思是——」

「把那塊礁石給我炸開，不能耽誤了。就算裡面的東西再厲害，我們今晚也要完成工作，離開這裡！」

哨兵眼神疑惑：「可是——」

「萬事我負責，我百分之一萬確定，張海鹽已經混入我們這裡了，如果今晚無法完成，我們都會死在這裡。」

哨兵只得點頭，很快就退了出去，看起來被訓練得非常好。張海鹽回身關上門，說道：「你看，訓練得太好也有問題，要是你對我這樣，我早踹飛你了，還能讓這種伎倆得逞？」

張海蝦走了出來，幾乎不想和張海鹽說話。張海鹽想了想，拔掉喉嚨裡的金針：「當然，普通人也不至於相信有人的臉皮能厚成這樣，這一點我也承認自己是有天賦的。」

「這裡還有那麼多俘虜，你胡亂下命令，可能會害死所有人。」張海蝦說道。

「這裡戒備森嚴，這些當兵的訓練有素，我們最害怕的自動手槍幾乎全員配備，下面還有幾百個勞工當人質。此時你還想著能全身而退？」張海鹽從褲子口袋裡掏出菸來點上。「現在這種局面我們就是全死無生，不搞出點事情來，我們是沒機會的。」

張海蝦檢查了一下副官剛才處理的屍體。「事情沒有你想得那麼簡單，你覺得船下面有什麼東西被關著？」

「水鬼？巡海夜叉？哪吒？鼇拜？」

「東海龍王叫敖廣。」張海蝦從邊上拿了橡膠手套戴上，又看到一邊的口罩，自己戴上一個，摘了幾個下來放進口袋，才按開桌上屍體的嘴巴。

這是一具骨瘦如柴的女屍，是一個東南亞人，因為長期營養不良，頭髮發黃，眼窩深陷，已經不似人形，身上腳上全都是被礁石上的藤壺劃傷的傷口。

女屍的牙齒完全損壞，上面全是黃斑黑結石，能看到女屍的舌頭被剪掉了，露出了喉嚨，裡面全部塞滿了鹽。

張海蝦聞了一下，臉色沉重：「你最好把你的命令收回來。」

「為什麼？」

「這具女屍應該是十年前船上的乘客，但她不是餓死的，而是病死的。這些鹽和藥水，都是用來消毒的。也就是說，這些勞工會在挖掘過程中得病而死，而這個副官認為這種病是可能會傳染的。」
張海鹽想了想，說：「你是說，瘟疫船裡沒有什麼活著的怪物，瘟疫船裡——」
「有的只是瘟疫。」
是五斗病，蔓延、發病最快的瘟疫。
張海鹽深吸了一口涼氣，一邊立即把金針插回去，一邊去翻一旁的電話簿，對張海蝦道：「幫我抓下電話，我讓他們停手——」
話音未落，外面「轟」的一聲巨響，整個船抖動了一下，所有的瓶瓶罐罐都被震翻在地，屍體被晃得東倒西歪，兩個人扶住女屍才穩了下來。
兩人面面相覷，就聽到甲板上有人喊：「炸通了，炸通了！」無數的腳步聲開始傳來，似乎有無數的人衝過去看。
「完了。」張海鹽猛衝出去，爬上樓梯，上到甲板。甲板上全是人，有勞工也有士兵，頂部哨崗上面的人已經無心放哨，都看向中心的礁石。張海鹽擠到人群中也沒有人注意到他。
中心的礁石爆炸完的熱氣仍在，有勞工正慢慢靠過去，能明顯地感覺到炸開的洞口正在跟外面快速做空氣交換，煙霧被吸入洞內，又被噴射出來。這些煙霧和粉塵，肉眼可見地已經蔓延到了整艘船上。張海鹽覺得眼睛發辣，心生恐懼。很多人開始咳嗽。
張海蝦從背後幫他把口罩戴上，然後把手套遞給他。

「我是不是闖禍了？」

「不，你說得對，橫豎都是死，但現在是收拾殘局的時候了，我們不入地獄，誰入地獄？」他拍了拍手裡的消毒水，腳邊還有三、四桶。「走吧。」

「我知道自己莽撞了，你別多嘴，讓我自己反省反省。」張海鹽扛起一桶來，兩個人擠開人群往裡走去。

張海蝦說道：「你這不算莽撞，你簽賣身契到南洋來才是莽撞，你知道乾娘在要你嗎？」

「乾娘要我是有原因的。」

「乾娘要你是因為你就是夠蠢，她怎麼不要我！」

兩個人來到礁石上，這裡爆炸的熱氣依然灼人，有人開始反應過來，但看著他們扛著消毒水，一副完全不見外的樣子，一時間以為是副官的安排，就都沒有說話。

兩人來到大洞邊緣，張海蝦先把一桶消毒水倒了下去。聽水的聲音，下面倒不是特別深。接著，他們把消毒水抹到自己口罩上，又塗滿全身。

兩個人對視一眼，跳了下去。

第八章　一生的宿敵

在茹昇號的貨艙隔斷裡，滿身是血的軍官忽然抖動了一下，睜開了眼睛。劇烈的疼痛讓他想呻吟，但是稍微一動，他疼得更加厲害。身下的血已經慢慢乾涸，不知道為什麼，他後腦的傷口結了一個很大的血痂。

他爬了起來，打開一個櫃子。櫃門裡面貼著一面鏡子，他想看一看後腦，但發現看不到，用手碰了一下，那是一個駭人的傷口，他知道自己活不成了。

他從窗戶往外看去，正好看到張海鹽走向礁石的中心，帶著消毒水。看著圍觀的人和噴出來的灰塵，他已經知道發生了什麼。想了想，他從櫃子中拿出一只密封的鋼罐來，平靜地朝甲板走去。

甲板上的人都在圍觀，他吹了聲口哨，幾個哨兵都發現他上來了，同時發現他身負重傷。

「副官，你是被張海鹽傷成這樣的嗎？」那個哨兵問道。

副官瞇起眼睛看了看他，哨兵補了一句：「你一生的宿敵？」

副官努力發出聲音：「張海鹽？」他看了看礁石的方向，努力讓自己不倒下。

「把船準備好，我們準備離開。」

哨兵點頭，副官又對邊上的哨兵說：「這裡的人已經全都染病了，你們趕緊去吃抗生素，這些勞工就留在這裡吧，我們來不及處理了。不要驚動他們，找二十個人，帶上衝鋒槍、黃色炸藥，跟我下去拿瘟水。除了我們的船之外，其他的船，全部炸沉。」

有哨兵去拿槍，很快，二十個人出列，他們也下到礁石上，副官此時感覺到後腦的傷口又開始流血了。

我不會辜負你的，一定把東西帶回去給你！他暗暗發誓，咬牙，也不知道是哪裡來的力氣，走路竟然比平時更加迅捷。

所有人看到滿身是血的副官，都分列兩邊。血一滴一滴地滴在他走過的腳印上。一行人很快來到了洞口。

「我下去取瘟水，你們把炸藥布置好。」副官平靜地命令道。

勞工中已經有人看到他們手裡的炸藥，開始往後退去。

同時，張海鹽、張海蝦進入到了瘟疫船殘骸的底部。他們一邊灑消毒水，一邊查探。

這艘船已經完全鈣化了，珊瑚礁從船的破洞中長進來，覆蓋了船的內部，底艙完全變形，但能看到很多的麻袋，懸掛在原來船的梁上。這些麻袋都是當年用來裝屍體的，如今屍體應該都已經腐爛殆盡，有上百具之多。因為外面空氣的快速湧入而氧化，麻袋高速變成黑色。
每個麻袋下面，都有攤黑色的真菌霉絲一樣的東西，其實是屍體腐爛的液體從麻袋上滴落下來造成的。所有的這些東西，都往船的低窪處流去，一路流到中心的一處水潭。
這些黑色墨漬一樣的東西，如同一張巨大的太陽放射圖，而那個水潭就是中心的太陽。
他們來到水潭邊上。張海鹽默默道：「這就是整艘船的精華，所有病死屍體的濃縮液。」
水潭裡的水出奇地清澈，倒映出風燈和他們的樣子。
張海鹽和張海蝦對視了一眼，很有默契地要把消毒水倒入水潭中。忽然後面傳來一陣槍上膛聲，兩個人瞬間閃身滾進黑暗。
轉頭就看到副官帶著一行人，直接對著黑暗無差別掃射。張海鹽立即趴到地上，剛想反擊，另外兩、三把槍同時開火，他一個翻身踩著珊瑚礁，翻上梁，子彈跟著他就掃了上來。
副官已經來到了水潭的邊上，蹲下來，用密封罐裝了一罐屍水，轉身就走。那些手下也不戀戰，瞬間點燃了所有的ＴＮＴ炸藥包，到處亂丟。有幾個專職爆破的，非常熟練地在橫梁的下面、龍骨的關鍵位置，放下了最重的那幾包，點燃後迅速撤離。

張海鹽心說不好，想用刀片去釘滅這些導火線，但舉目望去，足有幾百個火星，只大喊：「蝦仔，走啊！」

兩個人一起衝向出口，剛到出口，就是一梭子子彈打下來，兩個人立即又退了回來。接著就聽到槍聲，是有人打斷了洞外面的腳手架，腳手架瘋狂地落下來，讓他們無法爬上去。身後的導火線依然在滋滋地冒著火星。

「剛才應該補那個傢伙一下的！」張海鹽懊惱地大罵：「失策啊！」

說著他立即轉身，撿起靠近他們的幾個炸藥包，往船的深處丟去，留出了一塊空間，然後抓起幾個麻袋遞給張海蝦。「用這個擋一下，看造化了。」

張海蝦看了看麻袋，搖頭，問：「你想不想回廈門？」

「想啊！」

張海蝦接過麻袋，把麻袋全部背到自己身上作為遮擋，然後把張海鹽頂到角落裡，張開雙臂擋在他外面，說：「那就好。」

「你幹什麼？」

「張海鹽，我不想回廈門，廈門我沒什麼牽掛。你替我回去。」

話音未落，一聲巨響，巨大的氣浪一下把張海蝦壓到了張海鹽身上，張海鹽的頭似乎被猛擊了一下，然後他就什麼都不知道了。

第九章　卷閥歸檔

副官坐在船舷邊，看著礁石爆炸，船一艘一艘地沉進海裡。他死死抱著那個密封罐，身姿挺拔。

因為返航，所有的士兵都很高興，沒有人注意到，副官端坐在那裡，已經悄然死去。

人都有自己的命定之人，相生相剋，無道理可言。完成了任務的他，不知道最後的時候，想的是什麼。

張海鹽從礁石中扒拉碎石，爬到礁石上。四周的船已經都被炸沉了，只剩下幾百個勞工和一方礁石，猶如企鵝一樣擠在一起。

他劇烈地咳嗽，將張海蝦拉了上來，張海蝦已經沒有了任何反應。他的耳朵完全聽不見，耳朵鼻孔中全都是血，只感覺到胸口剛才像被打樁機打過十幾次，估計裡面都已經變成稀爛的西瓜瓤。但他還是撕心裂肺地叫了幾聲張海蝦，叫著叫著，他感到自己手上開始奇癢難耐，翻開衣服，就看到自己身上起了一層血皰。

這不是燒傷的血皰。他轉頭去看其他勞工，勞工們也開始發現身上起血皰，不停抓撓。

張海鹽渾身冰冷，他知道，這是爆炸之後瘟疫散播，迅速開始侵入人體。沒有船和食物，在這麼小的一塊礁石上，未來幾個月，將是真正的人間地獄。瘟疫和饑餓，對於他來說，真的是如影隨形啊。

盤花海礁案結案文檔中，有幾個未解之謎，到現在為止，張海鹽從未透露過細節。

六個月之後，有陳禮標的家人攜漁船來尋找，在礁石上發現了張海鹽和張海蝦，將兩人帶回了麻六甲。沒有第三個人。

除了南洋檔案館卷閥的機密電報，沒有人知道礁石上的其他人去了哪裡。盤花海礁案最後以懸案結案，所謂懸案結案，就是有了結果，但無法公布。單份資料進入南部檔案館地下的檔案室內，其他卷宗全部被銷毀。

為何桂西軍閥要在南洋尋找一艘瘟疫船，取得裡面的五斗病的病源，轉由南部檔案館南疆分部調查，無論是否查到，張海鹽都不會知道後續的任何消息。

三年以後，南洋檔案館。

又近黃昏，張海蝦坐在藤椅上，張海鹽默默地給他洗腳。張海蝦看著海的方向，有很多孩子在沙灘上奔跑。

「你讓我躺著就行了，何必每天把我搬來搬去的？」看張海鹽洗得認真，他仍舊有些不好意思。

「癱瘓的人，如果不翻動，是會長褥瘡的。」

「又不會疼。」張海蝦默默道。

「不管疼不疼，都是爛瘡。」張海鹽把洗腳水倒到樓下。

南洋檔案館麻六甲的官邸，其實是一處印度人的二層小樓，有一個小院子和一處很唬人的拱門，後面的樓房倒是很簡陋，但樣式是歐式的小別墅，在鼓浪嶼上有很多，張海鹽見過。

他們的房間在二樓，走廊外能看到不遠處的海。二樓還有一個大房間做會議室，從來沒有坐超過三個人。會議室裡有發報機和一張很大的海圖。時間久了，海圖已經發霉開捲，權當裝飾了。

一樓也是結構一樣的三個房間，裡面有檔案室，還有兩間房堆的都是雜貨。他們唬人的拱門臨街，來往的人都以為裡面住著洋人，不敢在外面叨擾。張海鹽就自己擺攤賣一些舶來品，他的英文很好，所以經常有洋人光顧。

南洋檔案館的牌子一直掛在拱門上，這裡的人並不知道是幹什麼的。

「檔案館還是沒有消息嗎？」

張海鹽一邊幫張海蝦按摩腳，一邊搖頭。「不僅沒有消息，連餉都不發了。如果不是前幾年存了點錢，現在已經要飯了。」

「電報呢？」

「沒有回音。」張海鹽站起來，舒緩了一下腰部。「聽說粵系已經全面控制廈門了，檔案館會不會受牽連？被撤了，或者被解散了？」

「如果解散了，你準備怎麼辦？」

「我們除了做特務，什麼都不會，兵荒馬亂的，特務總不至於找不到工作吧。」張海鹽道：「回廈門，找乾娘，然後換個主子繼續混日子。」

張海蝦就笑：「如果不是我，你早就升職回廈門了。」

「別說了，賣身契是我害你簽的，一起來，就一起回去。」張海鹽靠在欄杆上，就看到海岸後面很遠的地方，有好幾處黑煙，不知道是哪裡著火了，還是如何。

「東街口那個降頭師，給你算命怎麼說？腿他能看好嗎？」

「他說治不好，而且我快死了，並且死了都不會安生，會變成妖怪。」張海蝦道：「不是死在腿上，是死在其他事情上。」

張海鹽就怒了。「他胡說八道，等下我把他家燒了，看他胡說。」

張海蝦繼續道：「他說，死在我之前應該死的事情上。」

張海鹽沉默了一下，嘆氣，他知道張海蝦對於礁石上的事情耿耿於懷，但他也不願意多提及那些發生的事情。

「對了。」張海蝦從襯衣口袋裡拿出一張從報紙上撕下來的簡報。「你看看這個，是不是和我想的一樣。」

張海鹽拿過來，簡報很簡單：檳城一帶出現怪病，附近的村子裡多有發病，傳染得很快，懷疑是洋人帶來的傳染病。就如當年他們帶來梅毒一樣。但是在報紙上，有著對於疾病的描寫，其中有一條寫著：發病的初期，病人身上多發細微的血皰。

張海鹽皺起眉頭。「五斗病？」

「雖然沒發餉，但南洋檔案館還是有地方預警的職責，現在南洋通船便利，每天有上千人來往廈門和麻六甲之間，如果真的是五斗病，很容易傳播到世界各地去的。你是不是要去看看？」

張海鹽點上一支菸，菸是張海蝦推薦的牌子，他迎風吸了一口，隱隱覺得不對。

如果真的是五斗病，那當年的懸案，難道有所鬆動？背後到底有什麼陰謀呢？

張海鹽道：「檳城，是不是那傢伙的地盤？」

張海蝦點頭。「對，就是那個傢伙。所以你此去，要千萬小心。南洋檔案館的人，在檳城是一個人頭一千塊懸紅起的。你最好，換張臉再去——順便，好好洗一下澡。」

第十章　小樓一夜聽春雨，咸陽遊俠多少年

他們說的那個人，名字叫做張瑞朴。張海鹽他們到檳城的第一項任務，就是要暗殺這個南洋華僑。

張瑞朴在檳城經營兩個巨大的橡膠園，擁有廣袤的土地和巨額的財富。地界之大，以至於張海鹽他們在橡膠園裡迷路後，甚至發現有當地土著部落在園裡生活。

霹靂州當時的土著仍舊有獵頭的習俗，據說張瑞朴和他們關係很好，一直購買屍體投食這些原住民用以保護自己。此事也無法查證，因為張海鹽他們也不知道這些原住民追他們，是為了保護張瑞朴還是只因為餓了。

那段時間，他們一邊躲避那些原住民，一邊尋找食物，幾乎要被困死了。最終他們找到張瑞朴的宅邸的時候，已經筋疲力盡，卻瞬間就被發現，被守衛一路追殺到霹靂州外。之後檳城就起了懸賞，無論是員警還是黑幫，看到他們兩個，不管死活，都會有一千個幣的獎賞。

如今再次進入檳城，已經不如當年那麼容易了。即使在南洋很久，他們的膚色還是和當地人不一樣，加之五官和這裡混血的華人不同，配上多年的懸紅，估計檳

城的小孩子都可以認出他們來。

要進入檳城，不僅要換膚色，還要換一張當地人的臉。

南洋檔案館的基礎培訓裡，就有人皮面具的培訓，張海鹽和張海蝦都是壓倒性高分畢業。而且張海鹽這個人出了名地愛扮女人，易容對他們來說不是難事。

易容需要高溫蒸汽的環境，以前，兩個人幹這種事，總是混入怡保總督府的熱水浴室裡。

霹靂州的首府怡保有英國人派的總督府駐紮，總督為軍政權最高執法官，有著豪華的宅邸和印度守衛，外面還有當地的軍隊。

在總督府裡，有著這裡人絕對無法理解的熱水浴室。庥六甲終年炎熱，洗澡這種事情就是路邊水潭打個滾的事，但英國人還是保留了洗熱水澡的這個傳統。

張海蝦癱瘓之後，就幾乎沒有去過了。張海鹽被張海蝦擠對，聞了聞身上的味道，確實有點重，這幾天實在太熱了。他看了看張海蝦：「要不，我們洗熱水澡去？」

張海蝦搖頭。「我又不去檳城，況且我腿腳不方便，不像當年可以兩個人混進去。你自己去吧，我在這裡看家，把貨賣掉一些。」

張海鹽背起張海蝦就走。「熟門熟路，而且我換大臉，一個人做不來的。」

張海蝦無力掙扎，只好苦笑著被張海鹽背了起來。

這當然也是一件莽撞的事情，但對於張海鹽來說，能夠讓自己的這個朋友盡量過上癱瘓之前一樣的生活，是他的夙願。

從總督赫曼的浴室出來的時候，張海鹽已經是另外一副樣子了。之後張海蝦留守在霹靂州，而張海鹽一人前往檳城。

步行到檳城需要兩週時間。適逢雨季，加上要穿越一處原始叢林，張海鹽到達時，已經是三週後。

麻六甲通訊不便，他到達檳城的時候，才發現情況比他預料的要嚴重得多，路上都是無人認領的屍體。

一般瘟疫到了這種情況，人們恐懼疾病已經勝過了對親人的責任。天氣炎熱潮溼，屍體膨脹，惡臭難忍。有修道士組成的隊伍對屍體進行焚燒，其中很多都是張瑞朴的工人。

從屍體的死狀來看，張海鹽已經完全可以確定，這種怪病就是五斗病。

這種病沒有任何藥物可以治療，只能靠人的自癒能力，大概有百分之十的人最終能活下來。活下來的人，再也不會得五斗病，就算泡在病死的人堆裡，都一樣。

張海鹽是路上唯一一個毫無畏懼的人，路人都向他投去驚訝的眼神，敬佩他的從容。

他多方打聽，知道瘟疫最開始的地方並不是一個，而是三個。那是三個在檳城外的村莊，這三個村子都是錫器加工的重要村落，廈門、土耳其和印度的很多商人在那裡都有加工作坊。當時是七月的第一個星期，三個村子裡同時有人發病。

張海鹽走訪了三個村子，以求查到三個村子在那一個星期，有什麼相似的事情發生。

村子比城裡就更不如了，水坑中隨處可見腐爛泡漲的屍體。因為雨季，這裡生火不便，這些屍體很難焚燒，就被拋在水坑裡。每天下雨，水坑中的屍水都發綠、發黃，上面漂著油脂。

很快他就發現，這三個村子裡，在七月的第一週，都有一個人從廈門回歸，而這三個人都是搭乘同一艘船到達的麻六甲。

這艘船的名字叫做南安號，是廈門董家的一艘客輪，可以說是廈門最大的一艘客輪，上面有四百個客位。

當然這三個人已經死了，屍體早已燒毀，這種情況下也問不出太多的細節。

張海鹽在村口看見一個目光呆滯的小女孩，小女孩抱著一個三歲左右的男孩。張海鹽點了根菸，不用問也知道，小女孩的父母已經全部病死了。

從檳城回來的時候，他帶了這個小女孩和她的弟弟。張海蝦在唬人的拱門前擺攤，看到張海鹽左右拉著孩子，臉色發惱。

「放心，我在城外等了三天，他們都沒有發病，應該是安全的，身上消毒、洗澡，都反覆處理過了。你我都熟悉這種病，只要是感染上的，三天內肯定會發病的。」張海鹽說道。說完，他看了看那個小女孩，是一個華裔。

「張海嬌，叫蝦叔。」

「蝦叔。」小女孩用廣東話叫道。

張海蝦看著張海鹽：「你給小輩起名字，用平輩的字？」

「乾娘說了，流落海外的，都帶『海』字，以示疏離漂泊。」張海鹽道。

張海蝦看著孩子，嘆了口氣：「我叫張海俠，俠客的俠。他叫張海樓，樓宇的樓。小樓一夜聽春雨，咸陽遊俠多少年。」

「這他媽是一句詩嗎？」張海鹽扶起張海蝦，對他道：「你不是對礁石上的事情耿耿於懷嗎？往事你都如此，我見到這些孩子，總不能不管。」

張海蝦看著跟過來的孩子，心裡的陰霾似乎一下子被掃空了。給孩子們安排了住處，人一多，冷清的南洋檔案館馬上就不一樣了。孩子們趴在欄杆上看海，張海鹽點了根菸，把自己的筆記給張海蝦看。

「南安號？」

張海鹽點頭。

「廈門沒有爆發五斗病，人是在船上被染上的。而且你看這三個村的位置，正好在檳城的三個平均點上，有人在船上挑了這三個人，讓他們分別回到村裡。然後讓這三個村子裡的人同時發病，從而讓這次的瘟疫，以最快的速度蔓延。以這種速度，到怡保最多還有兩個星期。」

張海蝦想了想，臉色非常疑惑。

「為什麼呢？如果這次的瘟疫是人為的，為什麼是在檳城？如果是英國人和荷蘭人的對抗，應該是在新加坡，最不濟應該是在怡保，為什麼是在檳城？那地方除了橡膠樹，還是橡膠樹。」

他抬頭看了看張海鹽。

「你有沒有打聽張瑞朴現在的情況？我有一種直覺，這次的瘟疫，是衝他來的。」

第十一章　張瑞朴

張海鹽實在無心去關注張瑞朴，他也不認為張海蝦的直覺有多少準確性。檳城確實是張瑞朴的地界，這次的瘟疫，一定是他損失最大。但用散播瘟疫去對付一個特定的人，實在是有點小題大做了。

而且暗殺張瑞朴是他們到霹靂州的第一個任務，盤花海礁案是好幾年後才接到的，兩個任務之間相隔很遠，沒有一絲聯繫。硬說有關，實在有些牽強。

張海鹽自己有一個理論，世界上的陰謀詭計一定是破綻百出的，因為實施陰謀的人是不可靠的。但為什麼很多陰謀沒有被發現，是因為你不知道陰謀行進的路線。大部分陰謀都是粗鄙的，但這種粗鄙被敵人的大意和意識的盲區遮蓋了。

他搖頭，表示不認同。兩個人沉默了一會兒，張海蝦問：「怎麼不說下去了？是怕說下去，說到敏感話題，不好收場對吧？」

「嗯。」張海鹽點頭。

「既然線索指向了南安號，為什麼不上去查？船什麼時候再靠岸？」張海蝦問。

張海鹽狠狠吸了一口菸：「下週。」

「南安號是去廈門的，你要是上船查案，勢必要在船上待滿全程，在廈門下船。」張海蝦說道：「南安號的船票非常貴，就算是底艙的票，單程票也最多只能買一張。也就是說，你到了廈門，再回來可能得一年後了。」

「所以啊，這不是不合理。」

「不是挺好，可以回去查查俸祿為什麼不到帳，也可以見見乾娘。查案回廈門，不算違規吧？如果南洋檔案館沒了，就別回來了。給我打個電報，我們就此別過。」

「說好了一起回去的。我一個人很尷尬。而且錢不是我們兩個的嗎？」

張海蝦揉了揉自己的腿，說：「這裡是南洋，睡在大街上也不會凍死。海裡的東西，林子裡的水果，我都能吃，所以也不會餓死。要是真到了廈門，還不如這裡。我早就想好了，我就不回去了。你替我回廈門，沒有必要在這裡被我耗死。」

張海鹽搖頭。「算了，我還是去查查張瑞朴吧，也許你是對的。這樣就不用回廈門了。」

張海蝦也沒有再說話，坐了一會兒，張海鹽將張海蝦扶回了房間。

當晚，張海鹽和張海蝦都沒有睡好。早上起來的時候，張海鹽發現一身軍裝和一沓整齊的錢，放在自己的床前。

「他腿好了？」這是張海鹽的第一反應。他起身，發現張海嬌在收拾東西。衣服和錢都是張海嬌疊好的，顯然是張海蝦授意的。

張海鹽拿起自己的軍帽。他們有受過保養軍裝的訓練，這套軍裝板型保持得很好。他嘆了口氣，看著小女孩，說：「這麼快就投誠了？也不想想是誰把你們救回來的。」

「蝦叔說，你特別想回廈門，心裡有想做的事情很不容易，他很羨慕你。」

「然後呢？你們就趕我走啊？」

「你不是說，你帶我們回來，就是給蝦叔當寵物的嗎？我會照顧好蝦叔的，你可以放心離開。」

張海鹽瞇著眼，頭往後縮，像看怪物一樣看著張海嬌，心說：女人，這還不算女人，還只是個小女孩，真是一種可怕的生物。她以最快的速度找到了在這個家庭中提升自己地位的捷徑。

「張海蝦教你說的？」

「也是我自己的想法，以後就是我們和蝦叔相依為命，我們會努力做生意，存夠了錢，去廈門和你團聚。你大可以放心離去，沒你死不了的。」

張海鹽的頭往後縮得更加厲害，他緩緩地站起來，把錢收了起來，大罵：「張海蝦，你這樣有意思——」說著衝到張海蝦房間，忽然發現，張海蝦的房間裡，不只他一個人。

或者說，不僅不只他一個人，還有好多的人，站在他的房間裡。

這些人都身姿挺拔，不苟言笑，大多數都是二十七、八歲的青年，為首的是一個中年人，正在檢查張海蝦的腿。
張海鹽直接上前，絲毫不懼人多，舌頭舔著刀片，對中年人說：「喜歡玩瘸子，在我這兒也要排隊啊。」
張海蝦馬上喝止張海鹽：「不要輕舉亂動，海樓，這是張瑞朴先生。」
幾乎是同時，在場的年輕人全部下腰，張海鹽立即煞車。
中年人敲著張海蝦的腿，搖頭，起身。
這是一個非常健碩的中年人。健碩到什麼程度？這個人的眼睛裡，有著奪目的光芒，不是常人的眼神。這種目光看著你，你會覺得有針在刺你一樣。
「聽說你們在查瘟疫的事情。」張瑞朴說道：「我是特地來幫忙的。」

第十二章　貧民殺手

張海鹽見過不少特別激烈的場面。

有過格鬥訓練的人都知道，格鬥訓練如果入了門，看普通人是不一樣的。就算對方比自己高大很多，因為行動習慣的不同，在會格鬥的人面前，都如同三歲小孩。

這種不同感會給你帶來非常可觀的自信。

在這群人面前，張海鹽的這種自信消失了，可以說是長久以來第一次消失。這些人的姿態動作，沒有一絲普通人的破綻，雖然看似放鬆。

但張海鹽知道，只要自己靠近一個這樣的人三尺，對方的手一抬起來，他沒有一處能占到便宜。而這樣的人，現在站滿了一屋子。

張海鹽這才沒有發難。他遲疑的當口，跟在後面的張海嬌被一個青年拉著手帶出了門外，門也被帶上了。

張瑞朴坐到張海蝦的床邊，示意手下人給張海鹽搬來一把藤椅，然後看了看簡陋的房間，說：「貧民殺手，嗯？」

「張先生，要殺要打儘管來，何必奚落我們。」張海蝦道。

「我是覺得你們精神可嘉，都窮成這樣了，還要當殺手。」張瑞朴略一停頓，他身邊的年輕人就拿出一個大紙包，放到張海蝦的枕頭邊。「長話短說，其實你們第一次要殺我的時候，我已經查到你們這裡了。但我覺得，就憑你們兩個，此生都殺不了我，所以沒有把你們拔了，免得南洋檔案館換幾個可靠的來，我在檳城不得安寧。結果不負眾望，你們比我預料的還要無能。」

「其實，我們南洋檔案館主要工作是查案，刺殺只是順帶的。」張海鹽解釋：「那方面我們並不專業。」

「這次的瘟疫你們瞭解多少？」張瑞朴盤腿上床。「不要浪費我的時間。張海鹽你來檳城的時候，在死屍堆裡如入無人之境。據我所知，只有得過五斗病但是沒死的人才會這樣，而五斗病消失幾百年了，你又是怎麼得的這種病的呢？」說著，他的手下把張海蝦翻了個身，露出了張海蝦的背脊。

張海蝦背上有道巨大的傷口，那是無數的燒傷、炸傷形成的傷口圖形，如同一隻蝴蝶。張瑞朴準確地摸到了他肩胛骨中間的一塊脊椎，這塊脊椎以下的椎骨，在當時的爆炸下幾乎全部粉碎。

「我知道南洋檔案館的資料，是絕對不允許說的。但這位兄弟因你殘疾，你照顧他到現在，是不是已經有些疲倦了？如果有一個意外，比如說我，幫你殺了他，是不是你的人生會輕鬆一點？」張瑞朴看著張海鹽說道。

張海鹽緩緩地用舌頭撥弄著刀片，盡量不露聲色。當然，只是他自己這樣認為的。

張瑞朴看了一會兒，突然笑了，對張海蝦說：「真感人，你兄弟是真的關心你。那我就可以逼供了。」說著，摸到張海蝦的一塊脊椎。「長話短說，你回答我的問題。我現在開始往上捏碎他的脊椎骨，你晚回答一分鐘我就多捏碎一塊。現在他的手有感覺，七分鐘之後，他除了腦袋能動──」

「不用，我告訴你。那是一個月黑風高的夜晚──」張海鹽點上菸，沒等張瑞朴反應過來，劈里啪啦就把盤花海礁上的事情全部說完了。

張瑞朴有些意外，聽完之後，皺起眉頭。

「你倒是也不掙扎。」

「貧民殺手嘛，原則是很靈活的。」

「這麼說，檳城的瘟疫，確實是人為的？」

「檳城除了你這個大戶，其他沒有什麼價值。你不如想想，自己有沒有得罪什麼人。」

「你們瞭解的只是一方面。在你調查的那三個村子爆發五斗病之後，在麻六甲全境，有十五個村子，陸續都爆發了。但是那時候我已經有所警覺，所以在各個村子都安排了人。那些得病的人都被我派人處理掉了，村子也被多次消毒，所以在那些區域，沒有爆發。」

張海鹽身子坐正，和趴著的張海蝦對視了一眼。張海蝦說：「你是說，這次襲擊是針對麻六甲全境的，只是偶然先選擇了檳城？」

「只是因為檳城離港口最近，所以先爆發了。但好在我在檳城，現在整個檳城四周的村子、埡口，都有我的人，所以你們在霹靂州才會沒事。但我就很奇怪了，散播瘟疫的人，按你所說，是桂西那邊的軍閥，他們的目的是什麼？」

「我們不知道。」張海鹽說道：「如果你查得那麼多了，你也應該知道南安號的事情。我們還沒有機會調查那艘船，張瑞朴先生不如專心治理瘟疫，等我們幾日，我們查清楚了，派人發電報過來。」

「我正是為此事來的。」張瑞朴拿起張海蝦枕頭邊的紙包，丟給張海鹽。「我和我的族人，發過誓不再踏上中國的土地，得有人幫我查清楚這件事情。但你們這個窮樣，都要擺攤補貼殺人了，想必也是上不去南安號的。這裡是報酬和一張船票，你去查案，我來幫你照顧你的這位兄弟。如果你半年內查不出個所以然來，你的這位兄弟，就要變成橡膠樹的肥料了。」

張海鹽打開紙包，裡面是一張邀請函、一張船票和一沓洋元。

張海蝦看著張海鹽，張海鹽把紙包收了起來，和他對視了一眼。

張海鹽對張瑞朴說道：「我知道，你要殺我們很容易，所以你說的條件應該是真的，但我還有附加條件。」

「什麼？」

「我這個朋友，早上要用魚翅漱口，中飯八菜一湯，晚上可以清淡一些，有個五菜加白粥就行，但粥裡要有蟲草花和金華火腿丁。然後早中晚腿要按摩三次。晚上他一個人睡覺害怕，最好有三、五個姑娘陪著。還有，你得告訴我，為什麼南洋檔案館要殺你，你到底是誰？」

張瑞朴笑著站了起來，目光灼灼的，走到張海鹽面前。

「你是不是一個叫做張海琪的女人帶大的？」

張海鹽愣了一下，張海琪是他乾媽的名字，這個老癟三是怎麼知道的？

張瑞朴說道：「你的朋友我只會照顧得更好。你要想知道我是誰，可以去問張海琪。」

張瑞朴看了看邊上的青年。邊上的青年不苟言笑，拍了拍手。

門開了，有人拿著軍裝進來，看樣子，張海鹽現在就得走。

「船下週才到呢。」

「船已經提前靠岸了，現在就在麻六甲。檳城瘟疫，這一次船不靠檳城，所以，你只有三天時間了。」張瑞朴說道：「你去吧，張海樓，我的人會送你到碼頭。」

張海鹽完全不想離開，他根本放心不下張海蝦。他看了一眼張海蝦，張海蝦的眼神非常複雜，但是沒有說話。「我會回來的。」

張海鹽穿上軍裝，戴上軍帽，被兩個青年押著，轉身離開。

第十三章　打不死的何剪西

張瑞朴在走廊上看著張海鹽走遠，這個小子沒有回頭。

張瑞朴對身邊的年輕人道：「你看，這個年輕人，一旦下定決心，就不會被感情干擾，但又難得有情有義。」

身邊的年輕人問：「他會乖乖地上船去查案嗎？」

「很難說，他朋友在我們手裡，有計謀的人，總是會解決實際問題——找機會救出朋友，而不太會遵守交易規則。」張瑞朴看了看懷錶。「不過，我們的人將他送到碼頭的這段路，他應該很難跑掉。」

「園主不覺得不可控嗎？如果他此去不回，或者查不到案子，又或折返回來……」

張瑞朴笑了笑，道：「他這一路上，有人會和他講清楚利害關係的。」說著，張瑞朴看到張海嬌在走廊的一邊看著他們。這個小女孩卻也不害怕，似乎因為瘟疫，對於生死之事已經麻木。

張海鹽這一邊，他被兩個人押著，在街市上走著，心中門清。

他出了門之後，身邊的人已經和他講了邏輯：張海蝦他們會被帶離南洋檔案館麻六甲部，而且會掃清這裡所有的痕跡。張海鹽上了船之後，如果偷偷潛下船回到這裡，只能看到一個空房。

檳城的橡膠園之大，張海鹽是知道的，而且船上也有張瑞朴的內應。如果張海鹽沒有上船，電報打回來，張海蝦就會被餵獵頭生番。

所以，他能活動的時間非常短暫。也就是走到下一個十字路口，他就要幹掉身後跟著的兩個人，然後立即回去救人。

但就在他到達那個十字路口之前，即將想要動手的時候，邊上的青年告訴他：「我知道你的打算，但你走到這裡的時候，他們早就迅速離開了。而園主正看著你，這條長街也有我們的耳目，過了這個十字路口，就老老實實地去查案吧。」

張海鹽扶正了軍帽，長嘆了一聲，但也瞬間就放下了自己的想法。這是一場對方準備非常充分、自己臨時應對的鬥爭，他沒有勝算，不能有任何的突發奇想，只要他現在回頭，張海蝦肯定會死。

張海鹽以前做事的時候，也不是沒有遇到過這種情況，他不是很在乎人的死活，但張海蝦變成籌碼，他的思維方式就變得拘謹了。

想來，他是一個不糾結的人，只要過得去，他會以最快的速度選擇最合理的方法。而張海蝦是一個認真龜毛的人。不能說誰的處世邏輯是對的，在過去的歲月裡，雙方都有對錯，但如今只能依靠張海鹽自己的想法了。

「如果我在船開之前就查到案子的結果，我們應該如何接頭呢？」張海鹽問道。南安號靠岸上客、上貨需要三天時間，如果他無法在三天內解決這個問題，船一旦開出麻六甲，再開回來，這麼長的時間，無法預測他回來的時候，張海蝦會發生什麼變故。

「你到了船上，自然就知道了。」

他甚至迫不及待地想上船查案了。如果不能在船開之前把案子了結，等船開他跟著南安號走一圈到廈門，再從廈門回到這裡，他簡直不敢想像蝦仔會怎麼樣。

「倘若我查案過程中，不幸身故，你們會把蝦仔放了嗎？」張海鹽再問邊上的年輕人。年輕人沉默不回答，張海鹽苦笑。

忽然，一邊的街角有了一陣騷動。他停住腳步，看到身邊兩個人非常緊張，立即靠近了自己。張海鹽連看都沒有看清楚，就被兩個人推著往前走。

張海鹽皺了皺眉頭，覺得哪裡不對。

這些身手不凡的年輕人，在街頭恐懼著什麼？他看向街道，街道如常。

這個世界上最恐怖的不是老虎走向你，而是老虎走向你但看著你身後，又退回去。張海鹽忽然有了這種感覺。

但張海鹽環顧四周，什麼都沒有看到。

何剪西被人推到街道上的時候，撞翻了好幾個行人，引起了騷動。

他站起來，拍了拍衣服，拿起帳本，再次走進那間鋪子。接著，他又被打了出來。

他繼續想往裡走，這一次沒有成功，因為對方直接出來打他。

對方都說馬來語，何剪西用英文和他們對罵。

知道的說何剪西是來收帳的，不知道的還以為何剪西是個姦夫，被抓了現行。何剪西是街角英國人酒館的會計，英國會計不好學。麻六甲在十六年前才有了第一個華人會計，但事實上，在東印度公司時代，就有走私犯在麻六甲培養華人帳房，這批帳房懂股票、股息，知道正負帳。

何剪西的師傅就是這批做私帳的。他師傅被絞死之後，他因為年紀太小，被無罪釋放。當年走私的物品大部分是私酒，這個英國人酒館就是做私酒貿易的。何剪西熟門熟路，就到這裡做了帳房。

這個酒館也給其他的走私點供應酒。有些走私點的酒在海關被截了，就不想結帳了，所以酒館會有收帳的問題。

但何剪西總能把錢要回來。他知道，作為一個華人，只有在私酒莊這樣流水很大需要帳房但又不能聘用國際洋人的地方，才有生存空間。而如果一個帳房只能算錢，不能把錢搞回來，那麼帳房就是一個計算損失的工作，很快也會沒有價值。

只要不退讓！

何剪西再次被打倒的時候，心裡默念。他個子不高，一百七左右，身體單薄。如果要不到錢，回去也會被辭退。做私酒帳的會計如果沒有活幹了，死是遲早的事情，所以不可以退讓。

何剪西再次站了起來。此時他已經看不清楚眼前的人了，但他用英語大聲說道：「不想被絞死的話，就把帳平了。」

他再次被打倒的時候，撞到了一輛車子。這其實是一把裝著輪子的藤椅，上面坐著一個人，有很多人同行，為首的是一個健碩的中年人，而藤椅的邊上，站著一個小女孩。

他被這行人提溜起來，何剪西趕忙向他們道歉，他已經分不清方向了。就在他道歉的時候，身後的人過來，一腳踹在他的後背。這一腳是使了勁的，何剪西幾乎被踹飛出去，衝向了那個小女孩。

藤椅上的年輕人一下拉開了小女孩，小女孩沒有被撞倒。這一次，何剪西有些站不起來了。

那些人繞過他們，開始繼續打何剪西。何剪西的身體蜷縮著，拳頭如雨點般打下來。

何剪西懷裡還抱著帳本。

小女孩看著這一幕，問那個藤椅上的人：「蝦叔，他會被打死嗎？」

張海蝦看向張瑞朴，他看出這幾個人已經失控了。沒有真正打過人的人，往往容易失手打死人，因為這些人不知道自己有多凶狠，並忘記了人體有多脆弱。

張瑞朴沒有想要理會，說道：「看人看皮相，這是金鐵的皮骨，是一種專門的皮相，這種人是打不死的。」說完就要走。

張海蝦皺了皺眉頭，對著那群打人的人說了一句馬來語：「不用打了，你們的帳我幫你們平了。」說著把一沓錢遞給張海嬌。

那群人愣了一下，慢慢停下了手，張海嬌疑惑地看著張海蝦。張海蝦說道：「如果園主願意放我們回去，這點盤纏，他會還給我們的。如果我們回不去，這些錢也對我們沒有用處了，不如救一下這個小兄弟吧。」

張海嬌這才走過去，把錢遞給何剪西。何剪西抬頭看了看張海蝦，站起來搖頭。「又不是你欠帳，不是這麼算的，我不要。」

他果然一點事都沒有。

張海嬌回頭看了看張海蝦，顯然沒料到對方會這麼說。張海蝦說道：「小夥子，再能挨打，這麼打也會死的。」

何剪西搖頭，看著打他的人。「你們的帳期到了。西國酒莊一共四十七塊錢，今天要平帳，或者錢平，或者物補，都可以。」

那些人立即就想繼續打他，張海嬌一下抓住一個打手的手，把錢放進那個打手手裡，然後把打手的手遞給何剪西。

「你何必呢？錢給他了，他再給你，這樣帳平了吧？」張海嬌輕聲對他說道。

何剪西想了想，實在太疼了，也拗不動了，才接過錢來，翻開已經皺成一團的帳本，把上面一行劃掉。

張海嬌回到張海蝦邊上，張海蝦有點驚訝這個丫頭的機靈。

何剪西看了看張海蝦，點了一下頭，剛想問對方什麼，張海蝦他們已經繼續往前走去。何剪西想追上去，幾步後就再也走不動了。他蹲在路邊，看著對方走遠，一點辦法都沒有。

那個時候的何剪西，並不知道那些錢裡隱藏著什麼東西，也不知道自己將會遇到什麼命運。

第十四章　南安號

故事說到這裡，需要把之後的一些事情提上來講。

我們都知道，張海鹽之後將登上南安號，經歷一番冒險，如果他在三天內沒有查清瘟疫的元凶，那麼南安號就會啟航，他和張海蝦再重聚的日子必然會有一些久遠。

因為，當時麻六甲到廈門再回來，最少也得幾個月時間。他在這幾個月的時間裡，都不會得到張海蝦任何的消息。

所以此時必須全力以赴，多餘的想法雖然對其內心有所安慰，對於結果卻都是負面的。

張海鹽放棄反抗，準備上船遵守契約的時候，張海蝦被送下樓，來到街道上，兩件事情幾乎同時發生。

在那段時間裡，遇到何剪西之前，短短的十幾分鐘裡，我們能推測，張海蝦發現了四周環境中一些「異樣」，從這些異樣中，他洞察到了某種危險。

張海蝦是作為南洋檔案館最優秀的機要人才畢業的，如果不是張海鹽，他早就進入南洋海事衙門當參謀軍官，現在可能早就掌權機要部門了。

和張海鹽廝混的這段時間，他們極少遇到勁敵，沒有表現的機會，甚至張海鹽都已經快忘記了這個小兄弟當年是多麼聰明，聰明得猶如妖怪一樣。

出於立場、形勢等一系列原因，張海蝦沒有把這個危險告訴張瑞朴。但他顯然認為這個危險極其嚴重，就在那十幾分鐘裡，他寫了一些東西下來，並且將這些資訊全都藏入了那一沓紙幣當中，交給了何剪西。他希望這些資訊可以傳達給張海鹽，哪怕只有一線機會。

在後來張海鹽知道了這十幾分鐘張海蝦推測出的事情，和他查到的事情相比較竟然幾乎一致後，才真正意識到，張海蝦在他的生命中一直在起一種怎樣的庇護作用。也明白了，張海蝦當時，心中必然覺得，自己和張海鹽再無再見的可能。

這沓帶著永別的鈔票，之後是如何到達張海鹽手中的，帶有極大的傳奇性，我們暫且不表。

而那個時候，排隊上船的張海鹽也正式開始登船。南安號在那一刻從外港進入停泊位。

碼頭上人山人海，除了人之外還有各種貨物，巨大的熱浪裹著人的汗臭、狐臭味，充斥著空間，最可怕的是嘈雜的人聲，幾乎讓人無法聽見其他。

海風時而狂浪，時而停滯，張海鹽的軍裝已經溼透，拿著軍帽當扇子。張瑞朴十分大方，給他的船票帶著請帖，是最好的客房，但仍舊躲不過碼頭這個修羅場。

而巨大的南安號出現在張海鹽視野裡的時候，這個龐然大物還是讓他驚嘆了。他仰頭看著黑色的船體和上面四個大煙囪，開始明白，這個世界和他們剛來南洋的時候已經完全不同了。

廈門，在當時是遙不可及，要用命去承受的彼岸，但在這種巨輪之下，似乎已經不是那麼遙不可及。

張瑞朴的隨從沒有跟著上船，而是默默地目送張海鹽。張海鹽如同親眷告別一樣，努力地揮手，裝作他們是相送的人。那兩個年輕人幾乎是瞬間，消失在了人群當中。

他稍微鬆了一口氣，一轉頭，就看到一個水手已經朝他走了過來。水手對他點頭。「您好，張先生，您是張瑞朴先生的姪子嗎？我是專門來為您服務的。」

張海鹽看了看水手，水手狡黠地看著他。張海鹽心說，有錢真好，到處有人替你做眼線，幫你辦事。

他走的是貴賓通道，水手在反覆核對了他的船票之後，帶他登船。下面的平民通道非常擁擠，他低頭往下看就知道，這一次在南安號不可能閒著，查案的難度要比他想的大得多。

「船上就是一個小宇宙，您現在正步向天堂，而下面就是人間。」水手說道。

不，我估計也無法享受這個天堂，張海鹽心裡明白，在船開之前的三天，他是不可能有享受的時間的。睡覺都夠嗆。

「給我介紹一下這艘船。我好完成張瑞朴先生的囑託。」

水手本身就有導遊和介紹的工作內容，所以輕車熟路，他一邊尋找縫隙讓張海鹽可以走得快一些，一邊說道：「南安號是一艘巨大的船，在這條航線上屬於絕對的大船，大船意味著可以有更大的蒸汽機鍋爐，船在海上跑得非常快。」

「和所有的船一樣，它有三種艙位，頭等艙、二等艙和三等艙，本質上說，頭等艙和二等艙人員是可以互通的，二等艙更多是服務於可以住頭等艙但沒有買到票的客人。但三等艙則是相對獨立的，有獨立的活動區域。二等艙和三等艙的條件並不是差一等那麼簡單。」水手對張海鹽笑道：「但，三等艙有樂子，所以有些客人未必喜歡待在頭等艙裡。」

「哦？」張海鹽大概知道他說的是什麼。

「海上畢竟寂寞。而且，海上會讓人發生變化，好人會變得凶殘，好女人也會變成蕩婦，這就是海。」水手輕聲說道：「相信我，不一樣。」說著指了指三等艙的上客處，那邊有一些穿著比較鮮豔的女人。「她們在岸上做工，每年回廈門一次，船上也不會閒著。她們的丈夫都是默許的。」

張海鹽遠遠看著，那些女人都有些姿色，而邊上拿行李的男人，身體佝僂，眼色陰詭。

「因為船的結構問題，船頭和船尾的穩定性更差一些，三等艙都分布在這些地方。船的甲板上有一個建築，有四層船艙，這裡基本上就是頭等艙的活動區域，舞廳、游泳池、沙龍應有盡有。頂部有艦橋、觀景臺、發報室。下面有服裝間、餐廳、露臺酒吧、室內球場。」水手接著介紹頭等艙的區域。「這些反正我是不喜歡，你們頭等艙的大爺也許更感興趣。」

張海鹽抬頭，頭等艙刷著白漆，看上去就乾淨很多。如果是和張海蝦一起來查案，他肯定會把這些都享受透了，過一把大爺癮。但如今，這些詞語更多是在他心中，把這艘船大概的樣子顯現出來。

他心裡開始有簡單的計畫。

上一次南安號靠岸，是從廈門駛出，去往法國。船在麻六甲沿線去了四個港口，在大馬整體停留了一個月時間。等待大馬各地的貨物把船裝滿，也讓船員放假，從船上下來的人，往麻六甲各地都攜帶了瘟疫。從船上的情況來看，船上並沒有爆發瘟疫。

為何南安號不停地傳播瘟疫，自己卻沒有事呢？

兩種可能。

1. 那些人是在船上就得病，只是被人控制沒有發病，下了船在一定時間之後才發病。

2. 傳播瘟疫的人，有能力讓人在下船離開的時候才染上疾病。發病的人的村莊都在不同區域，說明發病的人是被精確挑選的，這些人都是底層商人，所以都住在底艙。因此，傳播瘟疫的人應該躲在底艙裡，而且應該是一個熟絡的、善於搭話的人。

簡單推理，這種船上就算沒有瘟疫，底艙出現腹瀉、有痢疾傳播也是經常發生的事情，所以船醫會定期給客人藥片和藥水，可以非常容易控制發病時間。而船醫因為受人尊敬，也會得到很多情報，船醫是第一批嫌疑人，所以張海鹽要以最快的速度去醫務室。

他只有三天時間！

「前面的是誰？」張海鹽看到隊伍行進受阻，因為前面排著很長的隊伍。

水手順著他的目光看去。

在他前面排隊的是一群白人，看樣子應該是美國人，身上的衣服都很髒，其中只有一個西裝合身、戴著眼鏡的年輕白人，似乎是專門做文書工作的。

有很多當地的腳夫帶著行李往上走，這一群白人數量已經非常多了，加上腳夫和行李，使得上船的通路非常窒礙。

行李都十分龐大，也不知道裡面裝的是什麼，年輕白人很仔細地查看，讓他們不要太粗魯。

這些白人非常放鬆，談笑風生，指指點點。

「這些是大老爺中的大老爺，都是華爾納先生的隨從。」水手說道：「他是在麻六甲做老物件的考察的，現在去廈門，包了一層頭等艙。你看他們的行李。」水手低聲說：「我們都知道，裡面全是火槍、步槍和衝鋒槍，據說他們要去中國南疆考察。這些美國人都是退伍的軍人。你看那個戴眼鏡的老外，很害怕裡面的火藥走火。」

「我是說那個女人。」張海鹽在這群老外中，看著一個中國人。這是一個嬌小的中國女人，曲線窈窕但是不高，渾身裹著紗麗，臉和頭髮都包著，似乎是在防晒。

水手這才看到，臉色都變了。「她怎麼現在才上船，我們一直以為她已經上船了。」

「這是誰？」

水手的語氣也發生了變化：「這位是船東的女兒，董小姐，我們的少東。這一次從其他地方駐留麻六甲，然後坐自家船回廈門。託她的福，船上的食物都是從麻六甲海運倉庫裡運上來的歐洲酒和醃肉，咱們不用吃疫病區的東西。」

張海鹽瞇起眼睛。「她和華爾納是朋友？」

「如果不是船東的朋友，你怎麼把火槍帶上船呢？」水手說道：「你可別去惹她，她在麻六甲是拿督的身分，張瑞朴先生都要從她這裡拿通關的法令。」

張海鹽的眼睛更瞇了。「你們都聽她的？」

「當然，半條航線的船都聽她的。」

張海鹽拍了拍水手的肩，心裡已經有了一個大膽的想法。

他們排了大概一個小時的隊，終於上到了船甲板遮陽棚下的候客區。所有的頭等艙客人都在這裡休息，然後有水手給他們喝迎客茶、吃消毒藥片、對隨身行李進行消毒。

董小姐沒有利用特權，而是也在這個區域喝茶休息。美國人都各自坐在桌子邊，她一個人一桌，正用漂亮的眼睛遠眺霹靂州的熱帶風光。

張海鹽上去，水手示意他休息，沒有可能插隊，所以在這裡得耐心等候，隨後便繼續下船接待下一批客人去了。

張海鹽看他一走，立即站了起來，來到董小姐的桌子邊上，坐了下來。所有人都驚呆了。張海鹽在瞬間看到邊上的美國人全部看著他。幾乎是同時，他發現這些美國人都把手插進了口袋裡。一片扳機扣開的聲音。

哦，張海鹽心中好笑。有錢人，董小姐應該是一個極度有錢的人，這個保鑣陣容排場真大。

張海鹽看了看董小姐的眼睛。董小姐根本沒有看他，還是看著外面的熱帶風光。邊上有一個白人大漢站了起來，朝他走來。

「朋友，你是不是坐錯位置了？」那個大漢說道。

張海鹽沒有理會這個大漢，對面前的女人說道：「董小姐，我是來救妳的。妳有很大的危險。」

董小姐這才轉過頭來，看著張海鹽，白人大漢已經揪住了張海鹽的脖子。

「董小姐，要不要把他扔下去？」

張海鹽感受了一下白人大漢的握力，這樣力量的人，他可以在三秒內擰斷對方的脖子。先抓住手腕，然後翻身，直接手腕後翻，扭到大漢身後，然後另一隻手反手勾住他的脖子，手腕一拉，勾手反方向一拉，脖子就斷了。

但是他不能這麼做，因為他會立即被邊上的人打成馬蜂窩。

董小姐打量了一下張海鹽，搖頭：「你未必能把他丟下船，哈迪遜先生。而且他是頭等艙的客人。」說著，董小姐往椅背上靠了靠。「請你解釋一下你剛才說的話。」

「我是從檳城來的，董小姐，我看妳雖然並不聲張，但是戒備森嚴。」張海鹽看了看邊上的美國人。「如果我猜得沒錯，妳身上肯定帶了特別貴重的東西，要運回廈門，所以妳坐自己的船，並且暗中準備了那麼多人手保護。」

董小姐沒有說話，張海鹽繼續耍她：「實不相瞞，這個消息早就洩漏出去了。我從檳城來，我在檳城的時候，偶然在酒館中聽到一群人說，要來劫持這個東西。我這個人古道熱腸，留心偷聽偷看，已經把這些人的樣子全部記了下來。」

董小姐仍舊看著他，看眼角似乎覺得好笑。

「然後呢？」

「然後我早就想好了，我不能讓這群人得逞。董小姐，我是頭等艙的客人，而且還是軍官，我有義務保護華人的安全。所以，為了妳的安全，我有一個提議，就是，妳借我幾個人，我在船上溜達一圈，妳幫我廣開通道，我去把那幾個人給妳找出來。在船開之前，我們解決隱患。」

張海鹽拍了拍身後的大漢：「我覺得這個就不錯。」

張海鹽是有信心的，首先，他分析董小姐的情況。董小姐身邊的外國人，貼身保護她的，就超過十個人，反應都很快。董小姐只是一個富二代，這麼恐懼仇殺的可能性不大，除非董小姐身上帶有非常貴重的東西，這個東西價值連城。

她防的不是尋仇，而是搶劫。

所以他自己的說辭雖然唐突，但是如果所帶的東西真的貴重，董小姐是會重視的。如此，他就可以帶著特權在船上盡情調查，不用偷偷摸摸。

說實話，三天時間要想查出來，必須有船方的協助。

董小姐又轉頭看了看外面的風景，如果張海鹽能看到她的臉的話，就能意識到她的不耐煩。但她的表現還是如張海鹽所料，她想了想，開口：「你言之鑿鑿，那如果找不到呢？你會如何解釋這件事情？」

「哈哈哈，如果找不到，就是他們喝酒亂說，我自罰三杯，董小姐就當我是獻錯了殷勤。」

「這種說法，聽上去是這位先生想利用這個藉口，在船上調查自己想調查的事情，希望騙取我給你的特權，好行方便。」董小姐看著張海鹽。

張海鹽愣了一下，心中好不尷尬，這也太準了。

張海鹽對於富家千金是有偏見的。他承認，他從未想過董小姐會毫不猶豫地打臉，一下不知道如何接話。

董小姐對一邊招了招手，剛才他排隊的時候一直在檢查貨物的戴眼鏡白人走了過來。

「斯蒂文。」

這個叫斯蒂文的白人過來，董小姐和他耳語了幾句，轉頭就對張海鹽說：「不管你到底是什麼目的，先生，我沒有空陪你玩遊戲。秉著航運一切安全優先的原則，我給你這個特權，並且給你三天時間。三天之後船開之前，如果你找不到你說的那幾個人，那麼我就要行使船東的權力逮捕你，並且讓你去廈門坐牢。如果你拒捕，我會准許我的人當場擊斃你。你敢不敢答應？」

張海鹽愣住了。這時候董小姐的房間準備好了，董小姐接過鑰匙，站了起來，看著張海鹽。「十秒鐘，回答我。」

本來，局面全部在張海鹽的控制之下，如今董小姐卻掌握了一切。張海鹽根本沒有時間考慮，看著董小姐轉身就要走，立即站了起來：「我有信心，那如果我找到了那幾個人呢？」此時怎麼樣也要打腫臉充胖子了。

「等你找到再說吧，斯蒂文會跟著你，幫你疏通關係。」

董小姐飄然而去，美國人也都跟著離開，只剩下那個戴眼鏡的白人，冷冷地看著他。

張海鹽等到看不見董小姐了，才放鬆下來，對斯蒂文說道：「最近千金小姐的成色見長。」

「你貴姓？」斯蒂文問。中文非常流利。
「我姓張。」
「張先生，我現在回房間收拾一下。一個小時後，我們在這裡會合。我正式開始計時，計時之後七十二小時內，你得找到你說的那群匪徒。」斯蒂文提上自己的行李，行禮，然後走進了頭等艙。
張海鹽嘆了口氣，看了看外面的風景。海鷗在飛，陽光很毒，三等艙的客人還在不停地上船。「好，散播瘟疫的壞蛋，我來了。」
345號房間是三樓的頭等艙房間，他進了房間才意識到什麼叫頭等，因為這間房間太豪華了。
這是一個套房，但是不僅僅只有一個客廳，還有一個獨立的餐廳。這在空間狹窄的船上已經非常奢侈了。房間對面就是服務生的房間，溝通十分方便。以這個房間的大小來看，每一層只有一間同款式的。剛才的水手敲門，又拿進來一個包裹。
「這個是訂房間的時候，先上船的一些日用品，張瑞朴先生讓我在您上船的時候給您。」
張海鹽打開那個包裹，裡面有一張船的設計圖、一個電報位址，還有整兩條菸。
是他換成張海蝦推薦的菸之前，他最喜歡抽的那種惡臭難聞的菸。

附帶紙條：恭候您的好消息。隨時電報聯絡，人我會照顧好。

張海鹽躺倒在彈簧床上，拆了一包菸，拿出一支叼在嘴裡，看著天花板。

張瑞朴說得沒有錯，他們的一舉一動他都知道。他在船上的活動，應該也逃不過他的法眼。

他爬起來，開始洗澡洗衣服整理頭髮。為了張海蝦，他得做一個有模樣的偵探。

斯蒂文也換上了軍裝，顯然也是當過兵的，不想和張海鹽兩個人並排走的時候，讓人留下書記官的印象。兩個人首先去了水手艙。

水手們非常忙碌，都分布在不同的地方。宿舍裡的人不多，張海鹽並不害怕奔波，他可以同時熟悉環境。

第一步，照例先碰碰運氣吧。在一個封閉的空間內，一定會滋生大量的八卦，這些八卦中有時候會藏著一些線索。到了一個地方，先瞭解八卦是不會錯的。

他這種行為是完全和自己剛才要別人的說法不匹配的，但斯蒂文保持著極大的耐心。張海鹽本來還準備了另外一套說辭耍他，後來發現完全用不著。斯蒂文只是介紹他，然後要求別人配合他。

除去所有船都有的那種志怪故事之外，跟三等艙有關的，一聽就是事出有因的故事，有三個。唯一讓他十分在意的，只有一個故事。因為這個故事提及率最高，而說的人，都會有個話頭：就在不久之前。說明發生的時間很近。

有一個叫做宋猜的水手，忽然不見了。

宋猜是個越南人，他在到達麻六甲之後第三週就不見了。當時，船航行在海上，從一個港口去另外一個港區。上一個港口船開的時候，人還是在的，船開之後，就不見了。

（南安號到達麻六甲之後，停靠一個月。這一個月並不是都在碼頭，有時候它要開到大陸的其他淺水港附近，接收大宗貨物。在這裡開船之後，其實也不是立即開往廈門，而是要繞道新加坡深水港，最後一次上重貨。）

（當時，新加坡深水港的地位已經開始威脅麻六甲，熟悉這段歷史的人可能很瞭解，這裡暫且一提。）

很多人都說宋猜跳海了。水手在海上時間太長，出現憂鬱跳海是可以理解的。但在整理宋猜房間的時候，他們發現宋猜的床下面有一只藤箱，藤箱裡裝著的是一只一只的寬口瓶，瓶子裡面全是蒼蠅。

蒼蠅大都是活的，都是宋猜在船上抓的。這種大船上，老鼠和蒼蠅都能夠存活，而且種類很多。

這個行為非常的奇怪，因為是麻六甲的船，很多人都覺得和降頭有關係。當時他的室友告訴其他人，宋猜從到達麻六甲之後第三週開始，就有些怪怪的。半夜經常出去，但誰也不知道他去幹什麼，現在算一算，宋猜半夜應該是出去捉蒼蠅了。

後面的發展就有些離譜了，都開始傳宋猜捉來的蒼蠅，都是自己吃的。他是中了降頭，要變成蜥蜴了。

也有人說，宋猜得了重病，在自己身上種蛆，是要吃掉自己身上的一個肉瘤。那個肉瘤裡有個鬼，如果不吃掉就會長成一個人。

在這個八卦裡，最離奇的就是那些瓶子裡的蒼蠅，而且從檔案室查閱的資料來看，那些蒼蠅是真實存在的。

這件事情大體是真的。也不知道是不是心理作用，張海鹽聽完之後，發現這艘船上，蒼蠅要比其他他坐過的船多一些。

第十五章　蒼蠅蒼蠅

張海鹽並不能肯定這個八卦故事和自己要查的事情有關，但比起漫無目的地亂查，這個線頭總歸是一個方向。

蒼蠅，也確實和瘟疫很有關係。

一個半夜去捉蒼蠅的水手。時間也非常吻合，就是在這艘船到達麻六甲的時候，瘟疫開始傳播的時候。

宋猜會不會就是那個散播瘟疫的人？他沒有跳海，而是帶著傳播病毒的蒼蠅下了船，在各地散播？

不，不會那麼巧合，因為發生瘟疫的每個地方，第一個發病的人，正好都是南安號的客人。蒼蠅傳播不會那麼精準，肯定到處發病。

瘟疫一定是人傳播開來的。張海鹽在斯蒂文的強行特權下，進了宋猜的宿舍，躺在宋猜的床上，希望能夠從宋猜的視角得到什麼靈感。

張海鹽沒有獲得任何成果。床很乾淨，沒有蒼蠅，也沒有血跡、塗鴉，來詮釋他最後的那段時間，是痛苦的，還是憂鬱的、憂慮的。

他躺在宋猜床上發呆的時候，斯蒂文就在另外一張床上坐著，看著他。張海鹽讓自己的注意力高度集中。

不能分心，現在任何擔心張海蝦，任何患得患失的心情，都是浪費時間。每一分鐘都不能浪費。

他爬了起來，意識到宋猜是一個錯誤的方向，因為他看到了在他躺著的位置的上方床板（上下鋪，一個房間四個人）刻著淡淡的兩個字母：N、P。

這兩個字母有很多種解釋，但是結合蒼蠅，只有一種解釋。

Nepenthes Pharmakon.

這是埃及女王給海倫的一種藥水，ne 是忘記的意思，penthes 是悲傷的意思，這種藥水可以忘記悲傷。

在馬來西亞，這兩個字母代表著一種植物，叫做豬籠草。

宋猜在走私豬籠草，蒼蠅是給豬籠草的食物。檳城盛產這種植物，他下船去了檳城正好遇上瘟疫，可能已經死在檳城了。他如果走私植物，以他的學歷是記不住拉丁文全拼的，N、P這兩個字母可能是晚上他打包的時候為了不忘記，描在床板上的。

張海鹽看了看手錶，他浪費了四個小時。其他的八卦都時間久遠，不足以成為調查方向。

他點上第六根菸，看著斯蒂文，斯蒂文非常有耐心地看著他。

「兄弟，在這三天裡，什麼忙你都會幫我的對吧？」

斯蒂文坐直了身體，似乎是按了按腰間的手槍，不知道他要做什麼。

而在另外一邊，何剪西剛剛上了港口最外面的一艘叫包恩號的船。包恩號是一艘小駁船，去往舊金山。因為麻六甲瘟疫的原因，這種船都會挑選乘客，而船甚至停在港口最外面的礁石邊，由小船接送乘客。

當時從麻六甲到舊金山的小型駁船被稱為棺材船。船上條件極差，很多人都在船上得病而死，或者因為鬥毆、搶劫、海盜而失蹤。船主多少有勒索和走私人口的性質，限制船客的自由。出現船難時拋人入海，各種慘案層出不窮。

當時南洋檔案館的建立，主要就是針對這些海上的懸案。張海鹽他們對於私殺華人的船東和水手，都堅決地予以處死。因為他們水性極佳，喜歡從水中上船，殺人之後跳海而走，所以被稱呼為海上的瘟神。到現在南洋的很多傳說裡，都有一個嘴巴裡有刀片的水鬼，就是來自於張海鹽。

作為最後一批乘客，何剪西有些魂不守舍。

昨天，何剪西回到酒莊的時候，帳房已經關了。

他有些氣鼓鼓的，這意味著他當天收的帳沒有辦法在當天平帳，對於重視計畫的他來說，有些沮喪。

他拖著滿是傷痕的身體，回到了自己的房間，那是臨街的一個二樓的小閣樓，開始理帳。

他清點數目，把紙幣用書夾平，發現那沓紙幣之中，夾著一隻蒼蠅。那隻蒼蠅是被兩張紙幣壓死的，因為天氣炎熱，牠已經乾了。他小心翼翼地用小刀把蒼蠅刮了下來，發現那張紙幣上用指甲畫了一個圖案。那是一個瘟神面具的簡筆畫，嘴巴裡含著刀片。

瘟神是蛇的身體，盤在一朵不知名的花上，而蒼蠅正好在那朵花上面。

何剪西不明白是什麼意思，他也沒有在意，錢這種東西髒了很正常，也有人在錢上面塗鴉。只要它是錢，總歸能發揮價值。

他打算洗洗睡了，忽然就有人敲門。何剪西從窗口往下看，看到酒莊的老闆拿著酒，在下面讓他開門。

何剪西有些意外，老闆雖然時常找他喝酒，但多會提前打招呼。如今怎麼忽然來了？

何剪西打開門讓老闆進來，老闆是一個英國人，進來的時候滿身是血。

他立即把門關上了。

何剪西剛想問什麼，老闆喝了一口酒，就把何剪西推到角落裡，自己靠在門上，說道：「都結束了，何。」

何剪西莫名其妙，看著老闆身上的血在往下滴落。

「你受傷了？」

「這不是我的血。」老闆說道：「這是白戲他們的血。」

白戲是他的同事，也是一個華人帳房，年紀比他要大。

「白戲他怎麼了？」何剪西忽然有些害怕。老闆看了看桌子上的錢。何剪西解釋：「這是今天的帳，我收回來了。」

老闆笑了，說：「這種帳你都能收得回來，何，你從來不會讓我失望。」

何剪西貼著牆壁，老闆的笑容讓他恐懼更甚。老闆環視了一下何剪西的家裡，家裡什麼都沒有，但僅有的東西非常整潔。

不知道為什麼，他有些觸動，這個中國人，和其他人都不太一樣，他的靈魂在聖殿裡。

老闆指了指桌上的錢：「這些就是你的遣散費，我們的酒莊，不在了。」

何剪西一下子無法接受這個訊息，愣了一下，問：「老闆，到底出了什麼事，白戲他們呢？」

他的私酒老闆，忽然掏出手槍，伸進自己的嘴裡，開槍。

巨大的破壞力打爆了他的頭，腦漿、血和彈片，噴上了他的門。

何剪西臉色蒼白，嚇得癱倒在地。

何剪西不知道，那一天，英國私酒禁令解除，走私酒類再沒有巨額暴利，英國高利貸商人鎖緊對於私酒販子的放貸。一個在麻六甲的英國商人的私酒館破產，手下的中國帳房得知消息後，將他的帳目通報了麻六甲當局。

私酒禁令的通告正式到達麻六甲生效是在一個月之後。這個英國商人在得知法令頒布到法令生效的一個月內，被收繳了所有財產。他持槍殺死了自己的中國帳房全家，並在另一個帳房家中飲彈自殺。

何剪西不知道老闆為什麼沒有殺死自己，也許是因為他沒有參與白戲的背叛，或許是自己收到了最後一筆欠帳。

但一切都煙消雲散了。

他當時滿腦子都是自己的何去何從，最終他決定去舊金山找正在淘金的表弟，只有那裡還可能有需要華人帳房的洋行。還好，他買到了一張包恩號的船票。

何剪西在日出之後急急踏上了旅途。船票的時間比較緊張，他甚至沒有時間去好好再看一眼他生活的街道，就上了包恩號。

斯蒂文穿著用睡衣改成的袍子，臉上被張海鹽畫了很多的細小的英文，手裡舉著一塊牌子，上面寫著一個很大的英文：靈媒。

在張海鹽的房間裡，張海鹽完成了這個打扮，繞了兩圈，斯蒂文看上去有一種歐洲魔法的說服力。

「你到底想做什麼？我是做科學工作的，我不相信這套東西。」斯蒂文說道。雖然他已經快氣瘋了，但仍舊有禮貌地配合。他看上去是一個非常遵守規則的人。

「外來的和尚好念經。」張海鹽說道。在靡六甲，船醫帶著西方的先進醫術，已經形成了西方醫生更能治病的觀念。降頭術和道術雖然也大行其道，很多人裝神弄鬼，但在船上，迷信和科學是一個東西。一個西方的術士，既像醫生，又像魔法師，就有很多文章可以作。

「我不明白。」

「你不需要明白，你只需要知道，接下來這一天，你對著我念《聖經》就行了。」張海鹽進到廁所裡，就開始在自己的手臂上化妝。

他在自己的手臂上畫上了五斗病的麻疹，他見過非常多真實的五斗病，所以畫得唯妙唯肖。他把麻疹遮了起來，就和斯蒂文開始在外面亂晃。

張海鹽一路逛到當天天黑，特地和很多人打招呼。他穿著軍裝非常顯眼，很多人都對他印象深刻。而他讓斯蒂文跟在他身後能看到的地方，但是不要和他同行。路上，眾人都對斯蒂文指指點點，斯蒂文臉色很不好看，但仍舊沒有發作。他甚至有些好奇，不知道張海鹽想做什麼。

當天晚上八點左右，張海鹽來到了三等艙的甲板活動區。那個地方現在堆了一些貨物，據說貨艙有部分改成了三等艙，所以貨物堆到了甲板上。即使如此，活動區裡還是有很多人，正在看海和閒聊。

斯蒂文實在是有些疲倦，他靠在船舷上，終於有點跟不上張海鹽。而張海鹽精力充沛，完全不像動了一天的樣子。

斯蒂文看向遠方，忽然被身邊一個東方女性吸引了注意力，那是一個身材姣好的女孩。女孩從他邊上走了過去。

斯蒂文看向那個女孩的腿，這個東方女孩的腿很長。他揉了揉鼻梁，有點睏頓。再轉回頭去，就看到張海鹽那一邊，人已經沒了。

他急急地走了過去，就看到所有人都往那兒走。他走了幾步，看到張海鹽倒在了地上，不停地抽搐。

斯蒂文心生疑惑，走了過去，就看到張海鹽的手臂露了出來，上面全是紅疹。

接著，所有人看到了紅疹，大家都不敢上前，其中一個人叫了起來：「瘟疫！」

這個人肯定是見過五斗病的。他叫起來之後，有幾個人往前擠，看了一眼立即後退，都叫了起來：「瘟疫！瘟疫發病！大家不要靠近。」

所有圍觀的人都開始後退，只有斯蒂文沒有，穿著靈媒衣服的斯蒂文一下子就站到了最前面。

張海鹽痛苦地看著斯蒂文，伸手：「法師，法師，救我。」

斯蒂文看了看四周，覺得莫名其妙。他看到張海鹽向他眨了一下眼睛，心中嘆氣，走了過去，蹲了下來。

「念《聖經》，快。」張海鹽道。

斯蒂文看了看四周的人，特別尷尬，但還是敷衍地念起了《聖經》。

張海鹽努力表演，努力埋頭到斯蒂文懷裡，在懷裡，他一下擦掉了手臂上的化妝。

然後他躺平，開始大喘氣，所有人都看著的情況下，他站了起來，驚訝地看著自己的手。

所有人都看到，他的手臂上，什麼都沒有了，皮膚非常光滑。

圍觀的人驚訝地看著斯蒂文，張海鹽爬起來抱住斯蒂文的大腿。「謝謝你，法師，謝謝你。」

斯蒂文把張海鹽提溜了起來，輕聲說道：「你想幹什麼？」

張海鹽說道：「你們只給我三天時間，我得用特殊的辦法，微笑。」兩個人對著四周的人微笑，張海鹽繼續說：「我要親吻你的手了。你要做出有神力的樣子。」

「我不要。」

「你說話不算話。」

斯蒂文嘆氣，張海鹽親吻斯蒂文的手，斯蒂文拍了拍他的頭。

兩個人回到房間，斯蒂文累得倒在沙發上，把靈媒的衣服直接一脫。張海鹽就給他倒了一杯酒。

這次的表演是有效的，他看那些人的表情，心裡很明白。雖然這種騙局很粗糙，但這是一個白人救一個東方人。

這個世界上，沒有人認為，白人和東方人會一起行騙。

騙局還沒有結束。斯蒂文很快要回自己的房間，張海鹽就把靈媒的衣服給他。

「請你帶上這個，明天，我去你的房間，會有很多人來找你。」

「為什麼？」

張海鹽點頭。「如果運氣好的話，明天我們就能抓到賊了，求你。」

斯蒂文看了看張海鹽，搶過靈媒的衣服，轉頭就走。

當天晚上，張海鹽一夜都沒有睡，直接翻到了三等艙、二等艙、頭等艙的區域，給裡面的乘客，隨機在他們身上畫了五斗病的麻疹。

第二天上午九點左右，他來到斯蒂文的房間的時候，已經有人在給斯蒂文磕頭了。那是頭等艙的人，三等艙的人都在頭等艙口子上，被水手攔住，雙方的衝突非常劇烈。

斯蒂文看著張海鹽，他顯然不知道怎麼辦。張海鹽做了一個念經的動作，然後自己拿著酒精在邊上等著。經念得差不多，他就把那些做上去的五斗病痲疹去掉。

張海鹽看著所有人的臉，他記得他化過妝的所有人。他們一個一個出現，因為不能進頭等艙的三等艙客人太多，他們最後只能把沙龍當作靈媒治療機構。

張海鹽默默地看著。他知道，這件事情很快全船就會知道，船上有傳播瘟疫的人，很快也會知道有一個美國靈媒，可以轉瞬之間治癒瘟疫。

他記得所有他化妝過的人，多數都是小孩、很老的老人和外籍人員。而他基本能確定，盤花海礁的那批軍閥士兵和這個事情脫不了關係。那群人是中國人，所以他大量避開了中國船員水手。

他相信，不管是怎樣傳播瘟疫的人，聽到這樣的消息，一定會來看一眼到底是怎麼回事。如果瘟疫是可以被治癒的，那麼他們的行動很快就會沒有意義。

他只需要注意兩種人，他化過妝沒來的，和他沒化過妝來的。

這一天的治療一直到了晚上，斯蒂文已經快要累暈倒了，張海鹽都沒有收到任何的指向型消息。

所有來治療的人都是他化過妝的人。

那天晚上，斯蒂文扶著腰回自己的房間，對張海鹽說：「後天的早上，就是我逮捕你的時候。你儘管胡鬧吧。」

那一天晚上，張海鹽還是有信心的。但是第二天，還是一樣的情況。晚上，斯蒂文已經不說話了。張海鹽第一次意識到，自己之前過於樂觀了。

那些傳播瘟疫的人非常有耐心。

整個晚上他都沒有睡著，在船上亂走，腦子裡一團亂，現在改變戰略已經來不及了。他想不明白，為什麼傳播瘟疫的人對這件事情不感興趣？

難道自己的妝不夠逼真嗎？還是說，他們已經看過了痲疹，知道了這是一個局？

張海鹽對於自己的化妝術是非常有自信的，普通人是看不出來的，用其他藥水也擦不掉，只有他可以。整個局基本上不可能出問題。

為什麼不來？

天亮的時候，張海鹽意識到董小姐的方案可能要失敗了，船在今天會開，他的時間不多了。現在可能應該考慮的，不是查案，而是躲開斯蒂文。

就在那個瞬間，張海鹽忽然想到了一件事情。

傳播瘟疫的人對這件事情不感興趣，但應該對這件事情感興趣的人，也沒有出現。

張海鹽從床上坐了起來，自言自語道：「船醫。」

船醫要給所有上下船的乘客發藥丸，他們是可以控制乘客發病時間的，只要把瘟疫藥丸封在其他藥丸裡。船上有人治癒瘟疫，按道理，患者首先去找的應該是船醫。船醫知道船上爆發瘟疫了，應該封船不讓船走。自己也可以繼續查下去，這是他計畫的副作用。

但船醫沒有反應。

船醫不希望船封在這兒。

張海鹽看了看手錶，先來到沙龍，問服務生：「我們看病的時候，有船醫出現過嗎？」

服務生告訴他，船醫們當時一直都在沙龍裡休息。

張海鹽一拍大腿，衝向醫務室，剛出沙龍，就看到了斯蒂文走了過來，看著手錶：「張先生，你被捕了。」

張海鹽看著斯蒂文，一下捂住心口倒地。「醫務室，你可以抓我，先送我去醫務室。」

張海鹽開始了表演，努力到脖子裡的汗都演出來的時候，連旁邊的水手都看不下去了。水手說道：「斯蒂文先生，您的朋友身體不舒服，您是醫生，您看是送到您的房間，還是送到醫務室？」

斯蒂文厭煩地看著張海鹽，似乎是感覺順路送個老奶奶過馬路結果被訛上了，但他還是看了看張海鹽的眼球，測了測他的心跳，表情古怪。

「送到我房間去吧。」斯蒂文嘆了口氣。

張海鹽心說壞了，沒有想到這個老外是個醫生。

他想立即站起來，說自己沒事，但又覺得這樣過於刻意。於是決定自己在前往斯蒂文房間的路上，逐漸好轉，進到房間坐下來之後，就完全恢復，感謝一下就走。

結果剛進到船艙裡，轉了個彎就到了斯蒂文的房間。他剛想迅速好轉，卻一下被這個房間震住了。

斯蒂文的房間非常大，ＶＩＰ中的ＶＩＰ。這個房間甚至還有陽臺，外面陽光射進來，完全是歐式的內飾。他的行李全都打開了，裡面全都是書和資料。

他捂著胸口，被放到了綠色的天鵝絨沙發上。他坐下的時候，彈簧發出了「咯登」一聲。那種貼合身體的舒適感猶如魔鬼一樣將其擁抱。

他常年出入雨林、海上，睡在樹枝和船甲板上，已經多久沒有睡過帶彈簧的軟床了自己也不知道，以至於他發出了一聲呻吟。

斯蒂文讓水手退了出去，張海鹽才反應過來，立即開始進入好轉的流程。結果斯蒂文倒了杯威士忌，自己喝了一口，說道：「別裝了，你心臟在另外一邊，你自己不知道嗎？」

張海鹽愣了一下，看了看自己的手。這才想起來，他和其他人不同，心臟是相反的。他們成年體檢的時候，有醫生和他說過，他並沒有在意。

為什麼沒有在意？因為他們所有的孩子，心臟都是反的，好像這就是他們被選中的原因。

「鏡面右位心不是病，你不用害怕。」斯蒂文說道：「但你想幹什麼呢？朋友，我本來以為你只是被董小姐吸引，想用特殊的方式引起她的注意，但如今看來，你上船確實有不可告人的目的。」

張海鹽還在摸著胸口，發現自己真的摸錯了，長嘆了一聲，心說生疏了，早知道裝絞腸痧了。

他看著斯蒂文，心想這個事情麻煩了。自己查案的事情如果被人知道，難度就會增加一倍，且不說南洋檔案館是個沒沒無聞的野雞部門。就算這些老外相信自己是公差來查瘟疫案的，傳播瘟疫的人還在船上這個消息，也足夠讓整個旅程崩潰的了。

得編個故事。張海鹽心念電轉，自己上船沒有問題，船票也是真的，但為何上來裝病？有了。

「我喜歡的人在這艘船上做船醫。我很想她。」張海鹽說道：「對不起，耽擱你了，我有點過於幼稚了。」

「以往的海運船上都有一到兩個全科醫生，南安號因為麻六甲瘟疫的關係，有三個醫生、七個護工。據我所知，全是男的。你喜歡的人，是個男的？」斯蒂文皺起眉頭。

張海鹽心說你怎麼什麼都知道，一下就不敢亂說了，還在猶豫怎麼編，斯蒂文說道：「你不要裝了，你上船的目的是董小姐吧？你是從哪裡知道我們的事的？」

張海鹽還在編，忽然被斯蒂文這麼一說，他就懵了。嗯？他心說：什麼？你有什麼破事？

斯蒂文轉身翻開自己的箱子，輕輕地說道：「雖然董小姐讓我把你收監，但我覺得也有點過了，多少錢你願意下船？」

張海鹽頭往後縮，心說乖乖，這是蒼天的恩賜還是大地的覺醒。還想再狡辯，忽然發現斯蒂文的手的動作不對。剛想仔細看，斯蒂文忽然轉身，手上已經多了一把左輪手槍。

抬手開槍，張海鹽瞬間躲過。子彈打在他身後的沙發上，炸出了彈簧和棉花。

斯蒂文毫不猶豫，連續把子彈全部打完，張海鹽左右騰挪。子彈打到房間裡的紅木家具和床品上，炸得木屑和棉花到處都是。

斯蒂文的手非常穩，普通人開槍是不會這麼高頻率的，但七發子彈瞬間打完。斯蒂文甩槍輪，左輪槍的子彈殼落下的同時，他已經開始重新裝彈。

張海鹽想逼近他，沒走兩步斯蒂文已經重新抬槍，又是一槍，張海鹽再次躲過。對方幾斤幾兩，他儼然心知肚明。

這是個用槍的頂尖高手。張海鹽就地一滾躲過第二槍，就從陽臺跳了出去，貼著船舷躍入海中。斯蒂文對著海中打完了所有的子彈，回到房間裡，拿起了電話：「通知華爾納先生，全船戒嚴，那個奇怪的人是個騙子。左船舷入水，要把這個人抓回來！」

一邊張海鹽抬頭出水，帽子在一邊漂著，他一把抓住，就看到岸邊的員警已經上到小船上，朝著他划過來。

靠近港口外的區域浪大了起來，浪花猶如浮動的山丘，視野沒有那麼好，加上和後面的船拉開了距離，船上的狙擊手也被浪花遮擋了視線，他們的追擊這才停了下來。

何剪西在包恩號的甲板上就聽到後面的巨輪上傳來鞭炮聲，他略為驚訝地回頭看，以為有什麼法事，突然就被身後上船的人推倒在地。

包恩號是一艘小駁船，去往舊金山。船上有兩根桅杆，帆已經破破爛爛。甲板上現在全是貨物，還有船員養的家禽，雞鴨的屎尿齊飛，臭氣熏天。何剪西雙手壓在雞屎上，一種油膩溼潤的感覺傳來。

他趕緊爬起來，檢查自己的身上有沒有沾到髒東西。他這件衣服是他比較體面的一件了，而且是短打，比較適合在船上生活，他不想一上來就弄髒。

邊上的水手過來收船票，對他道：「加一個大洋的話晚上有女人陪。」說著指了指一邊，那裡有一個婦女，目光呆滯，靠在貨物上。「這女的少一個大洋，不夠買票，兄弟你行行好，一個大洋，她陪你到舊金山。我也是好人，她留在麻六甲肯定是要死了。」

何剪西看著那個婦女，那婦女注意到他了，似乎被拒絕了好多次。她已經沒有希望了，眼神中只有絕望。

何剪西想了想，抓了抓兜裡的錢。一個大洋他是有的，酒莊老闆給了滿多的。但舊金山物價昂貴，這點錢必須非常小心地花。他想了想，走到那個婦女面前。

「妳去舊金山有親戚投奔嗎？」

婦女一下驚醒，立即站直了，說道：「是，小哥，我哥在那兒。」

「我不做齷齪的事情。出門在外，我娘說不能亂幫人。但妳如果未來肯把這一塊大洋還給我，我就先借妳錢。」何剪西說。

婦女過一會兒才反應過來，有人肯幫她，簡直不敢相信自己的眼睛，立即點頭。「我，我一定還，謝謝小兄弟。」

何剪西掏出一個大洋，遞出半寸，他的手並不鬆開。「妳要給我寫一個憑證，按個手印。」

那婦女愣了一下，說：「小兄弟，憑證這種東西多麻煩啊，我什麼都沒有。其實我也是嫁了人的，丈夫已經死了，如果你要我陪，我這個婦道人家也不在乎了。」

何剪西搖頭：「妳得保證還我錢，我才能借錢給妳。」

那婦女不知道為何，竟然有些疑惑，看著那水手，那水手過來說道：「好了好了，你要人家還，人家怎麼還得起。路上很寂寞的，兩個人可以有個照應，而且寡婦屁股圓過貂蟬，你不知道嗎？」

何剪西還是搖頭。水手點上菸，推了何剪西一把。「走走，你們有緣無分。」

邊上的水手哄堂大笑，何剪西也不知道他們在笑什麼。那水手似乎很沒有面子，又推了何剪西一把。「把你的雞屎洗了，留著當飯吃啊？」這一推，正推在何剪西裝大洋的兜上。

他的紙幣是藏在褲腰帶裡的，但大洋都縫在衣服的裡面內兜，這一推，所有人都聽到錢撞錢的聲音，數量還不少。

四周的人一下都安靜了下來，全部轉頭看著何剪西。

何剪西被氣氛的變化嚇了一跳。那水手也不推他了，又拍了一下他的兜，錢的聲音更加清晰。水手也不忌諱，竟然低頭去看他的兜裡面。其他水手也饒有興趣地看著他，連那婦女都看著他。

何剪西抓著自己的行李，看著對方的眼神，也不知道他們是什麼意思，立即把兜夾好，就往裡走去，走著還回頭看那個水手。水手目送著他，倒也沒有跟來。

走了幾步，他看了看手上的雞屎，尋著船上的廁所走去。這個時候，身後的水手才都站起，緩緩跟了過來。

船上的廁所一般都是在甲板尾巴的一邊，其實就是幾個有洞的木板架空。邊上用一只桶連著繩子，可以丟入大海打水，然後沖洗。無論是大小便，都是坐在洞上，下面就是大海。

所有船上的廁所其實都還算乾淨。何剪西進去，看了看身後，就打算選一個洞，先坐下方便一下，然後打水洗手。

他選了半天，選了四個洞的左二，這個洞看上去最乾淨。剛脫掉褲子，準備坐上去，就看到從那個洞裡探出一個人頭來。

「兄弟，你先等等。」張海鹽探頭，從那個洞裡艱難地爬上來。

「你是誰？偷渡的？」何剪西驚道。這年頭偷渡是大罪，如果自己被連累，是有可能被丟下海的。

「怎麼會呢？」張海鹽渾身是溼透的，看了看四周，甩了甩頭髮。「剛才如廁的時候，忽然打了一個盹兒，就掉下去了。見外見外，我這人屎睏，聞到屎味就發睏。」

何剪西怎麼會相信他的鬼話，剛想出去，廁所門就被打開了。一行水手走了進來，和何剪西撞了個滿懷。這些水手都帶著匕首，順手直接把何剪西的頭髮扯住，讓他跪在地上，立即就有人去摸他的懷裡。何剪西疼得齜牙咧嘴，但嘴巴也被人捂住。

錢兜立即就破了，大洋撒了一地，都滾向邊上的縫隙裡。縫隙下就是海，眾人都急了，馬上就有人去踩住，場面一片混亂。

「快，趁船老大還沒發現，這波肥油我們先吃。」為首的水手說道：「別亂！」

他們顯然都沒有想到，廁所裡還有一個人。當他們抬頭看到張海鹽的時候，所有人都愣了一下。

張海鹽看著腳下的大洋，撿起來，略微有些尷尬地說道：「這個，我補個票。」

第十七章　下賤的瘟神

水手回頭看了看同夥，使了一個眼色，後面的同夥拿著刀開始圍上來。

張海鹽數了數水手的數量，有七個人。這種小駁船，七個人是很大的數量了，不能動手啊，自己不能再造成更大的恐慌了。而且，如果全部殺掉的話，這一船人就出不了海了，到時候自己可能會改變很多人的人生。

但對方顯然不想放過他，開始呈扇形圍了過來。

「私殺華人的船客，不怕被瘟神纏上嗎？」張海鹽笑著說道。

當年，他們在海上誅殺殺華人的水手，很長一段時間讓這條航線上的華人得到了某種尊重。但謀殺變少了，他們的任務也少了，名聲似乎也逐漸地淡了下去。

「那個瘟神，消息沒有那麼靈通的。這個人沒有同伴，在這個角落，不會有人看見他被殺的。」為首的水手是一個頭上戴著印度布條的人。「你恐怕也是一樣，看到了，就多收一條人命吧。」

張海鹽這才知道為什麼這麼多水手，顯然是一夥的。這種情況下，還要到廁所裡來行凶，看來自己的名聲在這裡仍舊有餘威。這個小夥子，應該是單人上船，沒有親眷，所以才會被他們選為目標。

他看了看大洋，心說雖然年輕，但還挺有錢的。圍著他的水手靠攏得越來越近。這些人在水上混久了，還是有眼力的，看這個年輕人渾身溼透，但是從容不迫，甚至有些心不在焉，反而都不敢向前。

張海鹽盤算了一下時間。再過一會兒，岸上的員警肯定會上船盤查，為了保險起見，他不能讓事情再失控下去了。他決定快速解決問題，於是冷笑了一聲，忽然上前一步雙膝跪倒，對著這些水手說道：「大爺饒命。」

水手們嚇了一跳，後退了一步。張海鹽順勢從兜裡掏出一捲錢來，雙手奉上。「這個人是我的表弟，我們家就剩我們兩個種了，如果都死了，我們家就絕種了。這些大洋和這些錢都給大爺們，我們保證不說出去，求放過我們的狗命。」

水手們互相看了看，張海鹽繼續說：「這些不是大爺搶的，是我們孝敬大爺的。大爺們不用怕瘟神知道，現在瘟疫橫行，大爺們也不想遭天譴吧。都是討生活的。」

說著，張海鹽眼眶都紅了。為首的水手皺起眉頭，過去接過錢，翻了翻，錢還不少，就笑了。「小兄弟，你是個人才啊。不似那些要錢不要命的，知道見山頭拜山頭。」

張海鹽諂媚地點頭，為首的水手對後面的人使了個眼色。他們也不想多傷人命惹麻煩，後面的人把何剪西放了。何剪西被勒得疼死了，不停地咳嗽。

水手拍了拍張海鹽的肩膀。「我的名字叫二耳龍，你可以叫我龍哥，在這條船上我罩你，錢就交給兄弟們了。」

說著，龍哥轉身道：「給他們兩個弄個單間。咱們那幾個娘們讓他們隨便挑。」

大洋已經都被撿了起來，水手們急著退了出去，似乎要去分這一筆鉅款。

張海鹽鬆了口氣，臉冷了下來，扶起何剪西，對他道：「可悲吧，這些人剛剛不知道自己撿回了條命，他們只要再強硬一點，生命就要結——」

何剪西一拳打在了張海鹽的臉上。「大洋是我的，你就這麼把我的錢給了他們？不可以屈服給這種人！」說著就要衝出去追剛才的人，張海鹽一把把他揪住，輕輕把他的頭往邊上一撥。何剪西的頭重重地撞在木船舷板上，直接昏了過去。

張海鹽摸了摸臉。「脾氣還挺大。」

何剪西面相小，顯得稚氣未脫，被張海鹽單手拎了起來，扛到背上。

何剪西醒過來的時候，已經在一個單間裡了。

說是單間，就是客艙隔開的一個小空間，有一點私密性。沒有門，只有一塊簾子，地上有兩塊門板就算是床了。他的鋪蓋已經鋪在了床板上。張海鹽赤裸著上身，坐在一邊的床板上，抽著菸看著他。張海鹽的床板上什麼都沒有，光溜溜的。

當然光溜溜的，他所有的待遇都在外面一千公尺遠的南安號上。張海鹽懷疑自己就是沒有睡彈簧床的命。

何剪西坐起來，頭暈得很，緩了一會兒才想起剛才發生了什麼。

「你——」

「閉嘴。」張海鹽冷冷地看著他。

「我又不認識你，我要去把錢要回來，啊。」他頭痛得厲害，忙捂住剛才被撞的地方。

「你是這艘船的船客，你去和別人討公道，然後呢，你下船嗎？你鬧起來，這艘船就容不下你了。」張海鹽說道。

「我的錢是血汗錢，他們不可以那麼容易地拿走別人的血汗錢。」

張海鹽掏出何剪西的褲腰帶，從裡面翻出了紙鈔，翻了翻。「這不是還有不少嘛，對於這船上的人來說，你已經屬於穿鞋的了，能活命就別做死的打算。人命多珍貴啊。」

何剪西一下驚慌，忙摸自己的褲腰帶。「還給我！」

張海鹽把褲腰帶和錢丟回去：「留在船上，藏好這些錢，這一張船票是上鬼門關的船票。但你剛才的那些大洋，至少能讓你出鬼門關的機率大一些，值得。」

何剪西立即把紙幣塞回褲腰帶裡，給自己繫上。

「我問你一個問題。這艘船是去哪兒的？」張海鹽問道。

剛才把錢拋回來給他，讓何剪西稍微對張海鹽有一絲放心。他此時也冷靜了一點，說道：「三藩。」

「三藩。這種小船能去三藩嗎？據我所知，這種船到了海上，水手們就把你們全都殺掉，丟海裡。這種事情比比皆是。」

「瘟神的傳說出來之後，就沒有再這樣的了。」何剪西說道：「我弟弟就是這麼去三藩的。當然路上很苦，但我習慣了。」

「你的被子都是用中藥熏過的，顯然是做了很充足的打算。」張海鹽抽了一口菸，何剪西捂住了鼻子，做出了非常痛苦的表情。

「怎麼了？」

「你的菸真難聞。」

菸是水手給他的，正好是他當年愛抽的那種，張海蝦覺得難聞，他改了另外一個牌子。難得張海蝦不在，他過一口乾癮，沒想到又被人嫌棄。

張海鹽不由得苦笑，心說熏死你，故意又抽了一口，才道：「表弟，我們來討論一個事情如何，做一筆交易？」

「我不和你做交易，你把我的錢給別人，你這種人能做生意嗎？」

「哎，就是和你的錢有關。如果我在下船之前，把你的錢給你要回來，你能幫我個忙嗎？」張海鹽說道。

何剪西愣了一下，不知道張海鹽葫蘆裡賣什麼藥。張海鹽繼續說道：「你看看外面。」

何剪西探頭看簾子外面，就看到外面的船艙裡，有好多員警，正在盤查外面的客人。

正看著，張海鹽已經爬過來，縮入了他的被窩。「哎哎哎哎，你幹麼？」何剪西大怒，他最討厭別人進他被窩了。他對於味道非常敏感，別人睡過的被窩，他根本沒法入睡。

張海鹽把自己的頭蓋住。「記住，我是你老婆，你剛睡完我，還沒穿衣服。」說著，張海鹽出手，瞬間解開了何剪西的衣領，然後快速把他頭髮弄亂。弄完這些，他縮回去，從內扣裡翻出幾根金針。

何剪西還沒弄清楚怎麼回事，張海鹽就輕聲道：「幫我過關，我幫你拿回錢，否則我就說你是我同夥。我們一起死。」

何剪西剛明白，簾子就已經開了，員警探頭進來看了看，問何剪西：「你和誰說話呢？起來，我們要看臉。」

何剪西怎麼說得出那種話來，一下臉憋得通紅。正在這時，忽然聽到被窩裡傳來一個銀鈴一樣動聽的女聲：「哎呀，誰呀，我沒穿衣服。」

第十八章　陰陽人

員警互相看了看，就笑了：「這麼著急？白日行淫？」
何剪西滿臉通紅，雖然他是氣紅兼嚇紅的，可他被窩裡何時多了一個女人？
剛才他可以確定，被窩裡是肯定沒有其他人了。張海鹽鑽了進去，也是他親眼看見，怎麼一下子變成了女人？
難道，張海鹽是女扮男裝？
不對，他剛才不是半裸的嗎？
何剪西完全蒙了，而且他剛才和我說啥？要舉報我做同夥？信息量太大，何剪西的冷汗都要出來了。
但在員警看來，這小子是害臊了，於是笑得更加厲害了。只聽到被窩裡的女人說道：「胡說，哪裡是白日，天下沒有白日的道理。」
「船上的女人也碰，小心得梅瘟。」員警放下簾子就繼續往前調查。
何剪西聽著員警的聲音走遠，立即想翻開被窩看個究竟。轉身一看，張海鹽已經又坐回到了剛才的位置上，菸都沒熄滅，正冷眼看著他。「你這人騙人不行啊。

你是怎麼活到現在的？」竟然是撩人的女聲。

何剪西看了看張海鹽的胸口。當然，他懂事以來都沒有見過女人的胸部，但他的概念裡，女人的胸部總應該有點啥，但張海鹽的胸口除了胸肌什麼都沒有。

和他見過的成百上千的男人一模一樣。

難道是傳說中的，陰陽人？

何剪西腦子亂得快要炸裂了。他還沒有性別平權的概念，第一反應是，一個陰陽人睡了我的被窩。也不知道是剛才頭被撞了，還是他一下子無法處理眼前的局面，他開始頭暈。

張海鹽摸了摸自己的床板，就道：「這東西怎麼睡？剛才我睡你的被窩還挺舒服的，要不我就和你一起睡好了。反正我也睡不了幾天。」

聲音千嬌百媚，猶如空谷幽蘭。

何剪西歪頭暈倒在了床板上。

張海鹽愣了一會兒，他還是第一次看到有人會因為和自己說話而暈倒。他長嘆了一聲，這時候他聽到了南安號的汽笛聲。從船板的縫隙往外看去，能看到南安號的煙囪出煙，似乎要啟航了。

媽的。張海鹽敲了一下船板，外面都是員警，他出不去，而且現在天色還亮，他沒有辦法再次下水。無論如何，都要等到晚上他才有辦法。而且鐵皮輪的速度是駁船根本不可能跟上的，就算他劫持了這艘船追南安號也絕對不可能。

不知道剛才岸上有沒有張瑞朴的人看到他跳水，否則張海蝦不曉得有沒有危險。

他閉上眼睛，開始回憶自己會議室裡那張老舊的海圖，上面有著各種航線的資訊。他的心念快速轉動，很快，他就知道了，自己還有一個唯一的機會。

南安號現在出發還要往新加坡深水港之後才折返，因此，往舊金山的包恩號和往廈門的南安號有一天的航線是一致的。剛才龍哥告訴他，包恩號會在黃昏啟航，這麼計算，他們會比南安號更早進入外海。

只要在內外海交接線跳入海中，他就會漂浮在南安號的航線上。運氣好的話，南安號一個小時之後就會到達，到時候雖然兩艘船的距離無法預估，但物理距離不會超過四千公尺。而且時間應該在明天的半夜，到時海面漆黑一片，而南安號是電氣船，燈火通明，他可以游過去。

鐵皮船速度很快，他只有一次機會，游到南安號正面，等它撞上來。南安號的船舷很高，他得想辦法爬上去。

但這是完全沒有意外的情況下。兵行險著就是會有這樣的後果，張海鹽明白，從他去勾搭董小姐的那一刻起，他就會有此後果。以往他總能勉強過關，但這一次他一個人，最後的那一刻，他失敗了。

反應速度得更加快一些，要想得更加全面。

畢竟現在是一個人。

第十九章　出老千

　　黃昏時分，何剪西醒過來的時候，張海鹽已經不在他對面了。外面各種聲音，嘈雜，但方式似乎有所不同，而且船晃動得很厲害。他立即檢查了自己的褲腰帶，發現錢還在，於是鬆了口氣。

　　離開小艙室，他就明白為何聲音有一些變化，因為他們已經出航了。岸上的人聲已經聽不見了，海風更加強勁，帆已經滿了。

　　船上的人開始安靜下來，努力地適應海上的新生活，不管是否舒適，這艘破船是他們未來幾個月的家。

　　黃昏的外海非常美，浪不大不小。船在這樣柔和的光線下，反而顯得有一種異樣的美感。

　　陰陽人呢？難道剛才是一場夢？不對，大洋還是沒有了。

　　何剪西被黃昏和遠處的夕陽所吸引，這一刻忽然什麼都不想想了，就先融化在這美景裡吧。即使知道以後幾個月每天面對的都是這樣的景色。

　　正想著，忽然他聽到一邊傳來劈里啪啦的聲音，回頭一看，正看到陰陽人在和幾個船客打麻將。

果然不是夢。

張海鹽剛贏，牌翻開讓船客給錢。張海鹽的面前放著很多大洋，也不知道是從哪兒來的，水手們都在圍觀。

何剪西走過去。張海鹽看到他，就直接數出一沓大洋，遞給他。「拿去。還給你。」說著又數出一沓給邊上的龍哥。「龍哥，來，給兄弟們。」

那龍哥顯然已經不只一次被打賞了，接過去說：「那怎麼好意思。」張海鹽叼上一根菸。「我這個兄弟不懂事，肯定還會給龍哥惹麻煩，多打點一下。」龍哥立即掏出火柴給張海鹽點上。「您放心，鹽哥，我之前是有眼不識泰山，如果知道你們是張瑞朴先生的高足，肯定不敢放肆。」

「你把我寫的東西收好。等把我小兄弟送到舊金山，就拿字據去張瑞朴先生那兒拿錢。簡單差事，別辦砸了。」

龍哥點頭，簡直諂媚到讓人作嘔。

何剪西莫名其妙地看了看大洋。「這是你贏來的，我要我自己的。」

「你和那些錢都熟成這樣了？你們都有感情是吧？」張海鹽就笑。「龍哥，你說這孩子，給張瑞朴先生作帳的，死都不會做錯，是人才，對吧？」

「是人才，是人才。」

張海鹽把大洋交給龍哥，讓龍哥遞給何剪西。何剪西這才拿回來，立即揣好，轉身就要走。張海鹽這個時候又胡了。邊上的船客已經紅了眼，和另一個船客對視了一眼，滿頭冷汗。

一個中年婦女就上來拉那個船客。「別打了，老頭，再打要輸光了。」船客一把甩開那個婦女。「滾，就是妳他媽的念叨來念叨去，我才摸不上牌。」說著，又推上來一個大洋，看著張海鹽。

何剪西忽然覺得不對，他抬手聞了聞手，發現手上有一股淡淡的薑黃的味道。回頭看了看張海鹽的手，忽然恍然大悟，立即大怒。他再次回去，看到張海鹽手上拿著一副好牌，立即對他說道：「你出千騙錢？」

張海鹽愣了一下。何剪西抓住他的手，聞了一下，沒錯了，薑黃味，於是對眾人說道：「他手上有用薑黃標記了的牌，他出千騙錢。這裡哪個人的錢不是血汗錢？你這麼騙錢，他們會死的！你們這些人把我們不當人看，就不怕瘟神來找你們嗎！」

所有人都看著張海鹽。張海鹽面對何剪西的指責，目瞪口呆，還沒回答，邊上的船客就一把抓住了張海鹽的領子。「好啊，你出千！」

張海鹽被一拳打翻，撞得何剪西也摔了出去，就看到三個麻將搭子都起來，向張海鹽圍過去。龍哥立即過來扶張海鹽，但其他船客都圍了過來看熱鬧。一下子，水手和船客就成了兩派。

「你們這些跑船的，串通這種騙子在船上出千騙我們的錢，今天必須給我們一個交代，把錢還給我們！」為首賭博的船客喊道。船上的其他人之前都被水手欺負，已經很惱怒了，一聽立即附和。

何剪西大喜，看到大家團結起來，就立即站了起來。「還搶錢殺人，我們是買了票的船客，我們要我們的權益！」

眾人呼喝。

船客越來越多。水手一下就慌了，看了看張海鹽：「鹽哥，這出千，就是你不對了。」

「我沒有出千。」張海鹽笑著說道：「用薑黃的是他們三個，我手上是沾到的。不信？小兄弟，你可以聞一聞，誰身上的薑黃最重，是我，還是他們。他們是職業騙子，在麻六甲騙夠了錢，準備去舊金山行騙，手段高明，本金充足。如果留他們在船上，你們都會倒楣。」

此時何剪西已經發現不對，因為兩派人分開之後，他明顯聞到了薑黃是在他自己這一邊。他動了動鼻子，剛想開口說話，那船客一拳打在何剪西的鼻子上，把何剪西打翻在地。「你信他的鬼話！別跟他們客氣，從現在開始，船上我們說了算。我們人多！你們看看我們的錢在誰身上，我們像是騙子嗎？」

眾人看著張海鹽，實話實說，張海鹽更像。其中有一個看熱鬧的船客說道：「這個人有隔間住，我們都住通鋪，他年紀輕輕有錢住隔間，肯定是騙來的錢。」

一下子四處開始議論，為首的船客冷笑地看著張海鹽，喊：「說得對，都是贓錢吧，你身上肯定還有很多錢吧！」

龍哥看情況不對，馬上一把把張海鹽推了出去。「別輕舉妄動！你們自己的恩怨自己解決，別驚動了船老大，否則誰都到不了三藩！」

「這麼沒義氣啊，龍哥。」張海鹽狠狠地抽了口菸，看了看眾人，自己已經被團團圍住。但誰也不願意第一個出手，都在觀望狀態。畢竟他們的專業是騙子，不是煽動。

僵持了一會兒——「你這種惡人，就讓海上的瘟神收了你吧。」剛才的那個婦女忽然說了一句話，那為首的船客一下醍醐灌頂，立即附和：「對，把錢搶回來，把他拋到海裡，讓海上的瘟神收了他。瘟神的嘴巴裡有刀片，讓他割了你這張謊話連篇的臭嘴！」

整天和這種人作對，自己能不退步嗎？張海鹽心裡說。為首的船客看還是沒有人動，便和兩個麻將搭子一使眼色，三個人分三個方向拔出匕首就開始包抄。

第一人衝到了張海鹽身後，張海鹽輕微閃身，一肘將那人的鼻梁骨直接打碎，人翻了出去。他閃身正好面對第二個，直接一下拍頭，把人拍得撞在地上。

整個動作之快，根本無人看清。為首的船客到他面前的時候，已經一把被他捏住脖子，舉了起來，吻了上去。

所有人都驚呆了，那船客被吻得四肢亂舞，但完全無法掙脫。

張海鹽鬆手，那船客倒地，抓著脖子開始嘔吐。一邊的婦女衝了上來。「你這個殺千刀的，你輕薄我男人！」

為首的船客推開婦女，抓著脖子繼續嘔吐，竟吐出了無數的血和兩、三枚刀片。刀片落在甲板上的時候，圍觀的人全都退後了一步。

「不是想見瘟神嗎？」張海鹽背對著夕陽，雙手插兜，張開了嘴巴，嘴巴裡寒光凌厲。「好久不見啊，各位。」

哎呀呀呀，張海蝦不在身邊，我有點放肆啊，但是好舒暢啊，果然還是放肆讓人身心愉快啊。張海鹽心裡說。

何剪西倒在地上，最後一個念頭是：他仰慕的英雄，海上的瘟神，保護航路上華人的俠客，是個陰陽人。

第二十章　船變

何剪西被張海鹽拍醒。天色已經黑了，人在船艙裡，並不在自己的隔間裡，而是在大艙裡。

張海鹽看著他，他也看著張海鹽，他的鼻子上敷著草藥。

草藥氣味刺鼻，他想撥弄下來，坐起來。就看到所有的船客和水手，全都在船艙的另外一邊，擠在一個角落裡，看著他們。

偌大的一個船艙，分成兩邊，一邊只有兩個人，一邊是一堆人。

「怎、怎麼了？」何剪西想提問。張海鹽看了看在遠處看著他們的人群說道：「你已經昏迷一天了，這不是瘟神應該有的待遇嗎？」

「你真的是海上的瘟神？」何剪西問道，摸了摸鼻子，疼得嘶了一聲。

「你的鼻子是個寶貝，能保護好就保護好吧。薑黃那麼細微的氣味，你都能聞得出來，老千要練很久的。」張海鹽說道，丟給他一個包裹。何剪西發現是自己的行李。

「你看一下，除了鋪蓋，我都給你打包好了，裡面有沒有缺的？」

何剪西翻了翻。他的東西簡單，除了必要品，沒有冗餘的身外之物，一目了然。「為什麼要打包行李？」

「因為我們要走了啊。」張海鹽看了看遠處的人群。「你覺得我們在這艘船上還待得下去嗎？」

「什麼我們？」何剪西納悶，心說：就算待不下去，不也是應該你待不下去嗎？

「我是海上的瘟神，你是瘟神的表弟，你知道會有多少人來尋你的仇嗎？你到岸就會被抓，他們會挖掉你的小西西，逼供你我在哪裡。」張海鹽說道。

「可我不是你的表弟。」

「你覺得別人會信嗎？」張海鹽端坐著，看了看外面的海面，海面上一片漆黑。

「你是保護船客的俠客，為什麼他們都躲著你，那麼怕你？」何剪西有些意外，張海鹽回頭，毫不在意地看著對面的人。「俠客？俠客沒來，我殺心中有愧的人，他們心中難免有愧吧。」說著，張海鹽饒有興趣地看著何剪西。「你不害怕我？你心中無愧？」

「我心中無愧。」何剪西越來越疼，努力克制。

「心中無愧的人要麼極善，要麼極惡，要麼極傻，你是哪一種？」

「都不是。」何剪西說道：「不做虧心事那麼難嗎？」

張海鹽指了指對面的人，所有人都往後縮了一下。「你問問他們。」

何剪西當然不會傻得問他們，他也不明白張海鹽說的要走是什麼意思。這裡是外內海交接的地方，碧海連天，連塊礁石都沒有，他們能往哪兒去？

張海鹽湊近何剪西，問：「我問你個問題，你從小就那麼耿直嗎？你是怎麼活到現在的？」

何剪西說道：「我是個帳房，帳房就應該說一不二。我吃的是耿直的飯，如果遇到需要變通的事情，自然有變通的人去負責。既然帳房這個活計自古就有，我相信我能活下來。」

「騎士精神。」張海鹽有所驚訝，白鬼佬中有人講究這個，麻六甲是沒有人講究的。不過，麻六甲有很多英國人，這小子的這種脾氣，在英國人中是能吃得開的。

在這艘船上也一樣。到了舊金山，估計就會被埋鐵路下面填地基了。

張海鹽做了決定，他本可以將何剪西留在這裡，自己一個人離開的，反正張海琪也教過他們沒有良心的技能。這些年來，愣頭青他也見過不少，並不都值得同情。但不知道為什麼，他覺得何剪西這個人身上，有一種不同的氣息。

很難形容這種氣息，如果硬要說，張海鹽只能告訴你，何剪西運氣很好。為何如此說？上船之後，何剪西做了無數行走江湖的忌諱事，但他毫髮無傷。而他的脾氣不是今天才有，過去那麼長時間，他都沒有死，是不是說明，他是一個運氣極好的人？

他現在太需要運氣了，而且，他也不想因為自己的失誤，而傷害無辜人的性命。說到底，如果因為利益犧牲別人，張海鹽是可以接受的，但別人不可以為他的錯誤買單。

看了看錶，和他估計的時間差不多了。張海鹽活動了一下筋骨，就對著對面的人說道：「美好的時光總是過得很快。我記得你們的臉，隨時會回來。你們說我的每一句壞話，我都會知道。你們做的每一件壞事，都會有人告訴我。把你們看到的事情好好傳出去，每個人都講給十個朋友聽，否則，你們每次都會遇到我。」

說完把行李遞給何剪西，何剪西還沒反應過來，張海鹽抓著何剪西朝船舷外一扔。何剪西直接被拋入大海中。

船上的其他人發出尖叫。張海鹽站到船舷上，往後一翻也跳下海去。

何剪西剛從海裡探頭上來，看到張海鹽也落下來，大罵：「你幹什麼！你這個瘟神，怎麼不按常理出牌？我們要淹死了！」

張海鹽順著浪浮起身子，看向遠方。遠方的海上，有一個小小的光點，那是南安號。這和他算的絲毫不差。

「不會淹死的。」

「我要去舊金山！我不要死在這裡！」

「你不會死在這裡的。」張海鹽甩出一根纜繩，讓何剪西抓住。「我的被褥！」

張海鹽拽著繩子，朝那個光點游去，心裡說，只要再給他一天，再給他一天時間，他上船之後，就可以拿到證據抓到人，知道瘟疫的真相，然後偷一艘救生艇，回去救張海蝦了。

對於何剪西來說，這在海中的四個小時猶如地獄一樣。夜晚的海水冰涼，雖然不是刺骨得那種要人性命的寒冷，但他的腳還是不停地抽筋。

但是這個瘟神，在海中似乎能夠呼吸一樣，在他游不動的時候，單手可以拉著他游動，速度絲毫不減。在他抽筋的時候，托著他的下巴，就可以讓他在水中休息。

但即使如此，這四個小時也太過漫長了。何剪西的意識越來越模糊，都不記得他是怎麼上到南安號上。只記得有一個巨大的海上宮殿朝他們行駛而來，是那麼巨大，燈火是那麼美，猶如仙境一樣。他一度認為自己是死了，沉入了水晶宮裡。之後的感覺，就是他的後背觸到了結實的甲板。背靠那麼硬實的東西，第一次讓他覺得那麼安心，而且最神奇的是，甲板還是暖的。

因為水太涼了，所以連甲板都是暖的。

張海鹽將他拖到一處角落裡，給他灌了有手指一節大小的瓶子裝的烈酒。

何剪西逐漸緩了過來。

他渾身都是軟的，似乎骨頭全都被抽掉了，肌肉疼得猶如針扎一樣。

「這是哪兒？」他有氣無力地問道。

「南安號，蒸汽輪，去廈門。」

「為什麼要去廈門了？我要去舊金山。大哥你到底在做什麼？」

「救你的命。」

張海鹽心說，這小子果然運氣好，這麼難的計畫如此順利就成功了。「你小子這麼倔強但是能活這麼大是有原因的，上輩子祖上救了不少人吧？」

祖上積德會遇見你嗎？何剪西心裡想。

船上非常安靜，南安號不是軍艦，甲板上沒有人巡邏。張海鹽累得夠嗆，自己也喝了一瓶烈酒，才開始觀察四周。

何剪西更加清醒了，忽然明白了剛才張海鹽的話，一把抓住張海鹽。「你這個王八蛋，我要去舊金山，不要做偷渡客去廈門。我表弟還在等我。」

張海鹽捂住他的嘴。「閉嘴，否則你自己游回去！」

何剪西完全抓狂。「我要檢舉你，我要檢舉你！」

張海鹽拍了拍他。「放心，沒有人相信有人能在這個海域偷渡上船，這艘船上沒有壞水手，沒有騙子。到了廈門之後，我會放你去舊金山。你別害怕，只是走點彎路而已。你先回我房間，我去辦點事，回來再和你詳細解釋，乖。」說著他扶起何剪西，把自己房間的鑰匙塞給他。

但何剪西根本站不起來，努力了一下，就癱倒在地，看著他。「你到底是誰啊？」

張海鹽盤算著時間。如果要利用救生艇回麻六甲，不能再拖了，到了外海洋流裡面，靠自己一雙手划到岸上，可能已經是婆羅洲了。他看了看四周，不能把何剪西丟在甲板上，於是扶起他。「那行，我送你去餐廳先坐著。」

兩個人往頭等艙甲板下的通道走去，已經很晚了，餐廳已經關門了。張海鹽推門進去，裡面一片漆黑。船上的醫務室就在餐廳盡頭的走廊下方，三分鐘之內，他就能進去。

找個包廂去躺下，張海鹽心裡說，如果被發現了也會被認為是醉鬼。他們往黑暗的餐廳裡走去。放下何剪西，張海鹽努力讓自己完全以鎮定的心態走向醫務室。

船上一共十個醫護人員，三個醫生，七個護工。散播瘟疫的人，就在裡面，最起碼有四個人參與了這件事情。他們都睡在醫務室的值班宿舍裡，現在這個時間還沒有完全入睡。

他們的設備一定也在裡面，只有在醫務室裡，這些東西放著才不會讓人起疑。「帶走一個，其他三個殺掉。」張海鹽露出了猙獰的笑。他在餐廳裡打開麵包箱，帶走一些麵包和酒，然後直接上甲板，放下救生艇。順利的話，明天的這個時候就能夠看到岸。

醫務室的走廊燈很暗，張海鹽放輕腳步，發現醫務室裡一片漆黑。

按道理醫務室是不會關燈的。

他推開門，閃進醫務室。才走了兩步，藉由門口射入的光，就看到醫務室的椅子上和床上都很奇怪。

他仔細看了一眼，心中咯噔了一聲，他發現醫務室的椅子和床上都坐著和躺著人。

所有的人都一動不動，沒有開燈，也看不清楚情況。

張海鹽瞬間完全入定，想尋找空間中的心跳聲，卻沒有任何的聲音。他心裡說完了。

小心翼翼地靠近，他看到十幾具屍體，堆在他們藏身地方的更後面。全都是船醫的屍體，喉嚨都被刺穿，嘴巴大張著，躺在黑暗中。

然後，張海鹽在這些船醫中間，看到了一具不是船醫的屍體。是那個引導他上船的水手。接著，他聽到門「喀」的一聲鎖上的聲音。水手，他也已經死了，嘴巴張得很大，在那個水手身上放著一個信封。

張海鹽環視了這個區域一圈，意識到這是一個陷阱。

這是一個設計好的陷阱。他立即轉身要走，聽到「嘶」的聲音，這是從這些屍體的嘴巴裡發出的。

毒氣。

張海鹽立即捂住嘴巴，衝回到門前。從門上的玻璃小窗中，看到三個戴著防毒面具的男人，站在門外，昏暗的燈光下，正朝他招手。

他用盡全身力氣撞了一下門，門紋絲不動，那幾個男人就這麼看著他。張海鹽衝回到醫療室裡，看通風管道，鎖死了，沒有窗戶，所有的地方都鎖死了。

他再次衝回到門口，看著那些人。心裡面忽然明白了是怎麼回事，他在調查中所有的違和感，在這一刻都得到了解答。

但已經晚了，他死定了。他用盡全身力氣，去撞門，大喊，門鎖得非常死，外面的人戲謔地看著他。他所有的憤怒爆發，一拳打碎了窗戶，從小窗戶伸手，一把抓住了其中一個男人的衣服。

那個男人也不掙扎，冷笑地看著張海鹽，慢慢扣住了張海鹽的手。張海鹽發現，自己已經一點力氣都用不上了。

這時候，就聽到走廊入口有腳步聲，接著何剪西喊了一聲：「就是他。」

那個戴防毒面具的人立即回頭，就看到門口衝下來好幾個船警。看到這種情況，船警立即拔槍。「你們幹什麼！」

就在這個瞬間，張海鹽利用被他抓住的那個人恍神的四分之一秒，用最後的力氣，一下抓住了那個人的脖子。那個人反應也非常快，在張海鹽用力要捏斷他喉管的瞬間，一下把自己的手指插到了張海鹽手掌和自己脖子中間。

幾乎是同時，另外兩個人朝何剪西和船警衝了過去。張海鹽獰笑用力，直接把那個人連同他的手指和喉管一起捏碎。然後，一把把他的防毒面具扯進窗戶，給自己戴上。

另一邊，兩個人直接動手，迎著船警，射出匕首，兩個船警還沒反應過來就被射死了。

何剪西扶著牆，驚訝地看著這一切，就看到兩個人朝他來了。

張海鹽戴上面具之後，用力吸了好幾口氣，終於覺得好一些了。他一下卸掉自己的肩膀關節和肘關節，再次把手伸出窗戶。手拉長，直接抓住了門鎖，是一根鐵棍卡死了把手。他扯開鐵棍，門開了。

身上帶著毒氣，張海鹽衝出醫務室，他一把扯掉防毒面具。那兩個殺手剛逼近何剪西，就聽到身後有人冷冷地說道：

「到爸爸這裡來，爸爸疼你們。」

第二十一章　豬籠草

張海鹽的攻擊持續了七分鐘。按照他以往的經驗，戰鬥應該瞬間就可以結束，但沒有想到，兩個殺手竟然完全招架住了。即使張海鹽占據了絕對上風，但兩個殺手毫不驚慌。

對於普通人來說，雙拳雙腳雙肘雙膝，人真正用來直接殺死對方的就這麼幾個部位，但張海鹽還有舌頭下面的刀片。

完全放開格鬥的時候，張海鹽猶如一隻動物一樣，刀片不僅會忽然射出來，還會抿在他嘴唇間劃過對方的喉嚨和手腕。以普通人的反應速度，是不太可能和他周旋的。但七分鐘之後，這兩個殺手身上已經十幾處帶彩，仍舊沒有慌亂。

因為吸入了毒氣，張海鹽的發力有所停頓，他的肺部開始灼痛，動作開始變慢。終於，兩個殺手找到一個機會，射出匕首。在張海鹽閃躲的瞬間，兩個人直接衝出走廊，衝進了餐廳。然後就開始拍手。

張海鹽追了上去。餐廳的門很多，兩個殺手瞬間分開，躲入黑暗中。張海鹽找準一個剛想追過去，忽然肺部一疼，跪了下來。

他深吸了幾口氣，咳了幾聲，瞬間冷靜了下來。

對方太有章法了。

不能追！剛才他們拍了幾下手，既然有第一個陷阱，就可能有第二個，自己已經暴露了，而且內臟受傷了。

張海鹽立即退回去，把何剪西扶起來。何剪西靠在牆上，看著船警的屍體，開始嘔吐。

「你真的檢舉我啊，表弟？」張海鹽說道。

「他們來巡邏，發現了我。偷渡客是要坐牢的，我不想被你連累。我要去舊金山，我沒有錢再買票了。」

「你要搞清楚，在這艘船上，你才是偷渡客，我是有船票的。」張海鹽從口袋裡拉出船票的一角，低頭看了看船警的屍體，都是一擊斃命。「你不殺伯仁，伯仁卻因你而死。」

何剪西顯然震驚又難過，不知道怎麼說。

「這艘船又怎麼了？」何剪西問他：「這到底是怎麼回事？你到底是什麼人？」

「我說了，我會告訴你的，這些人可能是海盜。咱們要先放下個人恩怨，否則船上的金錢要被劫持，婦女要被糟蹋。」

「婦女不會被糟蹋的。」何剪西說道：「剛才和你打鬥的是女人。」

「女人？」張海鹽愣了一下，剛才打的時候太激烈了，沒有注意這個。

「我聞得出來，是女人的味道。」

張海鹽看著何剪西，捂著胸口問：「女人是什麼味道？」鼻子好的人，不知道每天生活在什麼樣的環境中。

何剪西沒有回答，看著張海鹽撿起防毒面具，把船警的屍體拖到了醫務室裡。

「如果是海盜的話，我們要提醒船上的人。你在做什麼？」

「別想太多了，表弟。」張海鹽對他說道：「我們未必能活著去通知任何人。」

何剪西愣了一下，爬起來，靠牆站著深呼吸。

張海鹽放下屍體，站在醫務室，看著正在消散的毒氣。這是一個陷阱，從那個引路水手的死可以知道，設計這個陷阱的人，一知道張瑞朴的水手和他的關係並指導他上船查瘟疫的事情之時，就注意到他了。

如果不是斯蒂文要殺他，他跳海逃生，那他當天就會著急地在開船的時候到醫務室，現在可能已經死了。老天給他運氣，他的調查被斯蒂文中斷，讓他到達這個陷阱的時間也晚了將近兩天。

這是一個天和地的差別。因為在當時，殺手們是知道他什麼時候會到達陷阱的，嚴陣以待。但他跳海之後，殺手們在陷阱裡久等不到，就變成了一個不知道何時會有獵物的情況。

前一種注意力高度集中，後一種會逐漸懈怠。

最大的不同是，他回來的時候，還帶著一個倔強的何剪西，執意要檢舉他。

如果沒有這一連串巧合，他怎麼樣都是死。

但最讓他意外的是，船醫都死了。

之前的調查裡，船醫中有三個具有高度嫌疑是散播瘟疫的人，現在這些人都死了。也就是說，除了船醫之外，船上還有人參與了散播瘟疫的事件。這些人戰鬥力很強，下手很狠，這些船醫可能只是被利用了，現在被全部滅口。

醫務室的毒氣逐漸散盡。他戴上防毒面具，讓何剪西不要靠近，自己進去掰開屍體的嘴。

屍體的嘴裡塞了一個氣瓶，氣瓶的栓用一根鋼絲從屍體的脊背穿孔出來，順著椅子腳貼地到門外。

剛剛他進來，外面的人一拉鋼絲，毒氣就從屍體的嘴裡釋放出來。他把手伸入屍體的喉嚨裡，把毒氣瓶扯出來，上面都是德文，是德國生產的軍用毒氣。

他看著毒氣瓶，想了想，忽然有了靈感。他開始翻找，最後在房間的藥品櫃子裡發現了很多這樣的毒氣瓶，足有五、六十個，堆滿了各種櫃子的角落。

張海鹽明白了。

他從醫務室走了出來，提著毒氣瓶。何剪西問：「你告訴我，我還能去舊金山嗎？」

張海鹽把毒氣瓶舉給他看。

「這是軍用毒氣瓶，很難搞的，能值不少錢。」如果是因為他上船查瘟疫的案子被殺手注意到了，要殺他滅口，最多是槍殺或者下毒，怎麼會用這種專業的毒氣瓶？

這一看就是提前專門準備的，也就是說，這些人一開始就是針對他，要殺他。知道他身手好，所以設計了這種殺人方式。

為什麼呢？張海鹽想不明白，他完全沒有往這個方向想過。難道，是張瑞朴和對方說好的？但如果要殺他，張瑞朴在上船前就可以動手了。

如果不是張瑞朴……看到櫃子裡更多的毒氣瓶的時候，張海鹽忽然醍醐灌頂一般，明白了整個邏輯。

如果殺手要殺的不僅僅是他呢？

如果殺手要殺的，是所有上南安號查瘟疫事件的人呢？

那他查到的那個明顯的線索，根本不是殺手意外留下的，而是故意的蜜線（豬籠草為了捕獵昆蟲，會在身上分泌一條帶甜味的線，螞蟻會跟著這條線進入到豬籠草的籠子裡）。

所以查瘟疫案的人，最終都會登上南安號，然後查到這個線索，然後進入他們的毒氣陷阱。

那麼，如此說來，他想到一件更加恐怖的事情。

他對何剪西道：「自己找個地方躲起來。」說完，一路狂奔來到自己房間對面的水手值班房。裡面的水手已經出去巡查了，他打開水手房間裡的水手名錄，開始翻找。

宋猜宋猜宋猜。

宋猜他找到了，有備註，中越混血，中國名字叫做：張海雲。

這是南洋檔案館的命名規則，張姓，中字為海、末字取詩詞字。

南安號，是豬籠草！他是在提醒後來的特務：整個瘟疫事件，是捕獵南洋檔案館外派特務的豬籠草。

第二十二章　去哪裡

宋猜是南洋檔案館的外派特務，和自己一樣，在船上執勤，在查瘟疫案的時候，失蹤了。

他繼續找出乘客的全名冊，開始看。

他專門去看服務生補充飲料的時候沒有飲料消耗的房間。

這種房間，說明乘客不在房間裡。

他發現了十九個房間，長期不需要更換飲料。

張海鹽心中無數的疑問落地，但是渾身的雞皮疙瘩都起來了。

這十九個房間裡的乘客，有一半以上都姓張。

他抄下房間號，拿了水手房裡掛的房間鑰匙，避過查房的水手，進了好幾個他抄下的房間。

房間裡都沒有人，非常整潔，似乎從來沒有人住過一樣。他站在一間房間裡，看到一隻蒼蠅，在房間裡飛了過去，停在一塊毛氈上。

張海鹽走了過去，摸了摸那塊毛氈。

上面有血。

宋猜是這樣才抓的蒼蠅，他在尋找血跡。

房間裡有過激烈的打鬥痕跡。有人受了重傷。

張瑞朴也姓張，南洋檔案館的人一直要殺他，他應該也和南洋檔案館有關。所以他自己不上船，讓張海鹽上船。南安號是修羅場。

這是一場利用瘟疫，對在麻六甲所有南洋檔案館外派特務的圍剿。光頭等艙就有十九個人，三等艙有多少人就不好說了。

盤花海礁、瘟疫船、五斗病，自己以南洋檔案館的督辦名義查案，檳城大瘟疫、豬籠草、南安號，南洋檔案館大部分的麻六甲的外派特務估計都被絞殺了。這是他們對於自己破壞盤花海礁的報復？

策劃者是誰？用這麼巨大的瘟疫陰謀，來報復一個組織。

張海鹽坐在沙發上，腦子裡亂成一團。張瑞朴知道這是個陷阱，他還讓自己上來，目的是為了查案嗎？

不可能，目的是讓這些殺手以為自己就是張瑞朴。因為南洋檔案館的特務上船都是用的假名，也就是說，張瑞朴這個王八蛋就是讓自己上船替死的。他根本就沒打算讓自己下船。

那交易呢，作為人質的張海蝦呢？如果根本沒有交易，那麼張海蝦會怎麼樣？

「我要讓船掉頭。」張海鹽看了看外面的茫茫大海。

何剪西根本沒有躲，他蹲在地上花了很長時間，看著那具被捏碎脖子的屍體。他想了很多可能性，但所有的可能性，他都無法說清楚。為什麼他會出現在船上，並且出現的時候邊上還有那麼多具屍體？張海鹽走了回來。醫務室裡的屍體很快就會被人發現，他們在這裡講不清楚。有謀殺案，船上負責安保的水手也會嚴密巡查，他的計畫也會受阻。

他把船醫和船警的屍體拋入海裡，把毒氣瓶也全部丟入海裡。然後背起最後那具殺手的屍體，對何剪西說道：「跟我來，何剪西。」

「去哪裡？」

「情況有變。」張海鹽點上根菸。現在他的目標變成了兩個，殺光那些豬籠草殺手，並且劫持這艘船，回廝六甲。

「我們去抓壞人。」張海鹽說道，接著在心裡說：「之後劫個船。」

第二十三章　三人一缸

張海鹽背著這個殺手的屍體，拉著何剪西的手，就往三等艙裡去。

他對於人的微小情緒表達非常敏感，如果他和隱藏的殺手在同一個空間裡，只要發生超出殺手預料的舉動，他就可以找到殺手。因為突發舉動，會讓人的微小情緒立即在臉上表現出來。

他的想法是，殺手絕對想不到，就在她們暗殺失敗之後，他會直接帶著屍體，孤身出現在三等艙。

但是他自己不能背進去，他必須混在人群裡，否則有任何衝突他會很吃虧，而且背著一個死人也會有視覺上的死角。張海鹽想著具體計謀，一邊就糊弄何剪西。

「這裡混了很多海盜，我們要去三等艙揭穿他們。」

「但船警根本不是他們的對手，我們現在應該去找更多的船警。」

「來不及了，他們會很快處理掉證據。放心，三等艙裡人多，他們不敢怎麼樣。我們在三等艙裡，堵著他們，不讓他們有機會把證據丟進海裡。」

何剪西不置可否，聽張海鹽說得似乎有點道理，又覺得哪裡不對。

三等艙的艙區有兩個部分，一個是散席區，一個是房間區。房間區就是一間一間的四人間。散席區其實是貨艙改的，裡邊設有大通鋪，這樣可以讓一個空間盡可能多地容納船客。

他們先到了散席區。張海鹽舉目四望，周圍全是穿著粗糙的普通民眾和商販，就把背上的屍體直接過到何剪西身上。

何剪西嚇了一跳，張海鹽按住想掙扎的他，說道：「現在你直接走進去。你放心，那些海盜不知道情況，不會輕舉妄動的。但這樣可以讓他們停止銷毀證據的行動。」

「為，為什麼？」

「因為他們不知道你是誰，肯定會以為這是一個挑釁。我在暗處，他們就不敢露出馬腳來，只會觀察你。」

而我會觀察他們，張海鹽心說，拍了一下何剪西的屁股，往他屁股縫裡掐了一下。何剪西驚叫了一聲往前一躲，張海鹽就閃入了人群。

散席艙裡的人全被何剪西的叫聲吸引，都看著他，他和眾人對望。如同條件反射一般，他傻傻地走了進去。

立即有人發現他背著的人是個死人，喉管被撕裂了。眾人都發出驚呼，開始退散。張海鹽的舌頭抵著刀片，混在人群中，一邊注視著何剪西的四周。

他的眼神非常快，不停地掃過所有能看到的人的臉。

人群中最顯眼的是站在中間的美國大鬍子哈迪遜，他是董小姐火槍隊的一員，之前在張海鹽上船時見過，看表情，是在三等艙找嫖。在美國大鬍子邊上，有一個長髮女人正在講著什麼，另外一個短髮女人抱胸站在一旁，目光警覺地打量著周圍。

何剪西一走過來，兩個女人都愣了一下，表情明顯不同。

張海鹽瞇起眼睛，仔細回憶剛才打鬥的時候，和他對手的兩個人的姿態動作。那兩個和他對打的女人把自己的女性特質幾乎完全抹掉了，現在這兩個女人女性特徵很明顯。很難聯想出是之前的兩個人，但人的姿態習慣是改不掉的。

就是她們。

張海鹽環視四周，卻看不到其他人了。難道只有她們兩個嗎？

如果只有兩個人，那他直接處理掉算了。但還有很多死角，他並沒有看清楚。

張海鹽保持著和何剪西的距離，穿過注意力被吸引的人群，慢慢靠近那兩個女人。經過一邊，趁旁邊的另一個年輕女人不注意，從她的腰間偷走了一條手帕。那一邊美國人也看著何剪西，他們停止了交談，都在看會發生什麼。

何剪西繼續在中間晃來晃去，他想找張海鹽在哪裡，但對方早已經失去了蹤跡。

短髮的女人此時已經發現了張海鹽，但是不動聲色。張海鹽也假裝完全沒有注意到她，從她背後走過去，在她來不及反應前，一把抓住她的左手手腕。「姊姊，我找了妳好久！」

一瞬間，那個女人右手下意識地想做出防禦動作，又硬生生地收住，被抓住的左手手臂肌肉微微隆起。

張海鹽不動聲色，全部看在眼裡。老外和另一個女人也回過頭。張海鹽朝他們溫和地微微一笑，還略略鞠了一躬。

「我剛剛走在妳後面，看到妳掉了一條手帕，趕緊拿來還妳。」張海鹽說著，從口袋裡掏出那條手帕。

短髮女人看了看，笑了，抬起手攏了攏頭髮。張海鹽盯著她虎口上的老繭和手指。

「這不是我的，先生誤會了。」

張海鹽一臉茫然地看看手帕，又看短髮女人。

「原來不是妳的啊……哎，看來它和原主人也沒什麼緣分，既然我碰到妳，就把它送給妳吧。」

「多謝先生了，但我素來不用檀香味熏的手帕，恐怕要辜負先生的一番好意。」

「怎麼會用不上呢？咦，妳看妳身後不就有一塊血跡嗎？」張海鹽話音一落，短髮女人立即變了臉色。

張海鹽笑起來。「哎，你們看，她身後是不是有一塊血跡？」

張海鹽招呼四周的人，趁這些人不注意，飛快地用手指抹了一下嘴唇，口中刀片割破他的手指，然後用手指點著短髮女人的後背。

四周的人立即看到，她的背後確有一塊血跡。

和大鬍子美國人說話的那個長髮女人，不易察覺地一皺眉，隨即展顏一笑：「白珠，妳看妳，剛在廚房就要妳仔細些，還是沾上髒東西了吧。」

叫白珠的女人也笑了起來：「是我不小心，多謝先生提醒。」

張海鹽點頭。「這血跡挺新的，現在去洗的話，肯定能洗掉。妳這身衣服這麼好看，不能糟蹋了。」

張海鹽說罷，馬上對旁邊的哈迪遜擠擠眼，給他一個曖昧的眼神。

哈迪遜瞬間心領神會，立即道：「白珠小姐，我房間裡有很好的洗漱裝備，去我那裡處理就好了，保證還妳一件乾淨的衣服。」

說完，張海鹽就笑了，不等白珠拒絕，他就一把抓住白珠的手。「我來把這位小姐帶到您的房間——您的房間是——」

張海鹽拉著白珠就走，同時長髮女人也拉住白珠，白珠沒有動。雙方陷入僵持。

一瞬間，在所有看著何剪西的人群中，有幾十人同時停下手裡的事，側目到了他們這一邊，警覺地向張海鹽這個方向看來。

張海鹽目光一動，迅速從人群中辨認出所有看過來的人。

1，2，3，4，5……這麼多人。他愣了一下，人數遠遠比他想得多。

他一邊清點人數，一邊注意到，其中幾個人已經暗暗開始掏出武器。此時，張海鹽看到旁邊的長髮女人手指一動，動作細微，做出一個手勢。

手勢一出，所有人都開始聚攏過來。

啊哦，張海鹽心說不好。

長髮女人看向張海鹽，用中文說道：「先生，我們陪洋大爺，沒你什麼事吧，難道你也想參加嗎？」

張海鹽看著大鬍子說道：「非也，我只是熱心，擔心洋大爺吃不上熱飯，畢竟妳們洋文不好。」

長髮女人笑了起來，說道：「可惜了，你是個短命鬼。」說著摟住了大鬍子。「走，我們兩個走。白珠，既然這位先生想追求妳，你們就好好相處一下。」說著對白珠使了一個眼色，就和大鬍子說：「我也有衣服要洗，我替我姊妹去洗，好嗎？」

張海鹽想跟上去，白珠一把攔住了他。

此時，何剪西忽然聞到了什麼熟悉的味道。他順著味道看去，看到張海鹽和兩個女人在味道傳來的方向。他走了過來，背著屍體，問張海鹽道：「現在怎麼辦，你找到了嗎？嗯，我聞到了她們的味道。」

何剪西看向白珠，聞了聞，立即道：「就是她，就是她剛才和你打的，身上味道一樣。」

張海鹽轉頭去看何剪西。「你知道現在有多尷尬嗎？」

說著一拍何剪西背上的屍體，屍體落到地上，就看到所有殺手都往他們的四周聚了過來。

張海鹽數了數人數，打不過，而且人數太多，只要對方圍住他並對外圍的人說鬥毆，外面的人都看不清裡面發生了什麼。

毫不猶豫，張海鹽拉住何剪西，開始往外狂奔。

他離艙口不遠，瞬間衝了出去，衝到走廊裡。走廊裡很暗，沒有什麼人。幾乎在他跳上旋梯的瞬間，眼角的餘光看到白珠已經跟了上來。

白珠一手一把尖刺，直接就刺向張海鹽的屁股。張海鹽馬上把何剪西鬆開，何剪西一個趔趄摔翻，直接砸在了那白珠的臉上。白珠的目光被何剪西的屁股遮住了，沒有刺中，尖刺刺在了旋梯上火星四射。

白珠惱羞成怒。張海鹽抓住何剪西的脖子，一把把何剪西提溜了回來，白珠對著前方亂刺，一下刺中了何剪西的褲子腿。

白珠立即攪動尖刺，直接把褲子勾住了。張海鹽在上面拉脖子，白珠在下面拉褲子腿，何剪西整個人被繃直了。情急之下，張海鹽一把解開何剪西的褲腰帶，何剪西的褲子直接就被扯掉了，褲腰帶眼看就要和褲子一起被拉掉。

張海鹽上前一把抓住褲腰帶，將何剪西直接抽了出來。那白珠立刻摔翻下去，但更多的人追了出來。張海鹽背起穿著內褲的何剪西，飛也似地上了甲板。然後頭也不回，直接飛身跳上頭等艙的外壁，像猴子一樣一層一層爬了上去。

兩邊都是陽臺。

他的房間是345，應該是在三樓吧。但是哪裡是三樓？管不了了。張海鹽隨便挑了一個順眼的陽臺，直接翻了進去。那個陽臺裡還亮著燈呢，他滾進房間，就看到斯蒂文從浴室裡出來，渾身赤裸，正在刮鬍子。

這麼巧，張海鹽四處一看，這個房間就是斯蒂文的房間，那個陽臺難怪那麼眼熟。他竟然又回來了。

兩個人都愣住了，斯蒂文看著一個上半身赤裸的男人背著一個下半身幾乎赤裸的男人，站在全身赤裸的自己面前。

「你！」

張海鹽沒等斯蒂文大叫，直接把何剪西拋了過去。何剪西雖然不重，但這種拋法還是直接把斯蒂文撞回浴缸。

斯蒂文非常強壯，看似斯文但力氣很大，幾乎立即站了起來。張海鹽毫無徵兆地衝了過去，再一下把他壓進浴缸裡。三個人都摔進浴缸，張海鹽一個腦殼撞在斯蒂文的腦門上，直接把他撞暈了。

這一切發生得太快了，何剪西此時才似乎有些清醒過來，就看到包括自己在內，三個男人，擠在一個浴缸裡。浴缸裡全是泡沫。

他沒有說話，眼圈紅了。

第二十四章　何剪西哭

何剪西自問有一套生存哲學。這麼多年來，對得起天對得起地，這個世界雖然不如意，充斥著不公平，但他自己心中的那一番小天地，從來沒有被侵入和動搖過。而且這一路過來，他最大的自信就是，從未有過壞人做出超過他預料的壞事來。

所以，這個世界嚇不倒他。

這個自信終於在此刻被擊潰了。從遇到張海鹽開始，這一連串毫無邏輯的事情，沒有一件他是預見到的。而且事情的發展越來越荒誕，他都不知道下一次睜眼，自己會看到什麼景象。

決堤一樣的委屈和恐懼，讓何剪西哭了出來，不是號啕大哭，是那種驚恐而來的低聲哭泣。

張海鹽也累得夠嗆，癱倒在浴缸裡。他緩了一會兒，慢慢地站了起來，擰開了熱水。水聲遮掩了何剪西的抽泣聲。

他走了出來，扯出一條乾淨的毛巾，給自己擦乾淨。

斯蒂文的晚餐原封不動地放在沙發邊上，是紅菜湯和麵包，張海鹽用麵包蘸著紅菜湯吃了幾口。盤算了一下，把紅菜湯全部喝光，只剩下兩個麵包留給何剪西。想了想，他又吃了一個麵包，只剩下了一個。

這是一場計畫非常周密的行動，對方絕對不是業餘的人，他想不到對方人數也這麼多。

他逃入頭等艙的行動線，那些殺手肯定都看到了。但他逃入斯蒂文的房間，應該沒有人知道。殺手們知道他躲進了頭等艙裡，但不知道他在哪間。

殺手們不會冒險進攻頭等艙，但並不是不能在頭等艙裡殺人。如果他是殺手，會在頭等艙所有通道設立暗哨，等自己出來，自己已經被困在頭等艙裡。

殺手中有服務生，他們一定也會一間一間排查。

怎麼辦？如果是他，一定會馬上行動，今晚就會下手。

唯一的好消息是，他在三樓，樓上就是船東董小姐住的樓層。

董小姐，這個董小姐也很難搞，但她火力很強。

張海鹽原本想先除掉船上的殺手，再劫持董小姐，讓船掉頭回去。他要回去救張海蝦。如今看來，自己一個人除掉船上的殺手是不可能的。

張海鹽想了想，勢單力薄之下，只有靠臉皮厚了。

他把斯蒂文從浴缸裡拖了出來，扯掉他的浴巾，將其捆在了椅子上，然後搬回到浴缸邊。接著，他把何剪西揪出來。之後，他找了一盞檯燈，扯掉了電線。

斯蒂文醒來的時候，發現自己被綁在椅子上，雙腳在浴缸裡。電燈的電線在張海鹽手裡，就搭在浴缸邊上，用毛巾墊著。電線的盡頭纏繞著一個杯子，杯子裡倒著威士忌。

浴缸邊緣不是平坦的，威士忌杯子隨時會滑入浴缸。

「你如果敢求救，嘴巴剛發出第一個聲音，我就踢一腳浴缸。」張海鹽說道。

「張先生。」斯蒂文非常淡定。「你竟然還在船上。你找到你說的匪徒了嗎？」

斯蒂文從小就有一種似乎是疾病的心理狀態，他極難緊張，無論遇到任何事情，都很難讓他覺得害怕或者焦慮。這讓他成了非常優秀的外科大夫，也讓他很難有惡習，喝酒、抽菸、種族歧視，他都沒有。

這一生他都在追求緊張感，所以他上了戰場，認識了華爾納，隨他去東印度和中國西南部探險，參與中國南疆的土司暴亂，做軍火買賣。

沒有焦慮其實也就沒有善惡、信仰和道德這些束縛，他做任何事情都如魚得水，小小年紀，就成為華爾納最得力的學生。

但張海鹽完全不在乎。他翻動著從斯蒂文行李裡找出來的護照和文件。

「我們長話短說吧，我知道你和董小姐不相信我。但我確實已經找到了匪徒，被他們追殺到這兒來。」

斯蒂文看了看自己的樣子，說：「你可以把我放了，然後我們一起去查證？」

張海鹽笑了。「你覺得我還會相信你嗎？」說著，開始念護照和文件。「斯蒂文，美國人，蘭登・華爾納教授的學生，由美國福格博物館資助，去中國收購古代文獻和壁畫，在探險隊裡擔任隊醫和祕書。」張海鹽翻著檔案繼續說道：「是船東的貴賓。」

他踢了一腳一邊的行李箱，箱子翻開，裡面是子彈和槍，還有各種手術用品、野外裝備。「你們隨行保護董小姐，我看了你們的行李單，你們三十幾個人，裡面特殊報關了十八把機關槍、幾萬發子彈，似乎這個董小姐的仇人數量很多，而且火力很猛啊。一個隊醫，會忽然對人開槍，槍槍要人命嗎？」

斯蒂文默不作聲，似乎是在盤算。

「我不管你是不是醫生，你們去中國也肯定有其他目的，走私也好，真的保護董小姐也好，我都沒有興趣。現在我和你說，這艘船正在極度危險當中，船上的船警不可能應付，我需要你們的幫忙。」

「我們會幫你的，至少我會幫你協商，但不是這樣。」斯蒂文又看了看自己。「斯蒂文，那個董小姐不會幫我的。」張海鹽說道：「我現在只相信我自己。你要想辦法，讓她到你的房間來，我要親自和她親密地溝通。」

「叫到我的房間來？」斯蒂文忽然像聽到了一個大笑話，哈哈大笑起來。「不，董小姐哪裡都不會去的，她只會待在她的房間裡。」

「你是她的人，你應該瞭解她，總有辦法。」張海鹽撥動了一下酒杯，酒杯滑向浴缸，同時他笑了起來。斯蒂文愣了一下，他彷彿看到了張海鹽嘴巴裡的寒光。

斯蒂文問：「等一等，你該不會就是那個，海上的瘟神？」

張海鹽沒時間和他廢話，酒杯已經貼近掉入浴缸，斯蒂文說道：「瘟神先生，我覺得你誤會了。到現在為止，誰也不瞭解那個女人，甚至，我們都沒有見過她真實的面目。沒人能說動她做任何事。」

「什麼意思？」

斯蒂文就和張海鹽說了一個簡短的故事。

斯蒂文初見董小姐的時候，正在柔佛州挖掘佛像。英國人從十年前開始，對於麻六甲熱帶雨林的中心就很感興趣，雖然不明白裡面有什麼，但是他的老師華爾納還是爭取到了資金，前來和英國人競爭。

柔佛州相對霹靂州更加貧困，挖掘的地點是一處佛寺重新修蓋的舊址。挖掘地基的時候，挖出了很多地層裡的佛像，都是十六世紀的，因為不知道英國人到底在找什麼，華爾納只好找一些過得去的古蹟交差。

那個古廟離城鎮其實有一天的路程，離邊上最近的村莊也有三個小時的路程，平時除了當地的腳夫，是不會有人來到挖掘區域的。他們砍伐了雨林，做了一個小工作站，有四幢木頭房子：兩幢宿舍，一幢倉庫，一幢辦公室。

那個女人是毫無徵兆地出現在黃昏的工地上的。她出現的時候，身上掛著十幾隻人手。

女人裹著印度紗麗，看得出身材嬌小，臉也裹在紗麗裡。她是從雨林中走出來的，正好路過這個古廟的遺址。

當時所有的工人都停了下來。因為瘟疫橫行，女人身上掛著腐爛的人手的臭味讓所有人恐懼。

那個女人看到了出土的佛像，停下了腳步。從這些佛像細節造型能夠看出是漢族工匠雕刻的，應該是十六世紀來到這裡的漢人的作品。女人在佛像前誦經超度。

接著，她來到工地上一處燃燒的給工人烘乾身體的地方，將身上掛著的斷手拋了進去。

當時是黃昏，雨林縫隙中夕陽的光線和這駭人的景象，還有那個女人妖嬈玲瓏的曲線，呈現出一種極大的故事感。斯蒂文拿著啤酒靠在宿舍的門上，竟然看呆了。

接著，那個女人看到了那些聞訊出來看的美國人，看到了他們身上的火槍。她就向他們走來。

降頭師的傳聞美國人都聽過，當地人更是害怕，紛紛大叫著「降頭！降頭！」四散退去，美國人也都舉起了槍，害怕女人身上有什麼巫術。

沒有想到那個女人說一口流利的英文：「我想和你們這裡的負責人談筆生意。」

華爾納是一個非常專心的人，野心和執行力都非常深遠，他埋頭在自己的研究裡，中途很難被說服。但那個女人用了二十分鐘，就讓華爾納完全改變了自己的想法。

那個女人完全沒有忌諱，說得非常明白，並且希望所有參與的人都能夠知道。她需要人護送自己回到中國。否則，她會在路上被殺。要殺她的人，能力非常強。她需要足夠的火器。也需要洋人的面孔，因為要殺她的人，會偷別人的臉靠近她，而洋人的臉，對於他們來說，偷就比較困難。

那個女人還告訴他們，她是船王的女兒，南安號是她的船，只要她到達廈門，作為報酬，她可以向華爾納提供一些東西。

華爾納當時正對中國有所圖謀。他們商量了三個小時，華爾納相信了那個女人，達成了交易。

於是他們用剩餘的資金買了軍火，拋棄了這個工地和佛像，帶著這個女人，上了南安號。但到目前為止，那個女人除了在華爾納面前，似乎沒有脫下過面罩，也極少和他們交流。

當然，他們仍舊聽從華爾納的命令，華爾納希望他們只保護那個女人。因為交易只限於保護，如果那個女人有什麼其他想法，還需要增加價碼。所以兩方的關係也很微妙。

張海鹽聽完，看了看自己的手，心說砍手的菩薩，什麼意思？這個董小姐不一般。

「你們確定她是船東的女兒嗎？」

「那你覺得我們這麼多武器，是怎麼上的船呢？」斯蒂文問：「所有的船員都認識她。她安排了全部的過關手續。」

張海鹽陷入沉思。「如你所說，這個女人也不是那麼難以合作。她不是和你老闆達成協議了嗎？而且她那麼執著地要回廈門，我只要告訴她船上有可能導致這個想法無法完成的意外發生，她應該會重視。」

至少會像剛上船的時候那樣。

斯蒂文道：「我說了，她不會到我的房間裡來。你去找她，就算你演戲，做任何的動靜，她也不會給你開門。你根本見不到她，怎麼和她談合作呢？」斯蒂文頓了頓，又說道：「你需要我去幫你傳話。」

斯蒂文說完，看了看一邊的留言條。

船上的電話還沒有普及，艙和艙之間都有一種小便條，用來傳遞消息。

「我可以通過四樓的崗哨，把紙條和報紙一起，塞進她的房間。這是她現在唯一和外界的溝通方式，東方人的臉，是過不去崗哨的。」

張海鹽看著狡猾的斯蒂文，心說老外真藏不住事。

「她其實也不信任我們。為了防止下毒，所有的食物，都是她自己儲備的。她的房間裡有足夠的食物。」斯蒂文繼續道：「瘟神先生，我覺得你怎麼驗證都不可能驗證我說的是真是假，你只能相信我，冒險一試，反正結果對你差不多，對吧？」

張海鹽看著斯蒂文，笑了：「對不起，其實我可以驗證你說的是真是假。董小姐是哪間房間？」

「444，但——」

斯蒂文還未說完，張海鹽一下把他揑暈，然後用擦手布塞住他的嘴巴。普通人是有能力把擦手布吐出來的，但張海鹽很有經驗，他用擦手布死死壓住斯蒂文的喉嚨和舌頭，然後外面還用浴巾勒住，這樣斯蒂文幾乎只能發出蚊子般的叫聲。

何剪西默默地看著眼前的這一切。

張海鹽走過來，將斯蒂文的褲子丟給他，然後貼牆來到窗戶邊緣。外面一片漆黑，什麼都看不到。殺手不知道在何處行動。

張海鹽把窗關上，關燈，用檯燈電線捆住窗把手，用椅子抵住門。

何剪西剛剛穿好褲子，看到了浴巾，默默地脫掉上衣，擰乾放到一邊，用浴巾擦乾身體，但他被張海鹽一下揑了後脖子，直接暈了過去。張海鹽扶住，將他丟到床上。

「怎麼不知不覺撿了那麼多東西？」張海鹽看著兩個人，嘆氣。

張海鹽在檯燈光下，攤開了自己的貼身包裹，裡面是一套特殊的裝備。這種裝備，是用來製作不同的臉的。南洋檔案館作為特務機關的核心技術，就是人皮面具。

張海鹽開始仔細地丈量斯蒂文的臉。他有不同的素模，可以快速地修改。但外國人，確實會難一些。他開始慢慢地入了神。

在廈門，學習製作面具易容的基礎，就是繪畫。

「張海樓，你畫的是什麼東西？」

「乾娘，這是畫眉鳥，是我畫給乾娘的。」

「畫畫眉鳥做什麼？」

「好看啊？」

「張海俠，你的眉毛是怎麼回事？」

「張海樓給我畫的。」

「乾娘，畫眉鳥當然要畫眉，我用他的眉毛練習一下。」

「張海俠，去把眉毛洗了。」

張海俠「哦」了一聲，轉身去洗臉，他那乾娘快速地在畫眉鳥邊上畫了一條巨大的蛇。

張海鹽問：「這是什麼？」

他的乾娘說道：「這是你的本相。你要克服你的本相。」

第二十五章 月下飛天鏡，雲生結海樓

那天的畫作讓張海鹽記憶猶新，畫眉鳥的邊上，有一條虎視眈眈的巨蛇，似乎要將其吞入腹中。

乾娘閱人無數，這麼說必然是有道理的。

他的記憶中尚未有乾娘看錯的人性，但是乾娘從不說明，往往只是說出一種意象。

據說是因為和人說道理，永遠沒用。但那圖中隱含的意義，在他人生的各個階段，都不停地閃現在他的腦海裡。

最深刻的一次，就是他發現張海蝦站不起來的時候。

畫眉鳥是張海蝦嗎？

他時常在想，乾娘是否早就看到了那一天，他的性格會傷害到身邊的人，即使那個人聲如名伶，展翅能飛，稍有一絲疏忽，就會死在他的手裡。

張海鹽如果平日裡和張海蝦少一些吹牛，多一些走心，也許就不會如此焦灼。張海蝦畢竟比他通曉隱喻桑槐之理，他可以告訴張海鹽，人經歷的事情會在心中埋

下東西。

張海鹽童年那些常人無法忍受的痛苦，演變成如今詭譎的行事邏輯；他見到的那些人間地獄，除了痛苦之外，還伴生了各種欲望，正在內心中引誘著他。

張海鹽很久之後才會明白，終有一天要面對自己心中的那條蛇。他也很久之後才會明白，何剪西和他在一起，感受到的是如同躺在蛇窟裡的那種膽寒。

何剪西暈過去的時間並沒有多久，但至關重要。他醒過來之後，覺得渾身癱軟痠痛，連呼吸都覺得肺部充斥著血味，三魂七魄已經歸位了。

海上的日出早，似乎有了點天光。

張海鹽已經完成了面具，並且戴了上去，正在窗邊畫畫。他的速寫能力很強，因為常年要做人皮面具，他必須讓自己學會快速記得人的細節。

他畫的畫全都貼在牆上，都是各式各樣的人臉。這些是他在散席艙和三等艙巡視的時候，辨認出來的豬籠草殺手。

那一眼，他把能記得的特徵，全畫了下來。

這些就是他要給董小姐的紙條。

董小姐非常謹慎，他之前胡扯，都給了他三天，他把這些線索給到董小姐，董小姐肯定會查。而這些殺手，一個也許還能混淆視聽，但兩個、三個，只要查，一定會查出端倪來。

他對船上的這個千金已經十分好奇，第一次見面，就顯示出不是普通人的魄力。現在他只有相信自己看人的判斷。

張海蝦啊張海蝦，看來自己掉頭回麻六甲還是需要一段時間，你要靠你的聰明才智撐住啊。

窗簾拉開了一條縫隙，外面的海上微光照進來，正照到昨晚何剪西看到的鬼佬。他還沒有清醒，看上去像死了一樣

何剪西努力回憶了一下經過。

私酒生意被合法化，他失去了工作，拿了遣散費，準備去三藩找自己的表弟，買了船票上了包恩號，然後摔了一跤後，去了廁所。

嗯，之後就完全無法回憶了，自己真的不應該去上那個廁所。

張海鹽聽到何剪西的鼻息聲放輕，知道他醒了，看向他。何剪西愣了一下。

他發現張海鹽轉過來的臉，不是張海鹽的臉，而是一張鬼佬的臉。

他又看了看鬼佬斯蒂文，斯蒂文就被綁在那裡。

何剪西愣了一下，仔細盤了盤，兩邊的臉都看了一下，確定了：張海鹽不見了，房間裡有兩個鬼佬，長得一模一樣。

何剪西一時間也分不清楚醒來和兩個裸男泡在浴缸裡，和醒來房間裡有兩個一模一樣的鬼佬，兩件事情哪件更離譜一點。但他確定了一件事情，不能閉眼，閉眼再睜眼，世界觀就會再崩塌一次。

「對了，你叫什麼名字？」那個在窗口的鬼佬，用流利的中文問他，聲音就是

之前那個瘟神的聲音。

啊，大邏輯沒有崩壞，這還是那個瘟神搞的鬼。

這個瘟神能夠隨意變成任何人的樣子嗎？

「我叫何剪西，何當共剪西窗燭的意思。」何剪西再次證明自己是個剛毅的人，他坐了起來，決定接受一切，正視命運。

看到何剪西看自己的臉，張海鹽解釋了一下：「這是魔術，別擔心。我的名字叫做張海樓，你可以叫我張海鹽，月下飛天鏡，雲生結海樓。海鹽是大馬人叫我的發音。」張海鹽站了起來。「相識一場，相信你已經知道我是幹什麼的了。帶你到這裡來，絕非我的本意，但我確實沒有選擇。現在，如果你想平安下船轉去舊金山的話，我需要你的協助。」

何剪西默默地看著張海鹽，沒有回答。

他猜測張海鹽根本不在乎他是否會答應，他就是發布命令，如果自己不答應，就會被丟到海裡去。

果然，張海鹽直接就開始布置任務：「首先，我需要你做的，就是看好這個人。這裡有一把刀，如果他試圖逃跑，你就從這個位置插死他，記得，一定是從這個地方直接插進去，而且要插到這個深度。我給你做了標記，只有這個深度才能插破心臟，他才會立即就死。」

斯蒂文的眼皮抖動了一下。

何剪西目瞪口呆。張海鹽看著何剪西。「你要記住，如果你不殺他，他恢復了自由，一定會殺了你。我得去船上四處走走。」說著，張海鹽一刀劃過斯蒂文的小腿，斯蒂文立即疼得睜開眼睛，掙扎了一下。

張海鹽也不理他，繼續對何剪西道：「還有，他早就醒了，一直在裝睡。你記得一定要和他保持距離，不要跟他說話，不要讓他覺得你很好玩。沒準他會把你當成遊戲來挑戰，等恢復自由，上了你也說不定。」

第二十六章　推理

雲生結海樓，海樓是海市蜃樓的意思，張海鹽之後很感謝自己的那個鹹溼的別稱。否則人生如海市蜃樓一般，未必如他所願。

張海鹽出門。殺手應該還沒有到這一層，他還有時間。

對於何剪西能不能看住斯蒂文，他是一點信心都沒有。斯蒂文是一個精明的人，何剪西肯定不是他的對手。但他相信，何剪西撐一個小時，問題不大，他有這一個小時就夠了。

他抬腿就往董小姐房間走去。如果他是斯蒂文，不論是什麼守衛，都應該不會攔他。

他來到了樓梯口，轉頭看了看，知道了斯蒂文的下半句話是什麼，門牌全部被鏟掉了

真狠。

但他覺得有些好笑。他立即知道哪個是董小姐的房間，根本不用看門牌，因為門口有十幾個美國守衛，端著衝鋒槍坐著，都在閉目養神，一看個個都是一把好

手。

他朝那十幾個守衛走了過去，立即有人端起了槍，問：「斯蒂文，回答問題，白天鵝的父親為什麼游過了密西西比就不見了？」

張海鹽愣了一下，對方說道：「你必須直接回答，否則就對不起了！」說著就拉上了槍栓。「三，二，一。」

這種暗號法叫做剪徑法，是古代軍營的一種暗號方式。古代軍營燈光並不明亮，在士兵穿著大同小異、人數眾多互相不熟悉的情況下，見面都會相報密碼。密碼有很多種，每次都不盡相同，使得突襲的戰術困難重重。

鬼佬用剪徑法的可能性不大，應該是那個董小姐教的。張海鹽看了看後退的距離和對方的衝鋒槍。

在這種槍的火力下，他技術再好也不可能逃脫。而看對方的樣子，如果自己回答不上來答案，對方會毫不猶豫地開槍。

還未想到辦法，那守衛已經做出了一個開槍的假動作，「砰砰砰」，然後守衛們都笑了起來。

張海鹽才意識到他們是在開玩笑。

「那個女人的辦法還挺唬人，斯蒂文你還對她有什麼想法嗎？」

張海鹽不知道這個故事，只好笑了一笑。「報紙和紙條。」

「還是你的情書嗎？」守衛們又大笑。「我告訴你，那個只是謠傳，東方女人沒有你想的那麼緊。」

張海鹽愣了一下。這個斯蒂文看著挺斯文，為什麼這些守衛在和他討論這些？他只好笑著來到了他們守著的那個房間門口，將報紙和紙條從門的下面塞進去。

因為有很多畫，他塞了兩次。

好了，證實斯蒂文說的是沒錯的。剛想離開，忽然他塞的那個房門就開了。一個大塊頭的白人胖子就從裡面走了出來，看了看地上的報紙。

「斯蒂文，你做什麼？」

張海鹽愣了一下，就看到守衛們哄堂大笑：「這小子害臊到連門都搞錯了，華爾納先生。」

張海鹽愣了一下，冷汗開始下來了。他們守衛的那個房門，不是董小姐的房門嗎？

華爾納先生沒笑，彎腰撿起了報紙和那些畫。他翻了翻，臉色立即變了，說道：「這些是什麼，斯蒂文不會搞錯房間的。」

張海鹽已經快步往下走，就聽到所有人都停止了笑聲，反應了一下，聽到了舉槍的聲音。

張海鹽只能停下腳步，聽見華爾納問：「斯蒂文，先別走，白天鵝的父親為什麼游過了密西西比就不見了？」

完了，敗露了。

張海鹽只有一秒的時間，他做出了最正確的決定。用舌頭下面的刀片，刮破了自己的舌頭，然後用力擠壓鮮血，一個咳嗽，把血和刀片一起吐了出來。

同時他一個趔趄，摔倒在地，讓血順著嘴角流出來，做抽搐狀。

一群守衛愣了一下，面面相覷，好久才反應過來發生了什麼，這才有人走過來。

看到吐出來的刀片，眾人駭然：「這是什麼手法？」

華爾納撥開眾人，看了看樓梯下，臉色嚴肅。「把所有人都叫起來，任何人靠近我們超過十公尺就開槍。」

眾人紛紛開始找自己的防禦位置，為首的守衛扒開斯蒂文的嘴，看了看，華爾納就讓他把人搬進自己的房間。

張海鹽被抱了起來，送到了華爾納的房間，放在了沙發上。張海鹽偷偷看了看四周，屋子裡堆滿了各種老舊的圖紙。華爾納非常狡猾，完全沒有靠近他，否則他可以暴起劫持。

他用力擠壓舌頭，讓血不停地流淌，任誰看到都覺得他傷勢很重。

那華爾納目光炯炯，點上雪茄坐到張海鹽對面。為首的守衛過來檢查傷口，用鑷子把刀片從他嘴巴裡箝出來。張海鹽假裝昏迷。因為只要他醒過來，就得告訴他白天鵝的父親去哪兒了。

「人死不了，可能說話得等幾天。」守衛頭領說。

華爾納和守衛頭領都看著張海鹽，華爾納還在翻看那張紙條。

紙條上除了人臉，還寫著：這些都是你船上的強盜，一查便知我所言非虛。

「哈迪遜，是不是斯蒂文當時沒有抓住的那個奇怪的人，說船上有劫船的。」華爾納能看懂中文。為首叫做哈迪遜的頭領點頭。「好像那個奇怪的人就是這麼說的。」

華爾納就看著張海鹽。「看樣子斯蒂文是被那個人脅迫來送信的。」

「但是我從來沒有見過這樣的脅迫方法。」

兩個人對視了一眼，華爾納就對哈迪遜說：「那個女人說，要殺他的人，可能會變臉。你看看。」

哈迪遜吞了一口口水，來到張海鹽邊上，就開始撕張海鹽的臉。華爾納舉起一邊的機關槍，對著張海鹽的腦袋。

張海鹽一身冷汗，努力壓住自己的驚訝。不是這鬼佬過於聰明了，而是這個鬼佬，知道世界上有人皮面具易容這種東西。

但撕臉是撕不下來的。張海鹽的面具，要從鎖骨開始撕起，這是他聽到斯蒂文說的話之後做的決定。

哈迪遜撕了半天，沒有撕下來。

華爾納看著張海鹽，忽然摸了摸自己的臉，罵道：「荒謬，真的荒謬，我真的相信那個女人的鬼話，這個世界上怎麼可能有人能夠換臉。那個女人真的容易蠱惑人心。」

哈迪遜說道：「您覺得她是在危言聳聽？」

華爾納道：「黃皮騙子喜歡故弄玄虛，我們代表的是先進的一方，那些神神鬼鬼的事情大多都是障眼法。我現在只相信她可以幫我走私那些古代藝術品，不知道她到底在搞什麼。」

第二十七章　三千年前的建築

張海鹽繼續裝死。他知道自己已經可以醒過來了，華爾納打消了他不是斯蒂文的這個念頭。但馬上醒過來，還是會顯得雞賊。

「現在怎麼處理？」哈迪遜問：「那個女人一直希望可以和我們達成更大的交易，為什麼華爾納先生，你不答應她？據說她答應帶我們去看一處三千年前的地下古建築。這不是我們的目的嗎？」

「她只答應帶我們進去，我們什麼都拿不出來，有什麼意義？」

華爾納抽著雪茄。「現在這個階段，我們不能輕易答應她任何事情。我們要等她的耐心用盡，再給出我們的誠意，就容易拿到更加豐厚的條件。我們不能思考她能給什麼，而是我們要什麼，人生才能順利前進。在她不能答應我們更大的要求之前，我們只負責把她活著帶到廈門，絕對不多做一步。」

哈迪遜點頭。

「找個醫生來把斯蒂文弄醒。問問到底發生了什麼。」華爾納想了想，把報紙、紙條和速寫都給了哈迪遜。「你把東西給她，看看她接下來會做什麼。」

哈迪遜再點頭。「華爾納先生，你說了，這個女人是個妖怪，我總覺得她一定會做出什麼來。」

華爾納摸了摸手槍：「現在不是妖怪的時代了。」

哈迪遜寫了紙條，讓人去找船醫。

船醫已經死絕了，這個是會出事的，來的可能會是一個喬裝的殺手。

語言氣口剛剛好，張海鹽立即呻吟了一聲，做出自己甦醒的樣子，喃喃道：「是那個人，那個跳進海裡的人，他還在船上。」說著劇烈地咳嗽。

哈迪遜立即倒水給張海鹽漱口，華爾納問：「到底怎麼回事？」

張海鹽艱難地說道：「那個說船上有強盜的人，給我吞了包東西。說如果我不按照他的說法，他施法，就可以把這包東西弄破，裡面的刀片會讓我腸穿肚爛，這是法術。他讓我來送紙條。」

哈迪遜和華爾納對視了一眼，哈迪遜問：「看樣子這個人確實有點問題，要不我們還是查一下吧。」

「絕對不要，免得中了那個女人的計。我們就把消息給那個女人，不管是真是假，讓她有更大的壓力，逼她在此和我們談條件。」華爾納靠在椅子上，看外面的大海。

「我可以自己去找船醫嗎？」張海鹽這次的求生欲很幸運，華爾納沒有阻攔，放了他。

第二十八章　斯蒂文的計畫

再回到房間的時候，張海鹽渾身癱軟。信算是送進去了吧，現在就要看董小姐的反應了。何剪西冷冷地看著他進來，張海鹽問斯蒂文：「你有菸嗎？」

斯蒂文看著張海鹽的臉，說道：「真神奇，我就知道那個女的說的都是真的。」

「有菸嗎？」

斯蒂文看了看一個角落，張海鹽在裡面找到一包菸，點了起來。「鵝爸爸到底去哪兒了？」張海鹽問斯蒂文

斯蒂文笑道：「這是一個笑話。董小姐讓我們用這個方法，但我們拒絕了，當是玩笑，這就是這個謎題。事實上很多話只有我信她。」

「你為什麼不告訴我，房間號都被挖掉了？」

斯蒂文搖頭。「你太著急了，沒有聽我把話說完，我們需要充分溝通。」張海鹽看了看何剪西：「他沒有輕舉妄動吧？」何剪西搖頭。張海鹽就想把斯蒂文的嘴巴再堵住，斯蒂文顯然是實在不想再被堵住了，立即道：「紙條你送進去了嗎？」

張海鹽點頭，斯蒂文說道：「你現在應該繼續送第二張。」

張海鹽看了看窗外，開始擺弄斯蒂文的火槍和炸藥。在董小姐反饋之前，殺手正在逼近。此時最好的辦法，就是到第四層，到董小姐的身邊去。目前看來，這些美國人分不清誰是誰，那些殺手在第四層只要有點動靜，美國人就會幹掉他們。

他準備犧牲掉斯蒂文，這個人抬手就想殺他，不如讓他替自己掩護吧。

斯蒂文感覺到了張海鹽的殺心，繼續道：「追求女性，要一次一次表達自己的衷心。你不能停下來。」

張海鹽抬手打後腦，第三次搞暈了斯蒂文。何剪西問：「這樣下去，他會死嗎？」

張海鹽說道：「他不會這麼死。」剛想再說話，忽然門鈴響了。

張海鹽一愣，直接把斯蒂文扯到門口的盲區後面，示意何剪西躲到床簾後面去。

他反手拿住餐刀，來到門的後面，用英文問：「是誰？」

門口的水手說道：「我是來送請柬的。」

「我不需要。」

「沒有關係，您需要看一眼，簽一個字。」

張海鹽趴到地上，看到門縫後就一雙皮鞋。

他說道：「我在洗澡，你從門縫裡塞進來。」

「好，先生。」

門縫裡塞進來一張紙，張海鹽拿起來，水手就離開了。聽腳步聲是個普通人，張海鹽鬆了一口氣。打開那張紙，是一張舞會的請帖。舞會的舉辦人，是董小姐。

在打開紙的時候，墨水滑了一條線，說明墨還沒有乾。這張請帖是剛才寫的。閉門不出的董小姐，在收到自己的信之後，立即就要舉辦舞會了。

張海鹽笑了笑，這個董小姐上路，動作真快。他在紙條裡寫了董小姐回應他的方式，就是舉辦一個宴會，看來，他的紙條的誠意很夠。

他會在宴會中和董小姐會合，尋找機會見面。

他打開斯蒂文的衣櫃，開始找晚禮服。

第二十九章　莫雲高

我們把視線拉回中國，來到中國南疆的北海港，北部灣是通往東南亞的重要口岸之一。

這裡天氣非常炎熱潮溼。莫雲高在這裡有一處很大的宅邸，是英國人當年開埠之後，這裡的回商馬有保的宅邸，有大莊園，滿院子的棕櫚樹和香蕉，主體建築有六十幾個房間。

馬宅已經很久沒有修繕了。軍閥混戰之後，桂系幾派勢力在北海拉鋸了多次，使得這裡的船運停滯，船都轉向廈門。洋人來得少了，能修這種宅子的修道士也來得少了。

這種歐式帶天主教風格的官邸，在桂西是很稀奇的。莫雲高第一次打進北海，看到這個宅子，就選這裡做了司令部，到現在一直沒有走過。

年代久遠了之後，大宅子裡很多鑰匙都找不到了。管家幾次抱怨這件事情，不由得讓他想起了陳西風。當年接管這裡，給所有東西歸檔的陳西風如果還在的話，就不會那麼麻煩了。

陳西風是幫他打下北海的第一功臣，北海的防禦也是陳西風做的規劃。作為他的副官，陳西風還活著的時候，就幫莫雲高打下了非常夯實的統治基礎。

可惜，三年之前，他死在了麻六甲的歸船上。雖然如約，陳西風帶回了自己要的東西，但回來的時候，屍體已經膨脹。

莫雲高曾經認為陳西風這樣的人是不會死的，所以當他看到陳西風的屍體時，很久不能相信。

那劇烈的臭味讓他眼睛都睜不開。

毫無疑問，陳西風是一個非常有用的人，但是如果死了，和他手下其他蠢貨死了一樣，同樣都是惡臭難忍。

當時那個密封罐就在陳西風的手裡。據說他死死抱著這個罐子，別人無法掰開，說一定要親手交給師座。

莫雲高大概有一絲被觸動。大概幾秒鐘，他覺得自己失去了什麼，但很快，他對於那個罐子的興趣就超過了陳西風帶來的所有一切。他捂住鼻子，讓人剪開陳西風的手指，把罐子掰了出來。

陳西風的屍體倒在地上，莫雲高躲開流出來的體液，讓人趕緊燒了。當時陳西風的親信都問，是不是要按軍禮出葬，可莫雲高已經離開，再也沒有過問過陳西風的事情。

屍體是在院子裡被草草燒掉的。

當時連同那個罐子，還有一封陳西風的親筆信，在罐子的底部。裡面寫著張海鹽和南洋檔案館麻六甲部門的訊息。

陳西風，是被一個叫做張海鹽的人殺死的。

姓張？

不知道為什麼，莫雲高對於這個姓特別敏感，從而對於南洋檔案館產生了極端濃厚的興趣。

命運是如何運轉的，從這件事情上得到了巨大的體現。張海鹽調皮的一段話，在有心人陳西風的記錄下，傳遞到了莫雲高這裡，處處堆疊，展開波瀾壯闊的畫卷。

第三十章　恐懼

張海鹽沒有想到會那麼順利。他原以為董小姐至少要查一下，才會有反應。董小姐應該已經知道了一些資訊，才會那麼快有反應。

餐廳就是舞會舉辦的地方，樓上的包廂，樓下的舞池，吃飯的桌子都在四周，一邊還有唱歌的舞臺和樂隊的場地。

張海鹽來到舞會現場。舞會前的準備已經迅速開始了，董小姐的命令非常有效率。他看了看手錶，舞會的時間從今天下午開始。海報全都貼了出來，頭等艙的客人可以免費參加。

而在這個招貼最顯眼的位置寫著：董小姐將親自頒發舞會的最佳著裝。

董小姐。

董小姐的形象被招貼畫上黑色的剪影所替代，顯得尤其神祕。

張海鹽從神祕中嗅出了一絲危險。之前他跟董小姐胡扯說有劫匪，這次又傳紙條說有殺手，不知道會不會演變成「狼來了」，自己直接就被謹慎的董小姐幹掉。

張海鹽暗自祈禱，董小姐的好奇心能戰勝她的謹慎，給自己一個單獨談話的機會。

張海鹽仔細地看了看四周環境，他意識到，這個地方並不適合接頭。因為只有兩個出入口。她身邊全是火槍隊，貿然靠近接頭，如果自己處理不好，或者她有其他想法，可能她會利用這個機會抓自己，甚至直接將自己打死。

得有特別精巧的辦法。張海鹽是個殺手，他想這和殺人是差不多的。

這裡的餐廳二樓是直接可以通往頭等艙四樓的，董小姐從房間裡出來，大概一分鐘內就能到達舞廳。這樣路上被伏擊的可能性非常小，殺手行動必須要在舞廳裡。

如果自己假扮成船員或服務人員，或者其他的頭等艙客人，這些身分的人因為四樓被華爾納的火槍隊封鎖，只能從一樓舞池進來。二樓全是包廂，就像一個一個罐子，進去如果有什麼意外根本出不來。

最好的機會就是她下來跳舞的時候。但這是誰都會想到的事情，且不說她會不會下來。如果她下來了，斯蒂文的身分，不知道能不能讓她下舞池。

他需要一個意外，讓整個舞會陷入混亂。在混亂中，來到董小姐身邊，謀求單獨相處的機會。

他想了想，有了一個靈感。

瘟疫。

張海鹽上樓下樓走了兩圈，忽然看到了一個女孩子從他身邊走過，走路的樣子似曾相識。他仔細看了看，意識到這個女孩就是當時的其中一個殺手。

不知道為什麼，他看到她走路的樣子心中湧起的恐懼，竟然和馬上要發生的殺機沒有關係。他覺得心裡的恐懼是另外一種，他想不明白的一種。

為什麼他不在意那個女孩是殺手，反而會在意她走路的樣子？這個突如其來的想法讓張海鹽十分焦慮。他看著那個女孩的背影，想上去直接把她架到角落裡好好研究一番，到底自己在害怕她身上什麼東西。

但他還是忍住了。他離開了舞廳，回到了房間，找到了那幾個毒氣罐子，將裡面的毒氣放空，只留了一只沒剩多少的，裝進了手提包裡。

那天下午，張海鹽提前進入舞會現場，將包放在自己的座位上面。舞會已經開始了大概半個小時，音樂從最開始的輕逸變成了歡快和鼓舞。

上流社會的舞會他不是沒有混進去過，洋人小姐們花枝招展，在各種西裝革履的盛裝男人之間尋找舞伴。其中有一些華人富豪，但他們極少跳舞，因為華人就算再富有，在這種場合也較難找到舞伴。

人正在陸續到齊，通往舞廳的走廊上也全是人。很多人看著海面聊天，因為到了舞會最高潮的時候，船的兩邊會發射煙花。環境非常複雜，他感覺到了巨大的壓力。他再一次習慣性地轉頭，就看到身後是一個漂亮的少婦。

他報以微笑，那個少婦走了過來。張海鹽點點頭，兩人跳起第一支舞。一邊在舞池中旋轉，一邊張海鹽不時看向二樓，那個少婦就咯咯笑了起來。

「先生，你是對那位神祕的董小姐懷有好奇嗎？聽說整個頭等艙的男人都在議論她。」

「是啊，據說誰也沒有見過這位董小姐，她的保鏢也是十分盡責。這麼怕見人，想必，是一個醜八怪吧。」張海鹽用流利的英語和少婦說道。

少婦就笑了起來。「你們男人心裡，女孩子只有美醜之分嗎？」

「也許她長得十分美麗，卻高傲地覺得自己的臉不能輕易示人，那也是十分讓人討厭的。」

說什麼其實不重要。就在此時，宴會廳一陣騷動，張海鹽的注意力一下子就被那裡吸引。轉頭，遠遠看到一個美麗卻冷漠的中國女子出現在二樓的樓梯口。

董小姐身穿一件緞子面禮服旗袍，肩膀罩著一件金絲鏤空小坎，華麗動人。貼身的裙子顯示出她的好身材，裙襬下一雙小腿筆直修長。她神色冷豔中帶著威嚴，冷漠地掃過整個宴會廳，氣場強大，一時間很多人往上注目。

第三十一章　董小姐

張海鹽隨著董小姐的視線掃視人群。他之前在三等艙辨認出來的殺手，好幾個都在舞廳內，有侍應生，有樂師。

如果用自己的臉進來，此時估計已經被盯上了。他不動聲色，看著董小姐走下樓來，向下面的人點頭示意。

火槍隊已經全部來到了二樓的欄杆處。能看到火槍隊的人都將手插在口袋裡，對著樓下，這些應該都是槍法最好的火槍手。這個董小姐對於自己的安危，真的看得很重。

張海鹽抬頭看的時候，火槍隊的人認識他，和他打了招呼，他也回禮表示禮貌。

「董小姐是船東的女兒，這一次正好在船上。董家是廈門首富了，和各種元首都有關係，革命軍和清廷都要給幾分面子。」有人議論。

張海鹽的女伴有些吃醋。「你看，不是醜八怪吧。好看的姑娘，你們男人總是一個表情。」

張海鹽禮貌地鬆手，說：「我只是被這個董小姐的陣仗驚呆了，不好意思。如果惹妳不高興了，我向妳道歉。但現在我要服侍我的老師了。」

「老師！」張海鹽上前恭敬地叫華爾納。

「斯蒂文……你？」華爾納看了一眼董小姐，隨即閉嘴，眼神在張海鹽的腹部停頓了一下。張海鹽心照不宣地點點頭。

華爾納說道：「和我一起入席吧。我們趕緊吃完，然後馬上下來陪女士們開心。」

張海鹽點頭，這是晚餐加舞會，兩人禮貌地和一樓所有人打過招呼，就上到了二樓。

張海鹽看了看二樓，火槍隊成員完全沒有鬆懈。一樓和樓梯都在火槍的射程內，不能動手，只能乖乖地跟著，上到了二樓的其中一個包廂內。

董小姐和華爾納坐了下來。包廂的門沒有關，裡面擺放著一些精緻的前餐。華爾納道：「聽說有舞會專用的酒，給我們每人一杯。」張海鹽看了看四周沒有侍從，就知道華爾納是和自己說。

他心中暗罵，站了起來，原來讓他入席是為了做服務生的。來到包廂的酒櫃邊上，裡面有一瓶已經醒好的紅酒。還有一個盒子。張海鹽有些納悶，看了華爾納一眼，華爾納使了一個眼色。

張海鹽就把盒子和酒都拿了過來。

「董小姐，我上次提的事情，妳考慮得怎麼樣了？」華爾納一邊圍上餐巾，一邊問道。

「我說了，我們上船時候的交易，就是最終的版本。你的額外要求，我滿足不了。」董小姐點上一根菸，看了看斯蒂文，有點輕蔑。

張海鹽則還在看守在門外的兩個火槍手。門沒有關，他可以直接放倒華爾納，劫持董小姐。但他知道，槍法好的人，就算他劫持了董小姐，這麼近的距離還是可以直接打中他。

他又不想真的取董小姐性命，只是希望她幫助自己對抗那些殺手。得想個辦法關上門。

「不是額外要求，是追加交易。」華爾納打開那個盒子，裡面是一塊翡翠。「我知道錢對於你們家已經沒有什麼用處了。這是一塊在中亞發現的翡翠，應該是當時阿拉伯人從緬甸經中國進口的，我知道你們家一直在收藏這種東西。妳的父親一定會喜歡的，這是這種品類的石頭裡最難獲得的一件了，我希望可以用它敲開我們合作的大門。」

張海鹽聽著，覺得老外真直接，吃個飯菜還沒上呢，就直接切入正題了。

董小姐看著華爾納。「確實非常名貴，但用這個換走私通道，是讓我們家用人頭換一塊石頭。我覺得我父親可能很難同意，而且我還沒有到廈門，我們的第一個交易，還沒有完成呢，何必著急？」

華爾納道：「到了廈門，恐怕一塊石頭就不夠了。我的意思是，妳現在收下這塊石頭，拍電報給妳父親。妳到廈門之前，給我們開放走私通道。妳到了廈門，通道收回。我只需要這麼點時間。」

董小姐笑了。「感覺你這是用我威脅我父親。」

華爾納搖頭。「是生意，董小姐，是生意。船是妳的，只不過，船上火力最強的是我，而且，是妳批准我們上船的。匹夫畏國，菩薩畏因。妳不想想，是什麼讓妳那麼害怕，要我來保護？」

董小姐似乎被華爾納的話觸動了一下，想了想，問：「華爾納先生，你說了你的人都是殺人不眨眼的魔鬼對吧。」

華爾納點頭。「是，是聽我命令的，殺人不眨眼的魔頭。對吧？斯蒂文。」

張海鹽點頭。

張海鹽給兩個人倒上酒，也給自己倒了一點，就偷偷往門口靠去，準備去關門。

華爾納看著董小姐。「妳已經拖延很久了，今天妳要給我這個答覆，否則，我們都可能會在今天受到驚嚇。」

董小姐笑了。「你必然是會受到驚嚇的。」又對著門關了一半的張海鹽用中文說道：「這位假臉先生，就算你把這扇門關上，你想做的事情也不可能成功。」

張海鹽愣了一下，但是手完全沒有停下來，還是想把門繼續合攏。

華爾納還沒有反應過來，董小姐忽然直接單手撐桌，一個橫飛，一腳踢中了桌上的盒子。門沒關成功，盒子飛了出去，直接越過欄杆，飛下二樓。

張海鹽沒有想到這個董小姐那麼剽悍，剛轉身，董小姐又一個飛腿，張海鹽開門，一個後空翻就翻了出去。董小姐的動作絲毫不比他慢，接著就跟了出來，火槍隊的人還沒明白發生了什麼事，董小姐已經來到了張海鹽的面前。

張海鹽心說這也太橫了，這哪裡是船王的女兒，這簡直就是他自己會教出來的女兒，立即用中文道：「我是來談生意的，我遞的紙條。」

董小姐絲毫不理，直接就摳他的眼睛。張海鹽見狀，立即一個翻身，從二樓躍下一樓。還沒落地，董小姐幾乎貼著他也躍了下來。

「妳肯定不是富二代。」張海鹽在心裡說：「船王都流行把女兒送少林寺嗎？」一落地，張海鹽就勢一個打滾。

下面的舞池亂成一團，張海鹽一個抬頭的機會，看到了頭頂的吊燈，再次躲過董小姐的一記摳眼，這一下已經非常接近了。他勉力抬頭打出一枚刀片，直接打斷了吊燈的電線。

吊燈沒有落下來，但電線火星四射，燈立即熄滅。整個舞池一暗，眾人抱頭鼠竄。

張海鹽翻到一個角落，立即脫掉外衣，又把臉上的面具一撕，隨手就往舞池中間丟去。幾乎是同時，舞池的日常燈亮了。這個燈非常亮，所有人都猶如初醒一樣。張海鹽看到董小姐沒有再追過來，就拿著那個翡翠盒子躲到了角落裡。

華爾納追了下來，看著董小姐。「斯蒂文怎麼了？我的翡翠呢？」

「你的翡翠被斯蒂文搶走了。」

「斯蒂文怎麼回事？剛才好像猴子一樣。」火槍手們在後面議論。華爾納有些氣惱地說：「董小姐，我在妳船上丟了東西，妳得負責啊。」

董小姐點上一根菸。「不對吧，搶你東西的，不是你的人嗎？」

華爾納為之氣結，一下掏出手槍，對準董小姐。「妳他媽的設計我對吧？剛才那個根本不是斯蒂文！斯蒂文要是能從這裡跳下來還能跑，我就給妳舔腳！」

董小姐冷眼看他，只往前走了一步，華爾納手裡的手槍就不見了。他愣了一下，董小姐已經把槍塞進了他的槍套裡。

「他的目的既然是翡翠，船沒有靠岸之前，翡翠自然是在船上，你擔心什麼？」

董小姐說道：「從現在開始搜查，向所有人通報這個消息，所有乘客留在自己的房間裡，等待華爾納先生的檢查。」

張海鹽躲在角落裡，看著董小姐，心生疑惑：這個女人到底要幹什麼？

第三十二章　失控

張海鹽的疑問很快就得到了解答。這艘船上有八百多人，如果平均每四個人一個房間，就有二百多個房間。船長在遇到突發事件的時候，有權進行船禁，要求所有乘客待在船艙裡，以便控制事態。

船上開始不停地廣播。張海鹽隱約意識到，這件事情非常麻煩。眾人紛紛往自己的房間趕。張海鹽混在人群中往外走，就看到華爾納比劃著，指揮哈迪遜往頭等艙查看。

這是要去斯蒂文的房間查看，何剪西和斯蒂文就在裡面。船禁期間，只要是不在房間裡的人，不管是否有嫌疑，都會被抓，甚至被當場槍決。所有人都必須要有一個合法的房間待著，他現在就算立即把何剪西和斯蒂文帶回自己的房間，華爾納也一定會來查房。

如今能做的就是把斯蒂文直接擰斷脖子，丟到海裡去，而何剪西立即回到三等艙，否則他們都會遭殃。

但華爾納他們的動作很快，張海鹽不敢跑起來，怕引起懷疑。可能沒有辦法做得那麼天衣無縫。

何剪西啊何剪西，如果是張海蝦一定會立即反應過來，但何剪西卻沒法指望。順著人群，張海鹽和一個殺手擦肩而過。那個殺手看著他，他也看著那個殺手，兩個人都沒有出手。來到走廊上，張海鹽忽然意識到了什麼。回頭張海鹽就看到董小姐親自帶著火槍隊從舞廳走了出來，手裡提著一桿衝鋒槍，正在拉槍栓。

華爾納跟在她身後。「如果董小姐不把我的東西找回來，我們可能就不去廈門了。董小姐，妳的父親得付出更多的東西才能讓船靠岸。」

「你用埃及博物館的藏品來和我做交易，真是空手套白狼。埃及博物館知道你的套路嗎？」

「用一件中亞的國寶換取你們中國十件國寶的走私權，當然是一筆合適的買賣，但丟了就不合適了。」

「你也再去不了中亞了。你在美國會受到通緝，學術地位也會失去。」董小姐說道：「如此說來，你如果沒有這塊翡翠，你就完蛋了。」

「是我們就完蛋了，董小姐。」

董小姐從衣服裡拿出了一張紙條，就是張海鹽給她的那張紙條，看了看。「那就好，我們的命運是一致的，華爾納先生，請你把你的火槍隊指揮權交給我。今天晚上，我幫你把翡翠找回來，之後我們的交易，另說。」

華爾納看了看身後的人，點頭。董小姐就對華爾納身後的火槍隊說道：「先生們，沒有任何規矩，我要殺的人，無論是小孩大人，還是老人女人，我只要說殺，立即開槍，否則我無法保證你們的安全。」

眾人面面相覷。董小姐說完急速往前走。張海鹽鎮定了一下，點上了一根菸，然後看到四周的人群中，所有的殺手都看著自己，但都不敢發難。

這正是有意思的情況，張海鹽確定了，首先，這個董小姐在今晚之前，其實是一個被軟禁的狀態，但是因為自己的行動，讓她得到了這支火槍隊的控制權；其次，董小姐知道船上發生的很多事情；第三，不管自己是想和董小姐合作，還是想劫持她控制這艘船，他都是善意的，並沒有傷害對方，但董小姐不是。

對於董小姐來說，她認為船上可能要殺她的人，和他張海鹽，今晚她全都要除掉。

無可厚非，這沒什麼錯。如果他是她，思維方式應該也是相同的。

雖然不知道董小姐為什麼會覺得船上有人要殺她，但她利用火槍隊的強勢火力和殺手的弱點下的這一步棋，非常冒險和高明。

殺手們如果集合起來，和火槍隊在甲板上對衝，會直接一個不剩地被掃死。

所以，火槍隊上船之後就沒有分開過，一直是固定地集中火力優勢，到現在這一群人仍舊都在一起。

這樣，慢慢消耗火槍隊的辦法就沒有辦法實施。

既然不能硬拚，殺手們現在有兩個選擇。一個是留在外面，然後船禁被抓，如果反抗的話就地射死。一個是回到自己的房間，被這艘船無數的房間分割成兩個人、三個人的區域，對於幾十支衝鋒槍的火力來說，這基本上是等著董小姐一個房間一個房間來拿人。

只要她知道哪些是殺手。

她是知道的，他都告訴她了。

張海鹽心裡非常矛盾，一是他想劫持董小姐，然後利用董小姐的能力去對付那些殺手的計畫，人家早就執行了，而且想得比自己周到。況且以董小姐的武力值，殺手們想要掐頭反殺也十分困難，他們這一次肯定會被端掉。

二是，他自己也被看作殺手了。從他們走的方向算，可能第一個被端掉的就是自己。

張海鹽衝回到自己房間，已經想好了大概的辦法。

斯蒂文，首先必須要處理掉斯蒂文。他不想殺他，那他們三個人又要去乘風破浪，在船下掛幾個小時。

「表弟，收拾一下，我們得跳海。」張海鹽走進房間，發現斯蒂文和何剪西都不見了。

他愣了一下，發現捆著斯蒂文的電線是被刀割開的。

他回憶了一下出來的時候，何剪西都沒有怎麼說話，斯蒂文一直在滔滔不絕，當時他不覺得有問題，現在仔細一想……

何剪西這個傻瓜，該不是被斯蒂文騙了，把他放了吧？

張海鹽忽然有一種武大郎的感覺，這兩個姦夫淫婦！正想著，就聽到了何剪西的喊冤聲從陽臺傳進來。

他來到窗邊，探頭去看，看到斯蒂文和何剪西，兩個人都被打翻在地，華爾納在撕斯蒂文的臉。而一邊的哈迪遜，直接拔槍，抵住了何剪西的後腦。

第三十三章　大開殺戒

對於南安號那天晚上發生的所有事情，後來南洋檔案館中的檔案是這麼記錄的。

董小姐帶著華爾納的火槍隊，一共進行了十四場火併。零星的火併暫時不表，最大的一場，是在通鋪艙。

通鋪艙就是貨艙改成客艙的區域，很多人擠在一個客艙裡，裡面有小商販，打著地鋪。

即使是南安號也允許有這麼一個貨艙，用來擴大運輸人數。

殺手們最開始並不知道，董小姐手裡有他們的資料，張海鹽提供的資料也未必是周全的，但當董小姐抓小雞一樣在人群中抓出一個又一個殺手，讓他們面對著牆跪下的時候，這些人意識到了問題。

很多時候，人只要贏了百分之五十，後面的百分之五十就會易如反掌，南安號當天晚上就是這樣。

剩下的殺手以為董小姐手裡有全部的名單，為了自保，他們孤注一擲，衝向了董小姐，希望可以控制住人質。

事實上，當時的情況，董小姐看似冒險，但贏面非常大。如果有人把舞會上董小姐的表現及時通知給所有人，那麼，這些衝向董小姐以為可以瞬間得手的人，就不會顯得那麼驚訝。

董小姐僅僅是往後退了幾步，那幾個可憐的人，就連董小姐的衣襟都沒有抓著。董小姐直接抓住第一個人的手腕，扭轉，擋住後面射來的暗器。而此時，火槍隊舉起了衝鋒槍，跟著衝過來的四個殺手瞬間被打成馬蜂窩，血霧如蓮花一樣綻放。

剩下的殺手順手抓起邊上的婦孺，想以婦孺為人質。但他們太低估了華爾納火槍手的素質，這些在西進政策和印第安人戰爭中訓練出來的火槍手，他們以短距離射擊的速度和精度，從人質的肩膀、腋窩、肋側找到空隙，毫無阻礙地槍殺了這些殺手。

在整個過程中，有沒有誤殺和誤傷的事件發生，南洋檔案館中的檔案裡沒有記載。從結果上看，天亮之後，整個船上被擊斃的殺手有三十四名。

有七名殺手跳海逃生。有一艘救生艇不知所終。

只有一個殺手被俘虜，這個殺手的名字叫做何剪西。事後審訊確定為被人脅迫，得以無罪釋放。火槍手這一邊共死亡五人。

從到達麻六甲開始，瘟疫傳播，船上總共有十九名乘客失蹤，死了三十四名殺手、五名火槍手，有七名殺手跳海逃生，這在當時為特大海上犯罪案件。報紙以號外報導，整個南方都驚嘆咂舌。

順帶一提，張海鹽在失蹤人員的名單裡，沒有在擊斃名單裡。

那麼張海鹽去了哪兒呢？為什麼何剪西沒有死呢？

當時，董小姐看著何剪西，斯蒂文在邊上把所有的經過簡單說了一遍。

華爾納用挑戰意味的眼神看著董小姐，他想知道這個女人是否是虛張聲勢。但董小姐沒有任何猶豫。

「殺了。」董小姐說完，就繼續帶隊前進。何剪西驚恐地看著哈迪遜掏出手槍，哈迪遜說：「轉過頭去，不要看開槍的人。」

這時候，斯蒂文按住哈迪遜的手。「留幾個活的，萬一是這個女的監守自盜、殺人滅口呢？」

此時張海鹽已經從陽臺出來，爬到了走廊上方的管道處。只要哈迪遜開槍，他就直接射出刀片，然後拽著何剪西跳海。

但哈迪遜想了想，把槍收了回來，讓斯蒂文把何剪西綁下去，自己跟著董小姐繼續往前。

張海鹽鬆了口氣，偷偷順著管道，跟著綁何剪西的幾個人。到了一個沒人的角落，他一下射掉吊燈，從上頭拽住何剪西的脖子，扯到了管道上。

兩個人一路狂奔，逃到了一處管艙內，就聽到了槍聲。董小姐不是開玩笑，已經開始大開殺戒。張海鹽想到自己心情不好就想殺人的狀態，忽然明白自己還是純良的，這個女人才是行動力的表率。

「表弟，你出賣我。」張海鹽說：「你這個潘金蓮，我白疼你了。」

「他突發心臟病，我怕他死了，沒有想到他是裝的。」何剪西急道，仍舊心有餘悸。他見過老闆自殺的腦漿，想到剛才斯蒂文的腦漿就要塗地，頓時渾身起雞皮疙瘩。

「現在全船都在搜捕你，你能不能聽聽我的話？」

「明明是——搜捕你吧？」何剪西怒道：「我只是你僱來抓蒼蠅的。」

張海鹽在心裡快速盤算。在封閉的船上，以董小姐的慣例，自己是逃不掉了。這個時候，他看到了遠處甲板上的救生艇。

茫茫大海，他當然不會想著靠救生艇去廈門，而且，現在張瑞朴的算盤自己已經一清二楚。

他必須用最快的時間趕回到霹靂州，查清張海蝦的安危，為此他也顧不上太多了，不由得心生一計。

第三十四章　蘋果騙局

張海琪在桌子上放了七個蘋果，張海蝦和張海鹽坐在桌子的對面。

張海琪穿得很少。夏天的廈門非常炎熱，如果不是張海鹽和張海蝦已經進入青春期了，張海鹽認為他乾娘肯定會脫光的。

是的，他記得小時候乾娘的樣子。

張海琪吃著第八個蘋果，說話非常含糊，臉是紅的，似乎是喝了不少酒。她對他們兩個說道：「我只做了一個人的飯，現在我問你們一個問題，誰先答出來，誰先吃飯。」說完打了個嗝。

有雞湯味，張海鹽心裡門清。他看了看一邊的桌子上，所謂的飯，是一個麵餅、一個煎蛋。

他和張海蝦對視了一眼，張海琪就發火了，直接把蘋果丟到張海鹽臉上。「兩個大男人不要眉來眼去的！」

張海鹽立即坐正。

張海琪道：「好，這一桌子蘋果是我的，你們要把蘋果從這個房間裡偷出去，但你們必須想辦法讓我不懷疑你們。你們各想辦法，不能合謀。」

張海鹽「嗯」了一聲，他連問題都沒有聽懂。

他條件反射地想看張海蝦，但是想到剛才被揍，立即把脖子繃住了。

張海琪看著他，點上一支菸。「我再說一遍，這一桌子蘋果是我的，你們要把蘋果從這個房間裡偷出去，但你們必須想辦法讓我不懷疑你們。你們各想辦法，不能合謀。」

張海鹽這次聽懂了。他仔細思考，他腦子轉得很快，突然靈光一閃，他思考到了一個方向。

他正準備順著這個想法想下去，張海蝦就在邊上默默地說道：「我會把六個蘋果都給張海鹽，讓他先跑，我在這裡拿最後一個。妳回來之後，我會告訴妳，七個蘋果都被張海鹽拿走了。」

張海琪看著張海蝦。

「對於張海鹽來說，他拿走的無論是六個還是七個，妳已經足夠生氣了。他也無心和妳強調到底是幾個，因為他挨揍是必然的。」張海蝦繼續道。

張海鹽轉頭看張海蝦。「你這個禽獸，你竟然會想出這種辦法，我剛才想的還是賴在隔壁二狗家的孩子身上。」

張海琪示意張海蝦去吃飯，然後對著張海鹽說：「你餓肚子的時候，好好考慮這個問題。以後遇到需要脫身的時候，你應該知道如何讓自己可以成功脫罪。」

張海鹽看著張海蝦吃麵餅，捂了捂肚子，張海琪就上樓去了。張海琪前腳剛上樓，張海蝦後腳立即把麵餅撕了一半，丟給張海鹽。

如今的情況是一樣的。船上的屍體和船員都是固定的，如果自己既不在屍體裡，也不在船員裡，就一定在船上。他需要一艘救生艇落入海裡，讓所有人看到，認為有殺手逃離了船。這樣，他才能繼續混在船上，到達廈門，然後以最快的速度回到麻六甲。

但空的救生艇是沒有用的，也就是說，現在這種情況下，他不是要幫董小姐，而是得幫一到兩個殺手逃跑。

得迎難而上啊，他看著何剪西。「你堅持二十分鐘行嗎？躲二十分鐘。」

「你又要幹什麼？」

「我沒空和你解釋。你到救生艇裡去先躲一下，咱們兩個都得在那個瘋女人手下活下來。」張海鹽把他塞進救生艇裡，然後順著槍聲摸過去。

槍聲是從貨艙那邊傳過來的。他摸到附近，遠遠聽到有火槍手跑過去，接著有火槍手倒在地上。顯然這些殺手開始反抗了，其中一個道：「有三個人退進貨艙了，我們堵在門口。他們有暗器，董小姐不讓我們進去，自己進去了。」

在黑暗的地方對於集中火力不利，容易被人打遊擊分塊吃掉。

這個董小姐也是膽子大的，應該是認為自己一對三沒有問題。一個人在黑暗中比三個人更隱蔽，這是對於自己的潛行能力非常有自信。

少林寺也不教這個，這個董小姐不知道是從哪裡來的。

張海鹽一路在管道上猶如壁虎一樣攀爬，爬到了貨艙附近。門口全是火槍隊的人，幾乎是陣地戰，槍全部對著門內，都是衝鋒槍。

這是絕對衝不出來的，當然也衝不進去。張海鹽四處看了看，就看到有另外一個人也躲在同樣的管道上，兩個人面面相覷。

那個殺手愣了一下，場面非常尷尬。幾乎就是瞬間，那個殺手動手了，他抬手從袖子裡射出一根釘子來。張海鹽偏頭躲開，釘子撞在金屬牆壁上發出聲音，火槍隊的人馬上回頭看。

張海鹽做了一個手勢，讓他別發出聲音，然後用唇語說：「肉搏吧，哥們。」那個殺手也如壁虎一樣順了過來，和張海鹽在狹小的空間裡開始互相抓對方的咽喉。抓了幾下，兩個人都退開了。張海鹽做了一個暫停的動作，用唇語說道：「哥們，你如果抓住我，我肯定大叫，我們一起被火槍隊的人打死。如果我抓住你，你肯定大叫，我們還是一起被火槍隊的人打死，沒必要啊。現在我們要一起合作啊。」

唇語太複雜，對方懵了，一直在皺眉。

張海鹽忽然吐出刀片，刀片直接打進對方的咽喉，力道正好，從後脖子出來三分之一，沒有射穿，對方瞬間死亡。張海鹽上前一下接住滴下的血，正好下面有火槍隊的人走過。他脫掉對方的襯衫，包住脖子讓血被衣服吸收。

第三十五章　白珠

何剪西躲在救生艇裡。這個地方非常冷，他渾身打著擺子縮在角落裡。

他本來是一個私酒莊的帳房，每天看人眼色收帳，然後老闆忽然自殺了；自己回三藩，先是在駁船上被搶劫，又被人在遠海丟下船，在一個島也沒有的大洋上漂了半天，爬到一艘鐵皮輪上成了偷渡客，十分鐘之後目擊重大殺人案，又成為綁架犯。

自己一生謹慎做人，除了在私酒生意上有一些瑕疵之外，做事坦坦蕩蕩，結果在三、四天的時間裡變成身負多條重罪。他自問再耿直，也沒信心能夠解釋清楚。

他已經沒有想像力能想像出這樣的情況會以什麼方式結局。一開始他還能怪罪張海鹽，如今他在恍惚的時候，也想明白了。這種規模的變故，恐怕只能怪自己的八字不好吧。

還會發生什麼呢？他會被亂槍打死嗎？他想起了自己的老闆，在這個世界上，死去並不稀奇吧。又或者他可以脫身，就當作這是一場夢一樣。

就在這個時候，他忽然聽到外面有聲音，他偷偷地揭開一條帆布的縫隙——救生艇是用帆布蓋著的——看到斯蒂文帶人拖著一個女人。

這個女人，身上已經中槍了，但是還沒有死，被人用皮帶綁著。

他認得這個女人。這個女人就是他和張海鹽爬上船之後，攻擊張海鹽的兩個女人之一。他記得，當時這兩個女人一個長髮，一個短髮，這個是短髮的，應該是叫做白珠。

白珠非常痛苦，咬著牙。斯蒂文用槍對著她的頭，一直在看四周。確認四周沒有人，斯蒂文深吸一口氣，對白珠說道：「你是我殺的第一個東方女人，希望我們都印象深刻。」說著，把白珠的上半身往何剪西的救生艇上一架，就開始做準備工作。

白珠的身材非常好，能看得出是水性極佳的姑娘，腿很長。斯蒂文故意劃開她的傷口。

白珠咬著牙，疼得滿頭冷汗。何剪西也不知道這個女人是否還有力氣感知接下來要發生的事情，就聽到白珠說道：「先殺了我。」

「我聽說當時印第安女人也會說這樣的話。」斯蒂文喘著氣，非常興奮。「我的叔叔告訴我，不可以先割掉頭皮，必須先慢慢地放血，否則很快會有蒼蠅。」他往白珠的腿上劃了一刀，血開始順著船舷往下流，斯蒂文把白珠的上半身塞進了救生艇裡。

白珠被塞了進來，看到了裡面的何剪西。何剪西看著她，不知道怎麼辦。斯蒂文體會到了將人凌遲的快感，他在手上抹了抹口水，又看了看四周，把槍放到了救生艇的船沿上。從何剪西的位置，正好抬手就能拿到這把槍。

白珠並不知道何剪西是誰，但她沒有叫出來。她看著何剪西，對他道：「殺了我。」

何剪西想起張海鹽曾經說的話，一瞬間竟然覺得白珠的要求是合理的，可是斯蒂文在外面說道：「我會在妳最懼怕的瞬間，在妳的後腦上打一槍，據說這樣妳會死得很痛苦。」

何剪西看著白珠的臉。好漂亮的女人啊，雖然她殺人不眨眼，但現在，她和自己撿到的其他在厤六甲受欺負的女人沒有任何區別。

「殺了我。」白珠的淚水在眼眶中打轉。何剪西忽然下定了決心，直接抓住斯蒂文的槍，翻開帆布，對準了斯蒂文。

斯蒂文剛要開始第一步，一下被忽然翻起的何剪西嚇了一跳，他一個踉蹌，幾乎摔倒。何剪西說：「每個人都有權利受到審判。」斯蒂文立即轉身拉開距離，單手握住了腰帶上的匕首。

幾乎是瞬間，斯蒂文看到白光一閃。白珠修長的雙腿直接翻起，一把夾住了他的脖子，猛地一扭，嘎嘣一聲，斯蒂文的脖子被扭斷。白珠用力一翻，斯蒂文直接被甩出船舷，甩進海裡。

白珠摔倒在地，痛苦地蜷縮起來，但還是咬牙看著何剪西。何剪西舉著槍，對著斯蒂文，發現斯蒂文死了，立即又對著白珠。

白珠咬牙想起來，因為腿上受了傷，剛才的動作又拉扯了傷口，所以努力了幾次，卻以失敗告終。何剪西呆了，他小心翼翼地走出救生艇，發現白珠的上衣已經被血染透了，但血已經不流了。

「要去貨艙，我們已經準備好了，要殺掉那個女人，我們能贏。」白珠意識不清晰，看著何剪西，不知道誤認為他是誰了，斷斷續續地說道：「不能讓別人知道我們，船上的人都要死。」

何剪西看了看手裡的槍，要他殺人是萬萬不可能的。但躺在這裡，遲早會被火槍隊的人看到，這個女人要麼被殺死，要麼被強姦，不可能有被審訊的機會。不知道為什麼，何剪西不希望她死。也許是涉世未深，對於好看的女人，他有一種莫名的好感。

瘟神呢？那個瘟神，那個瘟神看上去是一個能夠商量的人。何剪西把手槍插入自己的後兜，然後幫白珠穿上褲子，放進救生艇裡。接著他從口袋裡掏出張海鹽給他的烈酒，裡邊還有些，他將酒倒在白珠的傷口上，但她已經完全沒有反應了。

找瘟神，瘟神是要順著槍聲去找的，何剪西順著槍聲走了過去。

他走到走廊的時候，正好是張海鹽幹掉那個殺手的瞬間。

火槍手走了過去，沒有發現管道上有人。張海鹽鬆了口氣，那個殺手怒目圓睜地看著他。張海鹽搖頭，心說，你這種時候還被人耍，也該命短。

忽然他就發現不對。下面走過的不是火槍手，是何剪西。

臭小子正晃晃悠悠地摸著牆往前探，再走幾步就會到貨艙口，被火槍手打成篩子。

張海鹽立即從管道上掛下去，一下抓住何剪西的脖子把他扯了上來。

何剪西嚇了一跳，剛想大叫，就看到是張海鹽。

張海鹽罵道：「你就不能聽話一次嗎？」

「出事了。」何剪西說道：「我躲在救生艇裡。那個叫白珠的，被抓住了，斯蒂文要虐殺她。我本來要阻止斯蒂文的，還沒來得及，白珠就殺死了斯蒂文。然後她意識模糊，失去了知覺。我把她拉到救生艇上，我想如果和她躲在一起，我怕她醒來殺了我。如果我把她丟在甲板上，我又怕有人來強姦她。所以我、我不知道怎麼辦，就來找你了。」

「丟海裡啊。」張海鹽說道，白珠這種女人，身上背負的血債太多，死不足惜的。

「我殺不了人。」何剪西說道。張海鹽嘆氣，他也從來不指望何剪西能殺人。何剪西看到前面的火槍隊，問：「他們在幹什麼？你別看了，快回去看看怎麼辦。」

「這是貨艙，董小姐在裡面，殺手逃進去了。我想想辦法搞幾具屍體放到救生艇上，你做得不錯，如果白珠在裡面躺屍了，我可以少弄一具。」張海鹽說道，指了指一邊的屍體。何剪西已經見怪不怪了，此時他靈光一閃：「等一下，貨艙？」

貨艙是個陷阱。何剪西想這麼說，但他話要出口的時候，忽然聞到了一股奇怪的味道。何剪西舌頭一禿嚕，脫口而出：「有糊味。」

「什麼？」

何剪西就看向張海鹽的頭頂，說道：「那裡面有什麼東西燒糊了。」

張海鹽回頭看了一下，發現自己趴的地方上頭，有一個鐵皮蓋子。此時，他也聞到了一點味道，於是直接掰開那個蓋子，裡面正好是電線箱，有一串冒著火星的陶罐掛在上面。

這是一串老式的手榴彈，有六、七個，軍閥混戰的時候用來攻碉樓的。

張海鹽愣了一下，意識到剛才那個殺手不是在這裡趴著躲人，是在炸電線箱。

我操！他意識到的時候，火星幾乎燒完了，張海鹽抱著何剪西和屍體翻身下來，立即後背壓住何剪西，然後抬起屍體擋住自己。第一個陶罐就炸了。屍體正面被炸成了馬蜂窩，一邊的火槍手立即被驚動了。張海鹽爬起來，正看到火槍手過來，他也管不了那麼多，背起何剪西朝火槍手衝去，同時火槍手抬槍，第二個陶罐也炸了。

巨大的爆炸從後面衝出來。張海鹽抱住何剪西，在地上打滾。火槍手開槍了，但同時，這一層船艙所有的燈，全部滅了。

雨點一樣的子彈在黑暗中拉出曳光，到處是火星。接著，陶罐連續爆炸。火槍手立即臥倒，炸了六下才炸完。這一層的電路全部被炸爛了，火槍手爬起來。風燈全部點亮，就看到他們射擊的地方，全是屍體的碎片。

「剛才好像是兩個人，怎麼就這麼點？」一個火槍手驚訝地問。

而此時，張海鹽已經背著何剪西衝進了倉庫裡。

倉庫裡一片漆黑，唯一的光線是從門口和側窗皮球一樣大的窗戶裡射進來的。

他背著何剪西直接翻到兩件貨物中間的縫隙，死死捂住何剪西的嘴巴，躲了進去，之後才感覺到自己背上火辣辣的疼。

肯定被剛才的陶罐炸傷了。和他想得不一樣，董小姐的反擊沒有讓這些殺手亂了陣腳，他們還在抵抗。

他十分用力，何剪西幾乎要被悶死了，輕輕拍了拍他的手，張海鹽這才鬆手。他發現何剪西喘著氣，驚魂未定，但已經不如之前那麼害怕了。

這小子應該習慣了。

他抓住何剪西的手，在他手上寫了一行字：別發出聲音，有殺手。

何剪西點頭。

他仔細聽了一下，倉庫中一片寂靜，董小姐的聲音聽不見，殺手們的聲音也聽不見。這種黑暗，就算人在他對面他都看不見。如果再聽不見聲音的話，說明兩方勢力都在隱藏。

炸電線箱是有計畫的。張海鹽明白，如果炸電線箱是有計畫的，那麼把倉庫搞得黑暗也是設計好的，也就是說，這些殺手本來打算在倉庫裡解決戰鬥。如果不是董小姐一個人進來，而是火槍手全部進來的話，這一把他們已經翻盤了。黑暗中太適合伏擊了。

但現在非常尷尬，因為只進來一個內行的董小姐，董小姐不動，殺手們就不知道董小姐在哪裡。殺手們也不會動，所以董小姐也不知道他們在哪兒。都是老狐狸，張海鹽更尷尬。本來想找幾具屍體的，現在不僅被炸傷了，還困在決賽圈裡。

他背後的血開始滴落到腰部，然後順著腰線往臀部滲透。張海鹽用盡全身的力氣，讓自己的耳朵發揮到極限。

船在晃動，貨物被固定住，隨著船的擺動，木箱子被各種拉扯，發出輕微的木頭摩擦聲。

這些人放輕了自己的呼吸，減緩了自己的心跳，把自己的聲音隱藏在木頭摩擦聲中。

過了四、五分鐘，因為安靜，張海鹽感覺好像已經過了十幾分鐘了。

張海鹽嘗試著動了一下，動作非常非常慢。他慢慢地往上移動，想到所有貨物的上方去。他往上爬過了兩只貨物箱，忽然，他的手摸到了，自己躲的地方的貨物上面掛著一個東西。

他幾乎是本能地停住手，然後極輕地摸了一下。

是頭髮。他屏住呼吸，沒有聽到心跳聲，正在納悶怎麼會有頭髮，就感覺到有東西滴在自己的手上。

他不用摸就知道，是血。

他伸手去摸，結果摸到一具還有餘溫的屍體，是一個男人，已經死了。下巴被撕掉了，董小姐是一個人進來的，那麼這是殺手。真厲害。已經幹掉一個了。

張海鹽擦了擦手上的血，剛想繼續往前，忽然何剪西拉住了他，在他手心裡寫了一句：左邊，有氣味，男人。

張海鹽看向左邊，左邊一片漆黑。

何剪西繼續在他手上寫字：貨艙裡起碼有十幾個人。

張海鹽回了一個問號。

何剪西又繼續寫：很多味道。

第三十六章　再見

張海鹽縮回到原來的縫隙處。

他平緩呼吸，脫掉了一身軍裝，只穿著短褲。因為衣服都被血浸透了。

陶片的碎片打進肉裡，一時半會兒摳不出來。他動了一下，非常疼，但不影響行動。

他相信何剪西的話。事到如今，他覺得何剪西雖然各種惹麻煩，但這個人的運氣，實在太好了。他開始懷疑何剪西是老天派來的行路菩薩，等事情解決會化作一縷青煙，哈哈大笑而去。

如果這個貨艙裡有十幾個人，至少可以證明幾件事情。第一，船上的殺手比他預計的還要多。他在散席艙和三等艙粗略發現的，只是其中一部分。第二，這個貨艙是反擊的陷阱。

一對三他不擔心董小姐，但無論是誰，都不可能一對十幾。

歷史上一對十幾能贏的，只有他自己。但那一次張海蝦非常不推崇，那就好比是在賭場上連續十幾次贏的人，機率是有的，但靠這種機率吃飯，絕對不會有第二次。

所以董小姐才完全不露蹤跡。她已經踏入了陷阱，她現在需要的是自保，而不是追捕。

他當然必須幫董小姐。他要劫船也好，要從救生艇走也好，都不能讓殺死南洋檔案館同僚的人贏，否則，整艘船都可能會被炸沉，掩蓋散播瘟疫的證據。

但他也沒有完全的把握，事實上，他算是一個殺手和董小姐兩邊計畫中的意外。就算他和董小姐有默契，在這個貨艙裡，兩個和一個都沒有什麼用。

但何剪西的存在，讓事情發生了變化。

張海蝦在的話，他也能聞到很多氣味。此時，張海蝦必然會和張海鹽兩個人緩緩移動，在黑暗中逐個靠近那些散發氣味的人，二對一，將他們全部幹掉。

但何剪西沒有那種默契。這些殺手說實話身手都不差，張海鹽殺人搶半拍，很多人無法習慣他的行動方式。但在黑暗中，半拍搶不中，就很難秒殺對方。

而且對方既然設了陷阱，必然有在黑暗中互相策應的方式。如果自己不能快速幹掉對方，三、四招下來，對方就會圍死自己。

張海鹽心念如電，若干年後有一個叫吳邪的人和他溝通的時候，總會指出他在這樣那樣的場合，可以用更加精巧的小詭計。但張海鹽當時的行為更加符合他自己的英雄主義。

張海鹽決定全力以赴，他用舌頭數了數嘴巴裡的刀片，朝何剪西指的方向摸了過去。

人的汗毛有感應物體的能力，對方的體溫、心跳、呼吸，只要距離夠近，就算意識沒有感覺到，汗毛也能感覺到。說起來好笑，張海鹽用自己的汗毛來感知四周的氣流。

很快，他就感覺到了藏在黑暗中的第一個殺手，他對著那個方向射出一枚刀片。

他用盡全身力氣射出了這一枚刀片。讓他尷尬的是，他緊跟著衝過去的瞬間，在四個方向，忽然有汽燈亮了。

不是貨艙的燈，是那種鎂光燈，但不是照相的秒燈，可以持續二十秒。這是用來打海上燈號的。

強烈的白光幾乎閃瞎了張海鹽的狗眼。而對面的殺手早有準備，一直閉著眼睛，此時忽然睜開，就看到一個裸男朝自己衝了過來。

兩個人瞬間交手，三下之後，燈再次滅掉。

快速閃動幾乎讓他暴盲，他不知道怎麼回事。但瞬間燈又亮了，張海鹽意識到，這就是殺手們的戰術，在黑暗的空間，控制閃動的燈光。

燈再亮的時候，張海鹽已經看不見了，但是殺手能看見。殺手繞到張海鹽身後，張海鹽猛地一躲，看不到邊上的貨箱，直接撞上去，撞出了內傷。貨箱直接被撞倒在地，裡面的貨物都被撞了出來。

光一下又暗了。

張海鹽的眼睛馬上舒服了一點，他立即閉眼，找地方躲藏。但是剛才方寸之間方向已經亂了，他再次撞上貨物。

貨箱很重，倒地摔碎，他也滾進了貨物裡。

光再次亮起，他瞇起眼睛，這下光線就好多了。那個殺手沒有立即撲上來，他看了一下四周，忽然發現，被他撞翻的貨物裡，摔出來的貨物都不是貨物，而是人的屍體。屍體臉都發青了。看樣子是經過了防腐處理的。

一股熟悉的消毒水味道，是在盤花海礁上聞到的那種消毒水。

他們把失蹤的南洋特務都藏在這裡了嗎？

張海鹽要先穩住自己。他迅速閃入貨物中，到處都是人影，也不知道董小姐的情況怎麼樣。燈再次暗掉，張海鹽推倒貨箱，不管看得見看不見，先讓地上不好走。

燈再次亮起的時候，張海鹽已經推倒了十幾個貨箱。並不是所有的貨箱中都裝有屍體，但也有六、七具了。

貨艙的這個角落，四面都有殺手踩著貨物朝他衝過來。

張海鹽已經適應了光線，他舔出刀片決定拚命了。這個時候，他忽然看到了他前面的一具屍體。

他愣了一下，那具屍體的臉他記得，是張瑞朴的臉。他怎麼在船上，而且還死了？

接著，他又看到了張瑞朴邊上的一具屍體。

第一眼他沒有反應過來，又看了一眼。

他的血液急停，腦子「嗡」的一聲響了。

張海蝦！

第三十七章　望盼小樓東風，終歸遊俠故里

時光回溯，歲月流轉回廊六甲，張海鹽沒有回頭，張瑞朴在陽臺看著他的那個時候，張海蝦被放到帶輪子的藤椅上，推到了街道上。

他們朝著跟張海鹽相反的方向而去。一切看似平常，但其實在張海嬌貼身侍奉張海蝦的時候，他聞到了張海嬌身上的味道，發生了變化。

人和人的味道是不同的。這個張海嬌已經不是張海鹽帶回來的那個張海嬌了。

起初張海蝦認為這是張瑞朴的設計，為了這次的交易，以防萬一，但他很快發現不是，因為當他刻意去注意張海嬌，就發現她不屬於任何一方。

他們兩個是被張瑞朴的人威脅，但在兩方人中間，似乎還有第三方人存在，這個人是誰？為什麼會人皮面具的技術？

細思極恐。但那個時候，張海鹽將踏上南安號，而這個張海嬌將陪著自己被張瑞朴軟禁。在情況未明的狀況下，張海蝦沒有暴露出這件事情。他的想法是，張海鹽踏上南安號，至少脫離了張瑞朴的威脅。

他們來到街道上。張瑞朴的年輕隨從們，在張瑞朴四周走著。廊六甲的街道其

實很安全，張海蝦和張海鹽一樣，都立即覺得有問題。

張海蝦認為，街道上有著巨大的威脅，而他同時聞到了血腥味——在如常的街道上，他聞到了平常沒有的血腥味，是隱藏的凶器散發出來的。

這個時候，他看到了何剪西。

何剪西正在被人毆打。張海蝦注意到了何剪西的鼻子，那是和他一樣的鼻子。

這個小青年的鼻子，有可能和自己一樣，在嗅覺上比普通人要靈敏。

這是上帝給出的一個接力。一個神跡。

他用指甲在錢上畫出了提示，遞給了張海嬌，讓張海嬌轉交給何剪西。

張海嬌的氣味混在了錢上。

張海蝦其實在當時還推測出了很多東西，都隱藏在提示中。這已經關係到相當深的線索。只是當時，他已經知道街上全是埋伏，而第一個動手的，會是張海嬌。

如果是這樣，張瑞朴自身難保，為何還要去查瘟疫案？肯定另有隱情，而他害怕的殺手也已如影隨形。

有一種強烈的直覺，他和張海鹽這一別，如此隨意，竟然是永別了。

他的雙腿不能動。這條街道不長，張海鹽到達南安號下，開始排隊的時候，街道也到了極熱鬧的一段。

此時張海蝦喊停了隊伍，對張瑞朴說：「他們要動手了。」

張海嬌回身看著他，張海蝦也看著張海嬌。陽光明豔，人聲鼎沸，張海蝦閉上了眼睛，仰起頭。

最終，還是你一個人回去了，張海樓。

南安號事件的最後結局，南洋檔案館最終的留檔上是這樣記錄的。

張海鹽殺光了貨艙裡的殺手，沒有更多的細節。

在閃動的燈光下，張海鹽明白了沒有過路菩薩，沒有好運，沒有他臆想出來的種種命運。

從一開始，就已經結束了。

在閃動的燈光下，董小姐滿身是血，她殺死了對手，從貨箱中走出來，準備迎接陷阱裡的殺手圍剿。但她只看到了滿地的屍體，和一個抱著一具屍體，一動不動的男人。

董小姐在他身後默默地看著，她非常安靜地看著。

接著，她走了過去，從衣服中掏出了之前張海鹽扔掉的斯蒂文的面具，蹲到這個男人面前，給他重新戴上，然後轉身走向出口。

何剪西抱著他從斯蒂文手裡拿來的左輪手槍，躲在門口的貨物縫隙中。董小姐看了他一眼，沒有理會。

她來到門口，點上一根菸，從衣服裡掏出那塊中亞翡翠，對火槍隊的人說：

「都結束了。」

第三十八章　歸鄉

張海蝦和一行人的屍體被妥善安排在貨艙裡，屍體已經經過了防腐的處理。總之林林總總，一切漸漸如常。

張海鹽此後便生活在斯蒂文的房間裡，何剪西也被安排和他同住一個房間。瘟神猶如失去了靈魂，一直不吃不喝，在窗口看海。

何剪西一路照顧他，無論他吃或不吃。瘟神的悲傷，何剪西感受不到，覺得莫名其妙，但痛苦，卻是世俗簡單的。

不知道為什麼，董小姐放過了他們，並且給予了禮遇。但因為張海鹽無所謂了，所以他完全不知道其間發生了什麼。

白珠所在的救生艇不見了蹤跡。船上也許還有殺手，但應該也是零星不多，董小姐又經過了幾輪排查，風波漸停。華爾納和董小姐的後續，這裡也無從知曉。

張海鹽是在靠近廈門的時候開始重新吃飯的，此時，他已經瘦得脫形。

他每夜都作夢，夢見盤花海礁，夢見張海蝦。他重新點起菸的時候，意識到，事情並未結束。

船上用來殺人的很多武器，都是軍隊用的。有軍閥當年在盤花海礁挖掘瘟疫船，如今瘟疫重新在麻六甲肆虐。南安號獵殺南洋檔案館特務，背後一定有一個主謀。

瘟疫的真相仍舊撲朔迷離。盤花海礁案仍舊沒有結案。

而張海蝦，不能白死。

張海鹽長久沒有進食，喉嚨發乾，但仍舊開始逼自己吃所有種類的食物。他需要立即恢復體力。

他嘗試和董小姐溝通。但董小姐並不理會他，在廈門下船之時，董小姐也未出現，只是託人給了他一張紙條——上面寫著董公館的地址，還有張海蝦的屍體。

字條內容：世道艱難，江湖不見，如執念不消，百思不得解，可到此處一敘。記住，最好不見。本無話可說。

字條的內容很有意思，但張海鹽沒時間陪她玩字謎。他幫自己和張海蝦燙好了軍裝，穿戴整齊後，背著張海蝦的屍體，與何剪西一起下船。時隔多年，重新踏上了廈門的土地。

「你看，你算錯了，我們是一起回來的。」張海鹽對張海蝦說道。

出了港口，一切都不一樣了。馬路上有汽車開過，馬車、黃包車比比皆是，人的服裝也和他走的時候很不一樣。

廈門的空氣溼潤乾淨，但沒有麻六甲炎熱的陽光，整個人清爽自在。

張海鹽背著張海蝦的屍體，沒有辦法坐在小吃攤上吃童年的小吃，他和何剪西站在路邊面面相覷。張海鹽從口袋裡掏出錢來，數給何剪西：「何剪西，你在駁船上小命差點不保，我自作主張，帶你下海，你該還的，該怨的，我們都兩清了。這些錢夠你去舊金山的了，找一艘大點的船，我們就此別過。」

何剪西看著張海鹽和他背上的屍體。

「相識一場，你不想我幫忙送你這個朋友一程嗎？」何剪西多少能猜到張海鹽發生了什麼變化。人這種生物，只要有感情原因，很多事情總能理清邏輯。

「不用。」張海鹽背著張海蝦，就此往他印象中的街道走去。何剪西站在路邊，看了看廈門的天，看了看手裡的錢，忽然有些恍惚。

他是要去舊金山，但腳踏實地的感覺，真好啊。

張海鹽一路走著，不久就來到了老街。老街還是一樣，沒有什麼變化，住的人，他依稀還能認出幾個街坊來。

他來到了張海琪的住處，發現這裡已經變成了喉糖店。喉糖店的老闆是他不認識的人。張海鹽上去詢問之前的住客去了哪裡，老闆看到他背著的人面色發青，有點害怕，於是說已經幾道轉手，早不知那麼久的房主去哪裡了。

乾娘這個人的脾氣，張海鹽也是知道的，搬家不通知，非常乾娘了。背著屍體沒法投店，他就尋到當年他們接受訓練的南洋檔案館。

南洋檔案館在南洋海事衙門的東邊，在公共租界。去了一看，也已經變成了銀行，名字叫做海利，應該是外國人開的。

張海鹽背著屍體，來到了海事衙門內，把屍體放到一邊的等待凳上，整理了軍裝，然後問門口的辦事員：「請問，南洋檔案館搬到哪裡去了？」

辦事員有十幾個，都在窗口寫表格，抬頭看著他：「什麼？」

「南洋檔案館，我看已經搬走了，搬哪裡去了？我是外派的，很久沒有回來了。」

「南洋檔案館？」兩個辦事員互相看了看，都搖頭。「我沒聽過什麼檔案館，這裡是南洋海事衙門。」

「是這樣的，南洋檔案館是南洋海事衙門下屬的機構，我和你們是同僚。我外派回國，地址已經搬了，所以來問一下，你們幫我查一下好嗎？」看張海鹽穿的軍裝很考究，辦事員不敢得罪他，就站起來，往樓上走去。

隔了一會兒，辦事員拿著一沓檔案下來，對張海鹽說：「先生，我問了幾個工作了二十年以上的老督辦，他們說，南洋海事衙門成立到現在，從來就沒有過一個機構叫做南洋檔案館。你是不是弄錯了？」

第三十九章　寄居蟹

張海鹽衝到了海事衙門的二樓，坐在了老督辦的面前，老督辦說了三遍，張海鹽都搖頭。

「絕對不可能，我在南洋檔案館受訓，一直是海事督辦。」張海鹽把自己的證件推到老督辦面前，老督辦翻開證件，然後搖頭。

「我們從來沒有發過這樣的證件，而且我們是管船運的，不管任何的查案。」老督辦看著張海鹽。

張海鹽繼續道：「培訓我們的人叫做張海琪，是她把我們養大的。」

「很明顯，這個把你養大的人，騙了你們。」

老督辦從邊上拿起一把鑰匙，交給辦事員。

「這位先生，不知道你經歷了什麼，這是我們資料室的鑰匙，你可以檢查所有資料。我可以保證，你看不到任何一張紙上寫著『南洋檔案館』五個字。」

張海鹽看著老督辦，接過鑰匙，老督辦對辦事員說：「請不要打亂文件，保持冷靜。我們與人為善，你不要讓我們難堪。」

張海鹽在辦事員的陪同下，在資料室裡一直看到了黃昏。沒有任何一張紙上寫著「南洋檔案館」五個字，甚至，海事衙門從成立開始，就沒有任何的下屬機關。

張海鹽默默地道了謝，背起張海蝦離開。黃昏如血，他的腦子一片空白，來到了海利銀行的門口。

銀行快要打烊了，他走了進去，在雇員的注視下，他發現原來檔案館裡所有的裝飾都變了，連結構都完全不同。

如果不是外面的一些細節還是一樣，他真的也會懷疑自己是不是走錯地方了。

他被警衛請出了銀行，在銀行對面的街角坐了下來，一直看著銀行。他和張海蝦兩個人靠著牆坐下，他開始回憶起自己的童年。

海事衙門是自己的直屬領導單位，自己是不需要對海事衙門匯報的，只需要對乾娘匯報就可以了。

從小，他們的薪水、福利、服裝、教育，全都來自於南洋檔案館，他們都從來沒有懷疑過，自己不是為一個海事衙門的官方機構工作的。

「難道乾娘在騙我們嗎？」張海鹽無法理解。

為什麼要騙我？如果自己不是為了官方工作的，那麼自己這麼多年來殺的人——那自己不就和船上的那些人一樣，是殺手嗎？

不可能，南洋檔案館，一定是被一個巨大的勢力抹殺了。是那個瘟疫背後的真凶嗎？

但那個老督辦看上去是個好人，他自己也查了所有的資料。如果被抹殺，能抹殺得那麼徹底嗎？

張海鹽看著張海蝦。

我一定很笨吧。

他心裡這麼想著，默默地點上一根菸，忽然想起了口袋裡的紙條。董小姐給的紙條。

董小姐不是一個普通人。

她一定是知道船上有殺手，否則不可能如此殺伐決斷，利用自己的出現，直接接管了華爾納的火槍隊，將船上的殺手清乾淨。

這個女人上船的時候，其實身邊一個幫手都沒有。她在船上耐心地等這個機會，利用了華爾納的貪欲實現了自己的目的。

但這件事情原本與她無關，這些殺手要殺的是南洋檔案館的人，為什麼她要冒那麼大的險園剿這些殺手呢？

難道，她和南洋檔案館也有關係，就像張瑞朴一樣？

張海鹽看著紙條，此時已經無處可查，銀行也已打烊。如果要抹殺痕跡，連南洋海事衙門裡都那麼乾淨了，銀行裡更加什麼都不會有。

張海鹽有一種被拋棄感。

他看著紙條，這是他完全沒有預料過的情況，他得思考下一步該怎麼辦。
忽然，他看到紙條上，角落裡，畫著簡筆畫，非常抽象但很容易辨認，是一隻寄居蟹。
他低頭看了看手錶，他的手錶上，也有一隻寄居蟹。這是南洋檔案館的標誌。

第四十章　低級特務張海鹽

董公館是廈門的大莊園，洋式樓和中式樓交相輝映，前門的洋式樓原是租界臨時政府所在，原為馬姓富商參考白金漢宮仿造的縮小版，但仿造得實在不成功，也只有一個大概樣子，如今爬滿了爬牆虎。後面由原來的三家土宅改造，原本是傳教士買下做孤兒院的。

兩邊打通，不中不西，但面積是巨大的。

前門洋式樓有巨大的前院，種滿了巨樹，噴泉立在前大門外，兩邊可以停車。董船王據說喜歡清淨，宅邸下人不多，也不太走動。

除了宴會，其他時候董公館只有洋式樓的左右翼是亮燈的。

改造的時候，左右翼特地做得和南安號很像，有陽臺凸出。

張海鹽如今就在其中一間亮燈的房間裡坐著，董小姐正在給他泡咖啡。

房間的裝潢也和南安號幾乎一樣，張海鹽心裡想：不噁心嗎？坐完船回家肯定是希望家裡完全不同，這好像又回到了船上一樣。

「妳父親是真的喜歡那艘船。」張海鹽說道，他喝不慣咖啡，對於他來說他的行動力已經過強，他不需要再用咖啡因來刺激自己。

「船家總要講究一些風水。南安號是董家船隊的頭船，董宅也是廈門船運的頭家，風水擺布都是一個師傅，所以都差不多。」

董小姐穿著睡衣，把一盤瓜果遞給張海鹽，後者吃起來。他一天沒吃東西了，甜食能讓他平靜。

「我原以為你會在外面待上幾個星期，才會來找我，沒想到來得這麼快。我行李都沒有收拾完。」董小姐坐到他對面的沙發上。「你的傷好了嗎？」

「妳船上的船醫都死光了。我自己處理的，應該不會太好。」

張海鹽目不轉睛地看著董小姐的眼睛，絲毫沒有被睡衣難掩的小腿和鎖骨吸引。

「只是不明白，在船上董小姐為什麼不和我溝通，非要等到下船才邀請我，而且——」他把紙條遞過去。「懂得畫這隻寄居蟹的，難道是故人？」

「我知道你有很多問題，我既然讓你來，就是準備回答你所有問題的。你大可不必繞彎。」

張海鹽點頭，剛想提問，董小姐就說道：「你猜得對，我也是南洋檔案館的人。」

張海鹽張嘴，還沒合上，董小姐又說：「南洋檔案館已經沒有了，在你在麻六甲的最後一年裡，南洋檔案館被人滅了。下手的人，是一個西南的軍閥，名字叫做莫雲高。這次的南安號慘案，也是他策劃的，目的是為了清除南洋檔案館在海外的勢力。」

張海鹽心說爽快到我連提問都來不及，董小姐繼續道：「從目前來看，南洋檔案館就只剩下你我兩個人了。按建館規則，只要有兩個高級特務，就可以重新建館。但很不幸，你是個低級特務，所以從本質上說，南洋檔案館已經沒有了。」

第四十一章　東北張家

張海鹽吃了一塊餅乾，然後笑了。他的軍銜比張海蝦低那麼多，張海蝦尚且是個小角色，自己恐怕就更差了，不過他從來沒關注過這些。比起這個，如今軍銜、等級，不都是笑話嗎？

他對董小姐說道：「董小姐，我實話和妳說，我的疑問現在倒不光是這些。我的第一個問題，其實是：南洋檔案館是真的存在嗎？」

董小姐想說話，這次張海鹽搶先說：「妳知道嗎？南洋海事衙門告訴我，他們下屬機構中從來就沒有南洋檔案館，他們也沒有聽說過這個機構。我查了所有的資料，確實沒有——妳知道這是怎麼回事嗎？」

董小姐點上一根菸：「所以說你是低級特務。」

張海鹽看著她，心說：妳要用等級不夠來搪塞我嗎？就算我等級不夠，也不至於用這麼大一個騙局來防備自己的初級員工吧。

「南洋檔案館從來就和南洋海事衙門無關，使用這種說法，只是因為讓你們這些人理解南洋檔案館複雜的由來太過困難，不如直接告訴你們是官辦的簡單。」董小姐推了推菸灰缸，示意張海鹽可以抽菸。「事實上，南洋檔案館的來歷更加複雜，不是官辦，不等於它不存在。」

「如果不是官辦，難道是私辦的嗎？」張海鹽問：「這不是黑幫嗎？我們是青幫的下屬機構？」

「那我就要和你講個故事了。」董小姐起身，打開身後的櫃子，張海鹽發現櫃子裡是一條通道。

董小姐示意他跟過來，張海鹽也點上菸，走了過去。

董小姐說道：「我接下來要給你看南洋檔案館的真相。你現在還是一個普通人，可以選擇離開。這些東西，並不那麼好看，看完之後，很多東西也會發生變化。」

張海鹽失笑，在滿是瘟疫病人的礁石上，沒有食物沒有淡水地活下來；在水中游上萬公尺上到船上殺人，再跳入海中離開；割開舌頭下面的皮肉，放入刀片。這些事情，早就讓他不是普通人了。

而且，如果沒有南洋檔案館，他是什麼呢？普通不普通，對於他有意義嗎？

他得知道真相。

「我知道你在想什麼。」董小姐說：「普通人做了一些不普通的事情，總是以為自己已經不是塵世中的人了，這麼長時間以來，我見過太多了，走吧。」董小姐自己先走了進去，張海鹽跟進去，他首先看到了通道兩邊全是人皮，人皮上都是一種獸類的紋身。

「這是？」

「你知道為什麼南洋檔案館的人，大部分都姓張嗎？」董小姐問道。

張海鹽搖頭，張姓海字他是知道的，至於理由他從來沒有興趣。個人想法，張姓是一個大姓，也許是不想引人注目，總比叫百里的好，一聽就有故事。

「中國的東北有一個張姓家族，常駐白山，做一種特殊的買賣。」董小姐在一張人皮前停下來，眼神似乎夢回到了很久以前。

第四十二章　天之驕子

董小姐看著人皮，這一張人皮明顯比其他的人皮要古老很多，顏色發黑，上面全是皴裂。人皮上的紋身，是比較古老的圖案，顏色也是單色的，非常簡單。

「這一張有幾千年歷史了，張家人都有紋身，位置各不一樣，這個家族傳承了很久。」董小姐說道：「在一千多年前，他們就成立了西部檔案館，專門調查西藏一帶的奇怪事件。之後各地都有檔案館成立，調查解決各地奇怪事件，南洋檔案館是最晚成立的，只有六十多年的歷史。」

「張家管那麼寬？老佛爺都不管，東北屯裡沒農活幹麼？」張海鹽問。

「沒有人知道張家為什麼要做這些事情，有人說，張家人做的生意和古墓有關。他們常年盜墓，需要墓室的傳說消息，所以才設立檔案館。最開始，檔案館的人都是張家本家人，但從上世紀開始，張家人丁減少，在偏遠南洋的部分開始招攬孤兒。」董小姐說道。

張海鹽沉默不語，董小姐繼續往裡走。「事實上，我們這些做事的人，只知道每年都有成噸的檔案運往東北。除了幫張家收集各地的消息，我們還收養孤兒，培訓他們，然後獵殺張家的叛徒——張瑞朴。這些張家人，很難對付，相信你有體會。」

「聽上去就是一個幫派。」張海鹽心裡說，也就是東北張家是一個東北的黑幫，聽上去是那種世襲成體系的「鬍子」，歷史悠久，有點像哥老會，可能有神祕的宗教習俗。於是在各地設立檔案館，拜拜黃田老祖、抓抓鬼什麼的，同時發展下線。

張海鹽跟上去，很快他們到達了一個暗室。張海鹽看了一眼暗室的裝潢，都是檔案櫃子，和之前南洋檔案館用的一樣。

「這裡本來準備用來擴建南洋檔案館，現在這是僅剩下的了。」董小姐說著，扯掉房間中間的一塊白布，就看到張瑞朴的屍體躺在房間中間的檯子上。

董小姐移開掛在屍體上面的白熾燈，拿起屍體的一隻手給張海鹽看。張海鹽看到這隻手上有三根手指非常長，有一絲畸形的意味。

「張家人的特徵之一，手指是長的，張瑞朴有三根，屬於資質比較平庸的。手指據說是盜墓的時候用來破解機關的，長的手指數量越少，就能進入越細小的地方。」說完她從一邊拿出一份檔案。「張瑞朴的檔案。」翻了幾頁，出現了一張照片。

裡面是一張道臺模樣的人和張瑞朴的合影，董小姐繼續道：「這是道光二十四年兩廣總督兼五口通商大臣耆英在澳門與法國進行商談時候拍的。這個人是張瑞朴，這個人是耆英。」能看到張瑞朴是五十多歲的樣子，和現在差不多。

張海鹽拿過照片，和屍體對比了一下。

道光二十四年，距今已經快七十年了。就算當時張瑞朴只有二十歲，現在也九十歲了。但張瑞朴的屍體，還是五十多歲的樣子。

「他，為什麼沒有老？」張海鹽問道。

「這就是張家人，他們幾乎不會老。」董小姐脫掉張瑞朴的衣服，從邊上拿了一瓶白蘭地，用酒浸透衣服，然後點著，糊到屍體的肩膀處，拍了十幾下，將火拍滅。

張海鹽就看到張瑞朴的身上出現了一個麒麟的紋身。

之後再把檔案翻了一頁，後面是一張麒麟紋身的描圖。

「他們身上都紋著紋身，特殊的草藥禽血調配的，血熱才會出現。這是他紋身的拓印，用來驗明正身，因為每個人的紋身都不一樣。」董小姐把文件放到張瑞朴屍體邊上。張海鹽意識到，細節一模一樣，屍體就是本人。

「妳是說，張家人長生不老？是群妖怪？」

「所以，有人傳言他們盜掘古墓，設立檔案館，是為了尋找古墓裡的長生不老藥。」董小姐道：「當然都是傳言，活得長又不是什麼好事。如果在乎的人都死了，自己活著做什麼呢？」

張海鹽沉默不語。如果是在南安號上船之前，他聽到這個事情，可能會很興奮，覺得自己的老闆是一群神仙，那自己就是座下童子，但張海蝦已經死了。如今才知道，人可以長生不死，他心中存疑，又覺得好笑。

長生不死又如何，不是也躺在這裡嗎？

「天下間沒有長生不死的人。」張海鹽說：「我在南洋見到很多苦修的降頭師，都說自己是從葡萄牙人時代活過來的，埋入地下都不會死，但到現在他們都沒有從地裡出來，只是地上的水稻長得特別好。照片這種東西，理應有造假的可能。」

董小姐翻動檔案，裡面全都是耆英當時談判的紀錄照片，裡面用紅圈畫出了張瑞朴。「張瑞朴參與了這次談判，並且獲得了橡膠的獨家經營權。這些照片都是來自當時在法國的檔案。法國人不會幫著他作假的。」

張海鹽搖頭，他是希望自己可以相信這些的，但這麼多年，他在南洋碰到的都是騙局。他已經變成一個唯物主義者了。

張海鹽道：「妳得有更直接的證據。就算是我，我照著照片做一張假臉，妳也看不出來。」

董小姐笑了。「直接的證據，當然有。」說著繼續往裡走。

張海鹽問：「那妳推論一下，妳覺得張家人設立南洋檔案館，是為了什麼。真的是為了長生不老嗎？妳真信？」

「他們在等待一件事情發生，一件非常非常大的事情。我猜測他們在千年之前就知道這件事情會發生，所以一直在等。他們同時知道，事情發生之前，可能各地都會有各種端倪，被傳言為匪夷所思的事件，所以他們設立檔案館，監控有沒有爆發大規模無法解釋現象的可能性。」
莫雲高正是利用南洋檔案館這樣的特性散播的瘟疫。
張海鹽搖頭，董小姐繼續道：「你說是推論，我說了，沒有人真正知道張家人想做什麼。」
「既然張家如此神祕，妳這麼告訴我，我會不會有什麼危險？」
董小姐沒有回答。兩個人繼續往裡走，裡面是一個一個房間，但都是空的。他們走到了通道的盡頭，然後看到了一道鐵門，此時他們已經走入很深了。
張海鹽忽然想到一個問題，問：「妳說南洋檔案館只有我們兩個人了，那妳知不知道一個叫做張海琪的人，她在哪裡？」
「你在麻六甲的時候，莫雲高帶部隊突襲檔案館，除了我之外，無人倖免。」董小姐說道：「她應該死了。」
張海鹽又搖頭。「不會的，乾娘是我見過的最厲害的女人，她不會這麼容易死的。」
「你的好朋友，不是也死了嗎？」董小姐回頭冷笑。「憑什麼你認識的人，就都是天之驕子？」
張海鹽心裡很不舒服。他知道自己仍舊會否定一切，就算鐵門裡的東西再有說服力，他也不會相信。
因為相信了董小姐，他在這個世界上，就真的是孤身一人了。

第四十三章　張海琪

鐵門被打開了，裡面一片漆黑。

他不害怕董小姐暗算自己，因為在船上他可以死一百次。但這個暗室應該已經在地下了，就算他再野，進到這麼黑的地方，多少也應該謹慎點。

剛才看的是屍體，難道這裡面會有野獸嗎？又或是更多的屍體、檔案館的遺跡什麼的？

董小姐不殺自己，但是進到裡面直接把鐵門帶上，他就被軟禁了，也沒那麼好玩。他想了想，想讓董小姐先走進去，自己走後面，於是放慢了腳步。

董小姐毫不猶豫地先走了進去，對他道：「把門帶上。」

張海鹽心說，行，可以。董小姐的行動一直在他的小心思之前，似乎非常瞭解他，他的各種小算盤的想法，在無意間就被化解了。

房間裡很暖和，能聽到四周有流水的聲音，聲音非常好聽，在空間中有回音，空靈得似乎有女孩在喘息。

張海鹽進來把門帶上，特地虛掩，等下實在有事可以跑出去。接著，張海鹽發現有石頭臺階往下延伸，走了幾步，就有水，是暖和的。是溫泉。

董小姐在前面走著，有水聲，應該是涉水了。很快，她在深處點燃了一個蠟燭臺，空間亮了起來。

蠟燭是大蠟燭，很亮。這是一個不大的石頭房間，有溫泉從牆壁上流入一個水池。在水池的中間擺著一張石頭桌子，桌子角上全都是硫磺結成的類似於鐘乳一樣的東西。顯然在這裡放了很久。

桌子上有很多工具，用麻布包著。除此之外，這個房間裡什麼東西都沒有了。

「證據在哪兒？」張海鹽問：「這不是個澡堂子嗎？」

董小姐的睡衣被水浸溼了，溫泉水順著吸水的睡衣往上，熱氣蒸騰。張海鹽看到董小姐來到桌邊，開始擺弄那些工具。同時，隨著熱氣，她身上露出的部分，開始出現紋身的圖案。

因為熱氣從下往上，所有紋身猶如花一樣從董小姐的手臂開始往上長，她的紋身是彩色的。

這一幕把張海鹽看呆了。

很快他就發現，那不是一朵花，那是一隻麒麟。

因為睡衣變成貼身的，董小姐的身材也顯現了出來。兩個人四目相對。

「這就是妳說的證據？妳是張家人？」張海鹽道：「我不信，妳根本不像活了那麼久的。而且妳不是姓董嗎？」

「張家人用假名，如果年紀超過一百歲，都偏以董為姓。我的假名叫做董灼華。」董小姐道：「你好像從來不好奇，為什麼我既是南洋檔案館的人，又是船王的女兒。」

「我猜船王並不知道他女兒已經不是他女兒了，妳這張臉，恐怕不是長這樣的。」張海鹽此時已經有點覺得哪裡不對，董小姐的臉不過二十剛出頭，但在船上和這裡說話的方式，確實感覺有一些歲數了。

而且董小姐太有耐心了，講得太多，自己一路奚落不捧場，她不僅在船上沒有殺自己，還那麼耐心地騙自己，好像沒有邏輯。

而且，眼神中的這種淡定是裝不出來的。

但如果她是戴著面具的，那就好解釋了。這種身材，應該是三十多歲的女性該有的。經歷如果坎坷一些，性格如此淡定也有可能。

騙自己肯定有所圖謀，不如直接說，張海鹽現在猶如喪家之犬，有姑娘敢用這樣的方式面對自己，不好好聽聽，難道散亂江湖，真的去做乞丐嗎？

於是張海鹽道：「張姊在船上留我不死，如果有什麼需要我做的，可以直接說，不用逼我相信這個故事。我只需要知道，南洋檔案館的存在有意義，那張海蝦就不至於白死。如今他不在了，也是命運難抗。我只怕我們做了這麼多，都是白日夢一場，連一個記得的人都沒有。」

董小姐翻開桌子上的抹布，裡面都是一些筆一樣的東西，說道：「張海樓，和你說過多少次了，做事情要多藏動機，這一點張海俠不知道比你強多少。」

張海鹽愣了。

董小姐繼續說道：「我本以為張海俠跟你去麻六甲，你們兩個可以有個善終。臨走我和你說，記得我的話的人才有活路。你口口聲聲說想念我，卻連我的話都沒有遵守。三十年期沒到，你就違背諾言回來，菩薩畏因，匹夫畏果，你終究還是選了做匹夫。」

她理了理自己的頭髮，從下巴開始撕自己的臉，一張人皮面具從她的臉上撕了下來。

張海鹽本能反應，戒備地後退，卻看到一張無比年輕的臉，出現在他面前。愣了半天，他道：「娘？」

年輕的女人看著他，眼中冷靜，毫無思緒流淌。

「你自己的因已經種下了，如今最後一次讓你離開這件事情的機會也沒有了，那麼你就老老實實地接受自己的命運吧。」張海琪把面具丟到一邊，張海鹽驚奇地看著她。

這個女人，自己的師傅、乾娘、上司，和當年他離開的時候一模一樣，皮膚猶如少女。

是他的乾娘，張海琪。

他心中一暖，一慌，又一愣，腦子就卡住了。剛想說話，忽然覺得頭昏腦脹，眼前的張海琪模糊起來。他看到張海琪打開了桌子上的一個陶罐，裡面似乎是顏料，張海鹽一個趔趄，有些站立不穩。

「娘，太好了，妳沒死——我怎麼了？我——我沒保住海俠——我這是怎麼了？」

無論一個男人再怎麼強悍，看到養大他的女人，還是會立即回到當年的少年狀態。

那一瞬間，無數的委屈、孤獨、痛苦，自己舔傷口的苦楚，都在張海鹽心中狂奔而來，狂奔而去。

但是他一句話也說不出來，不知道是因為激動，還是這裡水太熱了，還是因為，他覺得他眼前的張海琪，有一絲陌生，有一絲和童年記憶中的不一樣。

「這兒的溫泉中，加了迷藥，血質普通的人，支撐不了多久。」

張海鹽忽然跪倒在溫泉裡，張海琪來到他身後，開始幫他紋起身來。

「今日起你將身飼餵血，血熱則出，從而立於洪荒，無事不允。」

張海鹽迷迷糊糊，失去了知覺。

第四十四章　認親

張海蝦的屍體默默地坐在董宅的客廳裡，生命流逝，他已經和世界脫開關係，奔向輪迴。

張海琪擦著手上的顏料，來到了張海蝦的面前。她摸著張海蝦猶如沉睡的臉頰，蹲了下來。

歲月啊，她不知道自己是第幾次送走養大的孩子了。

「回家了，蝦仔。」她輕聲對張海蝦說道。

這個孩子，從小安靜、聽話，除了寵著張海鹽，沒有什麼毛病。他總是看著張海琪的眼睛，在上課的時候，在想睡覺的時候。他不會去搶奪自己的寵愛，只是在感知母親需要什麼。

床邊的花從來沒有枯萎過，她帶的孩子們從來沒有走失過，沒有鄰居告狀，沒有燒糊過飯。

張海蝦在的時候，一切猶如精確的鐘錶一樣運轉。

張海蝦害怕失去那種平靜和幸福，所以他牢牢地守著。

張海琪和張海蝦額頭對額頭，孩子的額頭冰涼，似北方的冬天，不似在廈門的夏天。

她抱起張海蝦，往後院走去，將其葬在了墓園之中。墓園之中有很多很多的墓碑，每一次都是告別，她無數次地以為自己習慣了。

真的是無論活多久，都不喜歡這種時刻。

張海琪在墓園外的晚風中站立了很久。

風從墓碑中吹過，嗚咽環繞。

張海鹽醒過來的時候，赤身裸體，是趴在床上的。

他想了想之前發生了什麼，這個動作讓人浮想聯翩，但他立即想起了張海琪。

「娘。」他迷糊地自言自語了一聲，就看到張海琪坐在床對面的沙發上看報紙，沒有理會他。

張海鹽感覺他的背和手臂非常刺疼，立即回頭看，卻發現背上和手臂上什麼都沒有。

「娘，我怎麼了？妳對我做了什麼？」說著他就去拉邊上的毯子。

「幫你重新處理了一下背上的傷口。」張海琪說道。

張海鹽鬆了口氣，看到門被打開了，有下人進來送早餐。

張海琪還是自己的臉，張海鹽條件反射想吐出刀片，發現嘴巴裡的刀片都沒有了。

下人很快出去，張海琪說道：「別鬧了，我兩張臉在這裡都能用。現在我是董小姐的朋友。」

張海鹽圍著床單從床上下來，找自己的衣服，睡衣就在床邊上，他躲在角落裡換完，說道：「娘，這到底是怎麼回事？妳怎麼會是董小姐？妳怎麼在船上不認我？妳昨天和我說的那些都是真的嗎？」

張海琪翻動報紙。

「不是董小姐，難道是董夫人嗎？我怎麼知道你在廁六甲有沒有學壞，變成張瑞朴那樣的人？你和張瑞朴的人混在一起，我高度懷疑你已經變節了，當然要觀察一段時間。」

「妳對我就這麼沒信心，我對娘會有二心嗎？」張海鹽道。

「你單獨一個人出現，我就對你沒有信心。」張海琪放下報紙。

張海鹽的眼神黯淡下來，難過地說：「我沒保住海俠。」

「好了，吃飯。」張海琪坐到餐桌邊。「以前我不是和你們講過一個故事嗎？事情要往長遠看。還記得嗎？」

張海鹽搖頭。

他熟悉乾娘的套路，大部分時候乾娘這麼說，肯定是沒說過，現編的。

「一百年後你也會死的，長遠的遺憾，反覆的唏嘘，對於後世來說，也都是一筆帶過。終究會不存在的東西，現在你就能克服。你只要知道，沒有任何東西能改變你和他共存於時空的事實。」張海琪道。

張海鹽品了品，他一如既往沒有聽懂。張海琪把邊上的一沓資料遞給他。「給自己一個難過的期限，盡情難過，然後做正事。」

張海鹽翻看這些資料，都是和昨天記載張瑞朴的一樣格式的資料。後面是莫雲高的資料，資料上有照片，穿著軍服，非常幹練的一個人，上面寫著西南金邊軍排長。

「這是他沒有升職的時候。後來他快速升到了師長，並且控制了北海。現在，他這一支軍閥也歸聯合軍政府管轄，但實際上還是自治的狀態，和政府的關係很微妙。」

「昨天說的事情，都是真的？」張海鹽還是不相信。

張海琪說道：「你覺得我有變老任何一分嗎？」

張海鹽仔細觀瞧，張海琪不僅沒有變老，不知道為什麼，可能是在海上閉門不出，反而顯得更加年輕了。

這其實是不可能的，他出門那麼久，不可能一點歲月的痕跡都看不到。

「您一百多歲了？」那豈不是乾太祖奶奶的歲數，他絕對無法相信。

張海琪顯然沒指望他能信，也不解釋：「沒事，你總有一天會相信的。」

「張家那麼厲害，南洋檔案館被拔了，他們不出動其他檔案館報仇嗎？」

「我們從兩年前開始就聯繫不到張家了。」張海琪道：「但歷史上有好幾次都是相隔十年以上才再次聯繫，張家時不時會進入靜默狀態，指望不了他們。」

「老闆真是任性，吼。」張海鹽吃著麵包，嘴巴裡沒有刀片，他覺得不舒服，吃東西都很不習慣。

「對於我來說，娘就是南洋檔案館，就是老闆。娘妳打算做什麼，我們為海蝦報仇嗎？」

「莫雲高在北海經營多年，非常成熟，不似一般軍閥，占領一個地方想收幾年稅就走。所以聯合軍政府也以安撫為主，不會專門去刺激他。我們只有兩個人了，兩個人對一個城的士兵，非常困難，況且他身邊是有很多少數民族高手的。」張海琪道：「但他在南洋散播瘟疫，怎麼看都是在做試驗，他真正要做的事情還沒有顯現出來，我擔心，他會——」

「在國內散播嗎？」

張海琪點頭。「目的不明。這個莫雲高行事乖張，這件事情如果不查清楚，我擔心恐怕不是簡單報仇的問題。」

「當時盤花海礁案，我們上報之後，檔案館沒有繼續追查嗎？」張海鹽本來就有這個疑問。

張海琪看著窗外，說：「這個案子被張家暫停了。」

「為什麼？」既然張家是監控奇怪事情發生的，為什麼這麼奇怪的事情，張家反而要停呢？這個東北黑幫也太任性了。

張海琪沒有說話。她其實知道，張家干涉案件調查，只有一個可能：停止的案件和張家族長有關係。

「我們得重建檔案館，並且處理掉莫雲高，他已經知道了南洋檔案館的存在，按道理是不能活著的。但現在，我們兩個人的實力不夠。我們要先去長沙，找一個人幫忙。」

第四十五章　流水帳以及海隔千年

這裡草草交代一下過程。

其實在廈門還發生了很多事情，張海鹽、張海琪以及何剪西還有一些交集，這裡都一一略過。

他們休整一番之後，即刻上路。

和張海琪重聚，對於張海鹽來說就如同做夢一般，在心中燃起了新的希望。去往長沙的火車行駛在陰雨綿綿的東南山區，莽莽大山溼霧籠罩，車廂裡陰冷潮溼，但張海鹽心中是暖的。有時候看著窗外雨雲閃電頻發，他也會想起張海蝦，他原先預想的畫面裡應該是有他的。

五味雜陳，讓兩個人都不說話

張海鹽仔細考慮了和張海琪的相處模式。切入到正常溝通的方式，最簡單的就是聊工作。剛見面的時候因為驚訝和太多疑問，所以溝通非常順暢。但一旦安靜下來，就會發現，多年不見的母子，還是會有些生疏的。

兩個人沒有一起生活太久了，母親又是一個不願意懷舊、不願意聊家常的人，套交情沒有那麼簡單。

一般遇到這種情況，張海鹽都是隨遇而安的，但張海琪不行，他有些擔心張海琪感覺到這種生疏。

小時候，所有人在張海琪面前都是舔狗，只是大家舔的方式不同而已。張海鹽就是那個負責絕對不能冷場的。

張海琪一直在看資料，這一次他們去長沙要拜訪的人，叫做張啟山。

張啟山是九門之首。九門是長沙的九個盜墓家族，具體背景非常複雜。張啟山同時還是長沙的布防官，剛剛上任不久。

日本人在西南活動猖獗，這個調動應該是和遏制日本人的特務活動有關。

找這個人不是因為張海琪，是因為張海鹽在盤花海礁案的報告裡，寫了當時陳西風說的和張啟山有關的話，進而去調查了張啟山。這才讓張海琪對張啟山有所瞭解。

當時張大佛爺的名號已經無人不知，對於張海琪來說，一個張姓帶山字的名字，她肯定會有其他方面的注意。

但張啟山在長沙耳目通天，所有去長沙查探的特務，都在進城的第二天就被五花大綁送到城外。

兩次之後，張海琪在董公館收到了長沙寄來的特產寧鄉溈山毛尖茶，裡面有一張紙條：事不過三。

此事只好作罷。

張海琪不知道張啟山是如何知道自己的存在的，但既然對方是當政的布防官，又是盤花海礁案罪犯提防的人，多查也有些叨擾，反而容易壞了人家的事情。於是送了回禮，是廈門青津果。

如今去長沙拜會，算是走投無路。如果她猜得沒錯，張啟山一定也和張家有關。但對方如果是張家人，必然是山字輩的。

山海隔千年，戚戚不可見。山和海在張家的諺語裡，是終生不可能見面的兩批人。

山海相見的時候，張家必定會滅亡。這是她很久很久以前聽到的說法。不知道自己見到張啟山會有什麼不可預測的後果。自己作為「海」字少數幾個本家，其實是遠離核心，早已失勢，對於張家並不瞭解。

這一次她是既緊張，又有些期待。

此時的何剪西已經在碼頭邊的小旅館睡了三天。他每日看人來人往，安靜入定，其實已經決定留在廈門。

他不願意再漂泊了。但廈門的發展超出他的想像，在租界，像他這樣的帳房並不少見，工作並不好找，而且在廈門，外面的洋行在帳房上面不是特別相信中國人。

他的錢還能夠撐一段時間，但租界物價很貴，他知道回鄉只能做體力活，不能發揮所長，有些焦慮。

錢花著花著，他就開始習慣性地整理起鈔票來，因為得知道數量，每天才能算得清楚。他又看到了錢上面的塗鴉。

這個時候，他忽然意識到，錢上面畫著的那個嘴巴裡有刀片的瘟神，就是張海鹽。

他覺得意外，兩件事情他早就知道，但船上發生的事情太過慘烈，他現在才反應過來。

他忽然覺得奇怪，為什麼會這樣？難道幫自己解圍的這個人，和那個瘟神是認識的？

事後何剪西仔細想過，他是感激張海鹽的，如果不是張海鹽，他可能早就死了，也沒有後面那麼多可以怪罪他的事情。但第一個救他的，還是張海蝦，那位先生接濟的錢可能是老闆沒有殺他的關鍵。

如果他們認識。

何剪西想到了張海蝦當時的眼神。

如果他們認識，那麼這個塗鴉是什麼意思呢？是隨手塗的？畫自己朋友的臉？

何剪西開始仔細地看所有的錢。

很快他就發現，所有錢上幾乎都有塗鴉，而且塗鴉很急，速度非常快，沒有瘟神的那張那麼明顯。而在其中一張上，用英文畫了一句話：

「Plz, deliver letters.」

何剪西坐了起來，意識到這是消息，是那個坐輪椅的先生想要讓他幫忙轉達的，轉達給誰？難道是那個瘟神嗎？

他看那些錢，錢上的圖案各不相同，有英文，有圖案。他找了一張英文比較多的錢，上面的英文是：Killers are not ordinary people.

殺人者並不是尋常人。

是什麼意思？

那些殺手嗎？

對於何剪西來說，只要能殺人的，就肯定不是普通人。

在那張錢上還有一張圖，是一個小孩子，背上背著一個大人，而大人的身上有一個更大的人。

在那個小孩子的手上，畫著一張奇怪的人臉，人臉在小孩子的手心裡。

小孩背著大人，大人背著巨人？還是說，小人背著大人，而小小人背著小人？這是一種什麼象徵？

手上的人臉是什麼？

何剪西百思不得其解。他想了想，開始把錢上所有的畫痕都臨摹下來，他準備去找張海鹽。

既然這些錢不是施捨，是送信費，自己必須要把信送到。

就這樣，何剪西打開了張海蝦臨死之前留下的謎語 box。

現在還沒有人知道這個 box 裡資訊的豐富程度，何剪西只是開始解析和瞎猜。

但多日之後，何剪西分析出的這些資訊，將改變這個故事的進程。

第四十六章　長沙大吉祥

長沙城不若廈門，內陸的大城潮溼沒有風，各路小攤的臭豆腐、炒辣子味混雜在空氣中，空氣中飄著不知道是油煙、霧氣，還是柴火煙。

叫賣的貨郎，各地的商販騾子，湘西的少數民族裡混著和尚、道士及修道士，還有披頭散髮的乞丐和坐著三輪人力車的富人，你很難用一個詞語來形容長沙。

從長沙站下車，先吃了一碗辣子米粉。張海鹽在廝六甲也吃辣椒，但從來不是這種辣法，他強忍著吃完，滿頭細汗。

長沙的主街非常繁華，和租界裡已經沒什麼區別，弄堂裡也是青石條的路，有很多茶館，都是人滿為患，湘劇、花鼓戲、彈詞的聲音充斥著大街小巷。當時的長沙還有五十多家戲院，各種戲曲演出晝夜不停。花燈上華燈下，有著湘人特有的盡歡享樂、熱辣淋漓的氣氛。

和出身環境大不相同，張海鹽有一種自由而新鮮的感覺，覺得一切都那麼不同，又那麼有煙火氣，活力四射。張海琪似乎來過長沙，故地重遊，有些感慨。張海鹽也不知道，這上一次，是不是在半個世紀以前了。

兩人吃完東西，走路消食。他們在來之前已經打電報送上拜帖，擔心到了這裡被誤認為是特務。

他們住的大酒店叫做大吉祥旅社，長沙甲等，如今是淡季，沒有妓女、彈唱的密集往來，十分清淨。

到了酒店，已經有張啟山的副官在門口等候。一個穿著軍裝的軍官，就在酒店的大堂，背著手看酒店牆壁上的一幅橫牆字畫，若有所思。

張海琪和張海鹽走進去，就有下人來接衣服，接著，外面的守衛把門窗都關了，在屋裡點了燈。

這個人是張啟山沒錯了，張海鹽心說。

張海琪走到大堂的沙發邊上，看到一邊的洋式壁爐也點了起來。

張啟山回頭和他們兩個人對望。

張海鹽對人是有理解的。

張啟山這個人，他看過去，人如其名，整個的氣息像一座山一樣，覺得不可撼動。

「一般情況我是不歡迎張家人的。但既然來了，也不好讓你們馬上就走，我們是要先敘舊，還是聊正事？」張啟山坐到沙發上，請他們落座後，問：「張小姐應該和我有很多事可以聊。但我公務繁忙，最好長話短說。」

張海琪也看著張啟山，神情就這麼輕描淡寫的。所謂山海不可見，這不就見面了嗎？

「你也是張家人？」

「其實我不想敘舊。以前是，現在不是。」

「可以不是？」

「我親身所試，可以。」張啟山說道：「妳如果是來告訴我不可以的，那我勸妳別開口。」

張海鹽仔細觀察了這個酒店，這個酒店裡應該全都是張啟山的人，顯然張啟山對他們是防備的。這種氣氛，他在張瑞朴那兒感覺到過。但被正規軍虎狼環伺，還是第一次。

張海琪感覺到了緊張的氣氛，也看了看四周，說：「我不知道你和張家的關係和過往，但肯定和我沒關係，海樓，你說一下我們的來意吧。」

張海鹽看了一眼張海琪，心說這麼難說出口的話，還想看看乾娘怎麼說出來不丟氣勢，沒有想到是讓他說。張海鹽咳嗽了一聲，張啟山冷冷地看著他們。

張海鹽道：「其實是這樣的，大家都姓張嘛，我們是來投奔親戚的。在廈門遇到了棘手的事，人手不夠，希望親戚一場，可以借幾個師給我們。」

張啟山看著張海鹽，又看了看張海琪，雙手合指，盤動了一下，對副官道：「如果下句話這個人還開玩笑，就把他們兩個都帶走。」

副官悄悄點頭，手放到了腰間的槍上。

張海鹽意識到這是個一本正經的人，有些頭痛。張啟山這種行事風格，其實他們在路上就有所耳聞，但沒有想到會如此直接。

這時候張海琪問：「你和莫雲高是什麼關係？」

張啟山歪頭看著張海琪，顯然有些意外，他想了想，沒有回答。

張海琪繼續說道：「我知道你在查他，我把我們知道的告訴你，你把你知道的告訴我們，我們目標一致，不用浪費時間。」說著看了一眼張海鹽。

接下來，張海鹽把事情的大概經過對張啟山說了一遍。

張啟山聽得很認真，聽完陷入了沉默，歪頭看著窗外。「南洋檔案館竟然被一個西南軍閥給破壞了，而且，你們認為他有繼續散播瘟疫的可能性，這個莫雲高目的不明，行事詭異。」

張海鹽點頭，張啟山起身道：「我在查莫雲高沒錯。在北海發生太多起人員失蹤，上頭讓我低調追查，一直沒有進展。如果你們能夠提供你們說的這些實際的證據，我可以強行收繳他的指揮權，讓他的部隊沒有辦法行動。你們可以按照你們的想法，處理他。但如果沒有證據，現在政局混亂，恐怕上頭不會多生事端，我調動長沙布防軍進攻北海，也根本不可能。」

張海鹽此時意識到，雖然他們的對話很生硬，但是有效的，這個張啟山是一個不講究氣氛、只講究溝通的人。

「如果你願意合作，我們會提供證據給你。」張海琪道：「但，莫雲高一定要給我們。」

張啟山站起來，點頭。「事實上，我很多年前和莫雲高有過一面之緣。他有一個很奇怪的舉動，對我的姓表示羨慕，並且，和我講了一個故事。他說，有一次西南軍閥大戰，他還是排長的時候，進入了一個瘟疫區，當時西南大疫，他所在部隊的其他人都死了，他自己躲入了一個疫村，被一個張姓的青年用自己的血液所救。從此，他認為自己見到異人了。」

「異人？」

「我覺得，結合你們的說法，會不會他在瘟疫中見到了一個張家人，看到了張家人的特殊能力，為了再次見到張家人，所以才散播瘟疫？」張啟山接過副官遞來的軍帽。「兩位，我所知不多，也已經全部相告。我們約定在此，我等你們的證據。如果你們願意，既然為同宗，山海相逢說明東北已經產生混亂，長沙可以收留你們，為國效力。此外──」

張啟山頓了一下，繼續說道：「莫雲高此時正在前往南京的路上，這時各地軍官都要去南京覆命，你們要謀劃什麼。我在南京可以協助你們。」

說完，張啟山就離開了，外面汽車也開走了。

副官交代老闆要好好招待，放話讓他們好好休整，外面有衛兵包圍，保護他們安全。

張海鹽心說，有這麼忙嗎？窮親戚上門就是這副樣子，剛想說話，張海琪道：

「莫雲高見過族長。」

「族長？」

「他以為族長是異人。」張海琪說道：「如此說來，莫雲高知道張家的存在，至少知道一些。他做了那麼多事，是想知道得更多。」

所以那些南安號上的殺手，才會把屍體都運回來。

第四十七章　南京

張海琪知道，張啟山說的是對的，而且這一定不是推論。張啟山肯定有其他的證據，只是不願意多說，只是輕描淡寫地透露給他們。

那莫雲高真的是一個非常可怕的人。

躺在床上，張海鹽看著天花板，長沙的潮氣讓他有些難以入眠。

他今天有一種很微妙的感覺，因為張海琪說了「族長」二字。

從小到大，張海鹽對於人世間的感覺都是凋零的，從來沒有感受過人群中的苟且感。但是「族長」二字，讓他忽然感覺到一種家族龐雜、家族事務紛至沓來的感覺。

我有一個族長，也就是說，我有一大家子人。

在這煢煢孑立的人世間，這種感覺讓他莫名有安全感。

走親戚，就算富親戚對我不好，那也是親戚。

族長，他是一個什麼樣的人，能夠讓人散播巨大的瘟疫，冒著會死十幾萬人的風險，要再見他一面？

張海鹽從床上坐起來，他睡不著，來到陽臺上，就看到隔壁房間的陽臺上站著張海琪。

張海琪穿著睡衣，正在抽菸。外面月亮很大，湘江就在肉眼能看到的地方，中間一片燈火。

「張啟山這算是幫我們，還是不幫我們？」張海鹽問。

找到證據，當然比幹掉莫雲高要簡單一些，而且他們本來就是特務，這是本行。

但細想起來，如此縝密的計畫，證據應該都在莫雲高的府邸，他們還要去北海，避開所有耳目，潛入北海司令部——

這比直接殺掉莫雲高也差不了多少了。

「張啟山的意思是，莫雲高正前往南京，應該直接在南京劫持莫雲高，審問出瘟疫證據所在。然後拍電報給北海的隊伍，直接抓人、封司令部。」

「在南京下手？」

「他會幫我們接近莫雲高。」張海琪說。

張海鹽沉默。不得不說，這是精巧的辦法，是當兵的會想出來的方案。可以推測，張啟山要的是全面取締莫雲高的防區，讓聯合軍進駐北海，避免莫雲高被抓之後的軍閥割據。

而莫雲高在北海的時候，就算抓住了莫雲高，他多年經營的體系也未必馬上就範，即有可能他們和莫雲高一起被蒙在北海。

自古抓藩王，都是要在京城抓的。

「我們能信任他嗎？」

「我們如果已經拿住了莫雲高，只要審完，莫雲高如何處置，就是我們決定的。張啟山也不信任我們，所以這個辦法，他拿他的北海，我們拿我們的莫司令。」張海琪抽了一口菸。

張海鹽問：「這麼完美，妳卻睡不著，哪裡有問題？」

「考你，你說。」

「我在想，為什麼莫雲高要去南京？」張海鹽道，這個西南軍閥中不起眼的人物，已經完全消滅了南洋檔案館，他的計畫正應該是全面展開的時候，加上他和聯合軍的關係那麼微妙，為什麼要去南京呢？如果是他，就敲斷自己的腿，哪兒也不去。

他去南京能有什麼好處呢？

「北海到南京，路途遙遠，也許他的目的不是南京，而是路上的某一個點呢？」張海琪道。

張海鹽一個翻身翻到張海琪的陽臺上，張海琪看著他繼續道：「從北海出發要水路先到廣州，然後火車過長沙，過武漢，去南京。」

張海鹽忽然心念一動，想到了什麼，進房間裡拿出紙筆，開始在紙上畫。

「這是麻六甲爆發瘟疫的幾個村子的位置，和他們中間的連線，這是廣州，長沙，武漢，南京。」

村子連線之後的形狀，和廣州、長沙、武漢、南京四城的連線，一模一樣。

張海鹽沉默，麻六甲的村子真的只是實驗。

莫雲高特地找了相似距離的村子釋放瘟疫，來研究傳播速度。現在，這個莫雲高要在大陸玩真格的了。

「麻六甲村子裡的瘟疫是同時爆發的，也就是說，這四個城市的疫病也會同時爆發。」張海鹽說道：「關鍵的時間，是莫雲高到達南京的時間，南京會是他發出信號的地方。信號發出，所有城市會同時開始發病。」

張海琪點頭同意，就在這個時候，他們同時看到樓下有車到。

張海鹽問：「是誰？」

「是接我們的，剛才我已經把我的猜測——和你的一樣，通過衛兵交給張啟山了。」張海琪把菸掐滅。

張海鹽看到她行李都沒有拆，問：「我們去南京？」

莫雲高坐在火車餐車裡，看著自己面前的一只小瓶子。

小瓶子裡有一隻甲蟲，看得出是西南的品種，是七星瓢蟲的一類。他的邊上站著一個青年，一臉的不知所措。

莫雲高拿著一根針，非常仔細地刺了一下那個青年的食指。他刺得很慢，非常深，感覺要從另一面刺出來了。青年十分痛苦，但是身後有士兵架著，他動不了。

然後拔出針來，傷口滲出血滴，他非常認真地把血擠出來，滴入那只小瓶。裡面的甲蟲無動於衷。

莫雲高放下針，看著坐在他面前的女孩。

「沒有用。」

外面是山區，這裡是長沙往武漢的丘陵地帶，遠處有炊煙和夕陽。

「你需要耐心。」

「我有耐心。」莫雲高對女孩說：「我看上去很急躁的樣子嗎？」他把甲蟲從瓶子裡倒出來，放到手指上，甲蟲也顯得有點不知所措。

莫雲高一下捏死了牠。

「我不喜歡別人隨便定義我。」莫雲高看著女孩，又問：「妳的妹妹找到了嗎？」

女孩搖頭。

「我已經派人在各大碼頭打聽了。這非常浪費我的精力，作為報答，我希望妳能夠盡快找到我要的東西。」

莫雲高站起來，對士兵做了一個清理的手勢，士兵一下就擰斷了青年的脖子。

青年倒在地上。

莫雲高回到自己的房間，脫掉軍裝、軍褲、軍帽，並將它們整齊地擺好，然後猶如屍體一樣躺到床上。

他閉上眼睛，就看到了那個年輕人。少年還是青年？分不清楚。

時間過去了很久，但每次閉上眼睛，他都能看到那個年輕人，用深潭一樣的眸子看著自己。

「我要死了。」當時的莫雲高還是一個青年，他虛弱地對那個少年說：「你最好不要在這個地方久待，否則你也會死的。」

「我不會死。」那個年輕人對他說：「我要趕路，到山裡去，你知道路怎麼走嗎？」

「我以前也以為自己不會死。」莫雲高笑了。「你去那座山裡做什麼？」莫雲高看了看，他躺在一處土坡上。這裡的戰鬥剛剛結束，他的士兵已經全部死亡了。

年輕人對他說道：「山裡，有東西要出來了。」

第四十八章　快速計畫

莫雲高望向那個年輕人看的方向。那座大山後面，連接著數不清的大山，山後有山，山中有山，山下還有山。

他忽然湧起了一種生的希望，捂著肩膀上的槍傷。「那你背著我，我就一邊幫你指路。」

這裡民風淳樸，雖然這個人看上去是個北方來的，但年紀尚小，應該可以欺騙。

只要離開這個戰場，他把軍裝一拋，就應該能活下來。

年輕人沒有理會他，在他面前整理行裝。年輕人的左手有傷，用屍體上的綁帶裹了一下，說道：「你現在走還來得及。」而他自己繼續往前走去。

莫雲高的希望隨著年輕人的離開，慢慢變成了絕望。他冷笑起來，因為年輕人走的那條路，之後是一條山體的縫隙，他們就是在那條路上被襲擊的，裡面有土匪埋伏。

「行路菩薩，應該救人，否則就回天上去吧。」他嘿嘿笑起來。

他抓了手榴彈，這顆手榴彈，可以免去他被俘之後的折磨。土匪會活剝了他的皮，掛到鎮上去，讓老百姓害怕。

他在山坡上等到了天黑，又等到了天亮，等來的，只有啃食屍體的野豬。沒有土匪來收拾戰場。

莫雲高有些意外，他的傷口已經止血了。他爬了起來，身體有一些恢復；收了一些屍體身上的乾糧和水，脫掉了軍裝，他想逃命去了。

但莫雲高和普通人有些不一樣，他往山外走了幾步，忽然就想，為什麼土匪沒有從山裡出來？

明明他們已經全敗了。以往剿匪的時候被埋伏，土匪絕對不會留情。

他想到了那個年輕人。

那個不肯救人的小鬼，應該已經死了。

他走著走著，鬼使神差地開始回頭，往後面山中的那條縫隙走去。他想去看看，到底怎麼了。

太陽剛剛出來。莫雲高清晰地記得那一天爽朗的空氣，天藍得不成樣子。他走入那條縫隙，四周變得很暗，所有的藍天都從頭頂傾瀉而下，這是一種很奇妙的景色。

在不久之前，藍天的位置，都布滿漢陽造步槍，土匪們在山頂縫隙的外面向裡射擊。他們只能依靠凸起的岩石做掩護，抬頭射擊頭頂的目標，彈道毫無經驗。

之後，土匪們的土手榴彈丟下來，他們就招架不住了，只能逃竄。

如今，縫隙中安靜得有點嚇人。

他繼續往前走著，越來越安靜，大概三個小時之後，他竟然走到了縫隙的另一頭。

他看到了所有土匪的屍體，呈放射狀，死在了出口的位置，像是從縫隙中狂奔出來，然後忽然倒地，死亡。

更加離奇的是，屍體上面全是蒼蠅，比他們戰士的屍體上的蒼蠅要多得多了。

他仔細去看，發現屍體大部分高度腐爛，不似剛死的樣子。

他有些驚訝，忽然意識到，自己到底睡了幾天了？

他沒有看到年輕人的屍體。但當地人都知道，縫隙的另一邊全是土匪控制的，除了被掠進山後的婦女，誰也沒有見過縫隙另一頭的樣子。他如今進來了。

莫雲高繼續往裡走，就聞到了滔天的惡臭。再往前走了幾步，他看到縫隙後面有一個村子，幾乎被蒼蠅籠罩。到處都是屍體。

整個縫隙後面的土匪寨子，都爛了。

他看到了在村子的後面，蒼蠅聚集得更多，到處是蛆和屍水。

莫雲高不知道發生了什麼，他朝著村子的後面走去，看到大部分土匪的屍體，都在村後的一個大坑中被堆了起來。蒼蠅像雲一樣。

他緩緩地靠近，蒼蠅不停地撞擊他的臉。

忽然，他發現蒼蠅之中，飛著不是蒼蠅的東西。就在他想拍死一個看一下的時候，忽然有人一下抓住了他的後脖子，直接把他提溜到了邊上的樹上。

那人就像提麻袋一樣，瞬間上了高的樹枝。莫雲高一看，就是之前的那個年輕人。

「這裡怎麼了？」莫雲高抬頭問他：「你把他們殺光了？」

年輕人看著下面的屍體堆，說道：「別說話，那東西，馬上要出來了。」剛說完，莫雲高就看到那屍體堆動了一下。

火車震動了一下，莫雲高醒了過來。

他睜眼看著車頂板。良久，他才坐了起來。

「到哪裡了？」他問了一聲，外面的警衛員立即開門回應：「剛剛過長沙。停車的時候，張啟山讓人送來了禮物。」

「那些不實惠的吃吃喝喝的東西，就不要給我看了。」莫雲高問：「張啟山出發了嗎？」

「聽說還有兩、三日。送來的不是吃的，張啟山說，是師座夢寐以求的東西。」警衛員說道，壓低了聲音：「是一個張姓的女人。」

莫雲高停頓了一下，緩緩地穿上軍裝，跟著警衛員出去。

這輛火車是莫雲高包下的專用列車。平日裡有十節車廂都在車庫裡，從廣州上車之前，租一個火車頭。當時張作霖的專列有二十八節，莫雲高的排場算是比較勉強的地方軍閥中的墊腳。

即使如此，莫雲高的辦公室、臥室仍舊比較寬敞，警衛和隨從的房間分布兩邊。

莫雲高來到自己的辦公室，就看到張海琪被五花大綁，正坐在自己的沙發上。莫雲高沒有立即靠近，警衛員遞給莫雲高一張紙條。是張啟山的留言。

「此人到我府上，約我合作，找你北海妄政的證據。同僚一場，不願相擾，交由你自己處置。另，此女身上紋有麒麟，血熱則現。聽聞莫賢弟久尋不得，如今可得償所願。」

莫雲高坐到了辦公椅上，讓警衛員把前後門都關上，然後看著窗外。

警衛員問：「師座，你怎麼看？」

「張啟山表面上不輸禮節，其實一直在查我，會這麼好心送張家人給我？是怕我懷疑他是張家人，所以洗清嫌疑？」莫雲高不以為意，他要的東西從來就不是簡單的權力或者其他。

他看著張海琪，忽然從抽屜裡拿出一份報告，翻了翻，問：「妳是南洋檔案館的人吧？」報告中夾著一根針，他從另一邊抽屜拿出一只小瓶子，裡面是瓢蟲。

第四十九章　錢上的暗示

莫雲高來到張海琪的身邊，張海琪冷冷地看著他。這個傳說中的幕後黑手，顯然長期遭受失眠的折磨，整個人呈現出一種虛弱的氣息，但是他的眼神中閃爍著琉璃一樣多變的光芒，充斥著一種變化力。

你並不能看透這種人，因為這種人沒有固定的形態。

莫雲高撫摸張海琪的耳朵，抓住她的耳根，用針刺了進去，然後擠出血來，滴入瓶子裡。

血落入瓶子，裡面的瓢蟲像瘋了一樣開始在瓶子裡亂跑。

莫雲高有點不敢相信自己的眼睛。他晃了晃瓶，瓢蟲跌倒，爬起來，開始在瓶子裡飛起來，不停地撞擊瓶子，想要出來。

莫雲高看著張海琪。「妳真的是張家人。」

他跌坐在張海琪面前的沙發上，捂著臉，沉默了一會兒。接著，莫雲高跪了下來，向張海琪恭恭敬敬地磕了個頭。

張海琪沒有預料到事情會如此發展。她看著莫雲高，莫雲高長跪不起，非常虔誠，就如同看到了神跡一般。

但是他沒有給張海琪鬆綁。

這個人心理有問題，他很喜歡表演。

坐回到沙發上之後，他說道：「我研究了很多的典籍，上一次有普通人抓到張家人還是在明朝的時候。不知道是不是小說家亂言，據說，張家人認為，每隔一段時間會有當世奇才出現，對這個家族產生威脅。」

「這個時代沒有當世奇才。」張海琪說道：「你能對張家產生威脅，是張家自己的問題。」

「聽說你們是長生不老的？」莫雲高看著張海琪的臉。

「沒有任何東西可以長生不老。就算是張家，也有壽命，世界上從未有東西是永恆的。」

莫雲高點頭。「妳說得對，但張啟山為什麼要把妳送給我？妳和他，有什麼打算？」說著就忽然掏出了手槍，指著張海琪。「你們張家人要解開繩子、手銬，很簡單吧！」

張海琪身上的繩子和手銬，是真的鎖上的。

張海琪沒有動。「你應該去問他，投懷送李，應該是有交易要做。」

莫雲高從邊上拿出一張紙條，寫上電報，讓警衛員去發電報給張啟山。

「你已經抓到了張家人，是否可以停止散播瘟疫？我們好好聊聊，你到底想知道什麼？」

莫雲高笑了。「我做什麼你們都猜得到，哈？」他看了看窗外。「我要找的不是張家人，妳搞錯了。你們沒有資格讓我做那麼多事，我要見的，是那個特定的人。」

張海琪看著他。「你怎麼知道他一定會出現？」

「他會知道我在找他。只要你們一個一個一個都消失了。這樣我就能逼他出來見我。」莫雲高的眼前又忽然閃過那一堆屍體。

屍體拱了起來，有東西要從裡面出來。

他恍惚了一下說：「妳不要搞錯，妳並不是我找到的第一個張家人，我已經見過三個了。但我很尊敬你們。你們身上所有的東西都不會被浪費。」

張海琪冷冷地看著他，莫雲高繼續說道：「我的警衛員，怎麼到現在還沒有回來？妳說，他會不會是第一次當我的警衛員，所以在車上找不到路了？」

張海琪眉頭一動，她看到這個車廂兩邊的門都關了，而且被鎖上了。「妳是在轉移注意力，有一個換臉的，換成我身邊的警衛員，去找我計畫的證據了嗎？」莫雲高說道：「張啟山一向喜歡耍這樣的小聰明。」

張海琪活動手腕，手銬的鍊條直接被扯到極限，再一用力，就會斷。莫雲高繼續說道：「我能和張家作對，你們能用普通人的方法對付我嗎？你們不能如願的。」

假扮成警衛員的張海鹽，拿著電報紙，推開了下一節車廂的門。這個車廂非常暗，沒有衛兵，電報室就在這一節車廂的後面。

他打起火摺子，發現這一節車廂裡全是瓶瓶罐罐。裡面都是些人體器官，像泡酒一樣泡在裡面。

他湊近看，看到很多瓶瓶罐罐裡裝的都是手，有幾隻手的手指很長。接著，他看到了一個大罐子，罐子很大，裡面有半個人。已經泡得發白，死了很久了，不知道用了什麼方法。

這個人身上有麒麟的紋身。

這個人是被炸死的。

張海鹽看了看四周沒有人，點上了菸。火摺子沒有點著菸，滅了。他又打起一個火摺子，火光下，就看到罐子的倒影，倒映出他身後有一個女孩。

他轉過身，一個女孩不知道什麼時候站在他身後，身材修長苗條，和他在南安號上看到的那個一模一樣。

他愣了一下，發現不對，並不是一模一樣，但非常相像，是雙胞胎。「我打電報。」張海鹽默默地說道。

那個女孩忽然對張海鹽說道：「我可以要你嗎？」

張海鹽嗯了一聲，心說：什麼，警衛員和這個姑娘有一腿？現在要來事？

「師座還在等著。」張海鹽說道：「等會兒。」

那女孩說道：「我現在就要。」

張海鹽撫摸女孩的頭髮，心說，這麼小就不要搞七搞八了。忽然，他的手被女孩捏住了。

何剪西拿著錢，在陽光下看著。他看著小一點的人背著大一點的人，再背著更大的人。

這是什麼意思呢？在這個序列裡，年紀越小的人，承受的重量越大，也就是說，他們越強壯。

張海鹽感覺到，一股巨大的力量從女孩手上傳來。這種力量都不像人類的力量，感覺像一種動物。

張海鹽打架打得太多了，一感受到力量的苗頭，就知道不好。

張海鹽立即張大嘴巴，露出了舌頭下面藏著的刀片。女孩被刀片吸引的瞬間，張海鹽一把甩掉了抓住自己的手，往後翻了一個跟頭。

剛落地，那女孩已經貼到了他的面前，再次，抓住了他的手。「我先要手。」女孩說道。

張海鹽覺得手忽然一重，手腕已經變形了。他感覺吃痛，忙用盡全身的力氣直接一肘擊，女孩輕微側身躲過，一下抓住了他的另外一隻手。

第五十章 「海」字輩

張海鹽成年以後，已經不知道有多久沒有遇到強到無法理解的對手了。

對於他來說，只要是能打的，打得過的不說，打不過的，瞬間他就知道為什麼打不過，在什麼情況下能打得過。

所謂強到無法理解，就是不知道發生了什麼。

那無論打多少次，你都不會知道發生了什麼，這說明雙方實力差距太大了。

這個女孩的實力雖然沒有那麼誇張，但也很靠近了。

不是招式的問題。

說實話，力氣大，韌帶鬆，速度快，不需要招式。

這個女孩，力氣太大，速度太快了。

張海鹽快速甩掉了那個女孩的手，知道不能輕敵，直接對準女孩的咽喉近距離射出刀片。

連射了十二枚，幾乎涵蓋了女孩所有可能躲避的方位。

這麼近的距離，原則上是不可能躲掉的，女孩也沒有躲，直接一巴掌拍在張海鹽的臉上。

張海鹽的脖子幾乎被拍斷。所有的刀片射偏，打在一邊的罐子上，罐子全部被打碎。

但這一下，張海鹽的另外一隻手沒有被抓住，他的手伸到防腐的液體裡，直接潑起液體。

女孩立即鬆手去護眼睛，張海鹽這才得以脫身。就地翻滾之後，不敢再停頓，直接後退了十幾步。

女孩拿邊上的手帕，擦掉身上的水。

都說莫雲高身邊有很多少數民族的高手，這個女孩應該是白姓雙胞胎姊妹吧。這哪裡是少數民族高手，這是少數民族的神仙。

「妳吃什麼長大的？」張海鹽握住自己的手腕。手腕雙腕骨，有一根骨頭已經斷了，手開始腫了起來。

「吃你們這種人。」女孩舔了舔手上的液體。張海鹽發現，這不是防腐液，這是燒酒。

他剛才看到的不是標本。是藥酒嗎？拿張家人泡酒喝大補嗎？

張家人是唐僧肉嗎？發愣的工夫，女孩完全不給他喘息的機會，又貼了過來。火車晃動，張海鹽看到女孩趔趄了一下。

沒有基本功，就是單純的快和力氣大。

張海鹽立即決定玩心理戰。他算著距離提前後退，已經退到了下一截車廂邊緣，說道：「白姑娘，其實是白珠讓我過來的。」

那女孩明顯愣了一下，張海鹽繼續道：「她說，她很想妳，希望能夠和妳盡快見面。如果妳殺了我，妳們就見不著了。」

那女孩冷冷地逼近，張海鹽看著女孩，就聽到電報室那邊的人過來敲門。「白玉，怎麼了？」

白玉立即道：「有東西被打破了，我在清理。」

眼看電報室那個方向的門就要開了，白玉立即來到張海鹽邊上，一下扯掉他的外套裹在自己手裡。

進來一個警衛兵，看了看滿地狼藉，警衛員對白玉說道：「你們沒事吧？」

張海鹽看了一眼白玉，把紙條遞給警衛兵。「給張啟山發報。」

警衛兵接過紙條離開。張海鹽看著白玉，剛想說話，白玉一下又抓住了張海鹽的另外一隻手。「我妹妹在哪兒？」

張海琪和莫雲高站在他的辦公室車廂裡，莫雲高毫不畏懼張海琪。

「你把我們兩個人關在這裡，你知道我可以直接殺了你嗎？」張海琪問道。

「現在可不可以別殺我。」莫雲高說道：「可能對大家都有風險。」

張海琪看到，從莫雲高辦公室的各個角落裡有蛇爬出來。

蛇都是綠色的，吐著蛇芯，每一條大概有手臂粗細。

「這些蛇的主人就在隔壁，他可以通過他的方式控制這些蛇保護我。」莫雲高道：「南疆的這些玩意兒，我是不懂的，都是陳西風幫我找來的。但你們應該聽說過，我身邊有不少能人異士。你們知道，要和你們鬥，我肯定不敢找普通人。」

張海琪用眼角餘光看著房間裡的蛇，到處都是，都在不起眼的地方。自己剛才根本沒有發現。

「蛇的嗅覺很好，在我身邊用假臉是沒有用的。」

「所以，你一早就發現了。」

「據說這種蛇叫做信蛇，會替人警戒，不知道我有沒有記錯。」莫雲高看了看身後。「等我的人把妳的朋友請回來，我們再來聊後續的事情。」

爭氣一點兒子，張海琪心裡說。

「當然，如果妳能丟個什麼東西過來，直接打穿我的喉嚨，就像你們那個張海鹽一樣。」莫雲高看著張海琪。「蛇也沒那麼快。所以——」莫雲高從沙發下面掏出來一個箱子，箱子正在緩慢地噴著氣。

「這是一種神經毒氣，妳的沙發下面也有一個。我坐到沙發上這個位置，下面的機關就會被我壓下去，妳沙發下那個就會開始釋放毒氣。而我在來之前，喝了一杯咖啡，裡面有中和的血清。但妳現在就很麻煩了，妳可能連手都舉不起來。」莫雲高示意張海琪抬一下手。「是不是有點站不住了？」

張海琪活動了一下手，完全沒有障礙，她想了想。「不好意思，我是海字輩，氣息很小，在水裡呼吸一次可以潛水很久，這是我們的特長，平時我們也不需要像普通人這樣大喘氣。」

說著，張海琪抓住沙發，單手用力往邊上拉了一下。沙發是固定在地面上的，她這樣用力一拉，固定的釘子都被扯了出來。沙發被挪到一邊，沙發下面有一個氣瓶。

莫雲高拔腿就跑。他腦子裡閃過那個年輕人從樹上跳下去，如精靈一般落向從屍體堆裡出來的那個黑影。莫雲高看不清那是什麼，熊嗎，還是殭屍？但是它太大了。莫雲高嚇得尿了褲子。

年輕人落在了黑影的脖子上，雙膝下壓，把那個黑影壓得跪了下來。然後直接扭動腰部，黑影的腦袋不自然地被扭了一百八十度。接著，那個年輕人拔出腰間的刀，刺入黑影的咽喉，整個人繞著黑影翻了一周，直接把頭拔了下來。

年輕人提著那個頭，刀已經被扭成花。他看了看刀，將刀拋入屍體堆中。

年輕人抬頭看著莫雲高。莫雲高發現，空氣中那些不是蒼蠅的蟲子，開始逼近自己，這些蟲子竟然是從黑影上飛起來的。

那年輕人舉起手，張開手掌，傷口裂開，滲出鮮血。屍體堆上所有的蒼蠅和其他蟲子，猶如瘋了一般逃開，整個空間好像被暴風雨攻擊了一樣。

四周，一下變得清淨。

第五十一章　她就是個騙子

張海鹽看著白玉，女孩對於妹妹的感情是真摯的。但從白玉剛才的表現看，她們姊妹倆……應該都是殺人狂魔。

張海鹽從不因為女孩長得漂亮而有任何的偏頗，他也不相信因年紀小而罪不至死的說法。

女孩眼神中流露出來對妹妹的擔憂，讓人覺得我見猶憐。但在張海鹽的眼中，那是一條垂頭的毒蛇，他的目光還是離不開七寸的位置。

「妳妹妹還在廈門，在我們手裡。」張海鹽毫不猶豫地耍她。「放心，她得到了很好的照顧。但你們殺了我們這麼多人，如果我這次回不去，妳妹妹會死得很慘。」

「我怎麼知道你說的是真的？」

白珠很可能已經死在海上了，她從遠洋坐救生艇逃走，能夠從廈門上岸的可能性太小了。

「妳只能相信我，因為我從南安號上活著下來了。其他人不可能知道她的下落。」張海鹽說道。

白玉眼神凶狠地看著張海鹽。「我可以放你走，你要怎麼樣才能把我妹妹放回來？」

「妳背叛了莫雲高，應該不會有什麼好下場吧？」張海鹽說道。他覺得年紀輕，就算身手強健，心理還是太容易被控制了。

「他不會知道的。我會說你跳下車了。」

張海鹽笑了，他看了看邊上的警鈴，說：「沒有達成目的，我是不會走的。」就像那種長得好看的花花公子一樣，張海鹽在心裡說，不停地強調自己要什麼，讓她沒有辦法去認真思考。因為喜歡把對方直接殺掉的人，一定很難接受真正的壓力。

任何時候，讓敵人活著的壓力，一定比殺死敵人更大。

白玉看著他，說道：「你要做什麼？」

「我要你們在每個城市的部署。」張海鹽說道：「如果妳讓瘟疫在這些城市爆發，我保證妳妹妹一定也會在這些城市中的某個城市中被殺死。白玉，妳看，我現在做的是好事，我是好人，好人會讓妳和妳妹妹團聚。」然後一起殺了，張海鹽心裡想，如果妳妹妹還活著。

白玉看著他，僵持了一會兒，問：「你想阻止瘟疫爆發？」

「對。」

「我們的隊伍會帶著瘟水，倒入每個城市的水源，他們是自由行動的。師座用電報通知他們，他們就會在收到電報的第二天開始。」

「如果收不到電報呢？」

「會在下個星期一的下午十二點，在各地啟動。南京我會帶隊。」白玉說道：「但，肯定不會是下個星期一的下午了。」

「為什麼？」

「你剛剛把釋放瘟疫的電報給了電報房。」

「什麼！」張海鹽愣住了。

白玉說道：「你剛才的電報，就是密令。如果是師座給你的，他就是希望你親自把這個電報發布出去，他就是那樣的人。」

張海鹽轉身衝向門口。他打開門，狂風吹進來，他立即推開門到電報房裡，就看到張海琪已經擰斷了發報員的脖子。

「乾娘？妳怎麼在這兒？」

「莫雲高跑了。」張海琪道。剛才莫雲高直接跑了出去，她追的時候被蛇攻擊，蛇的速度非常快。張海琪追出來的時候，莫雲高已經不見了。她第一反應是，先幹掉發報員。

張海鹽直接衝過去，看發報員有沒有把電報發出去。發現電報機還沒有打開，他才鬆了一口氣。

張海琪問怎麼了，張海鹽說了來龍去脈。白玉就在另一節車廂的門口看著他們。

張海琪看著白玉，對張海鹽說道：「還是除掉吧。」

白玉立即退入了黑暗，張海鹽說道：「我還有事要問她。」

「這是個騙子。」張海琪說道。

張海鹽愣了一下，張海琪說道：「相信我，女人一眼就知道。和她沒有什麼好說的。」

張海琪單手提著屍體，直接將屍體丟下車。緊接著，他們聽到警衛的聲音，原來是莫雲高通知了警衛，他們的奇襲失敗了。

張海琪對張海鹽說道：「扛三分鐘。」說完，就坐到發報機前，開始給張啟山發報。

張海鹽出去，關上發報車廂的門，就看到對面車廂的燈亮了，裡面全是荷槍實彈的警衛員。這些人都用勃朗寧 M1910 手槍，在當時叫花口擼子，槍十分秀氣但威力驚人。張海鹽忙低下頭，他站的地方後面的門已經被打了四、五個槍洞。張海鹽翻到火車的下面，一下擰開了火車的連接處。

兩節車廂立即分開，但是因為慣性，車廂分開得非常慢。

張海鹽的腳幾乎碰到枕木。有警衛想跳到對面的電報車廂，被他一下抓住腳，直接摔下來捲進鐵軌。

骨頭被輾碎的聲音讓人打了個寒顫。

後來者不敢再跳，對著下面開槍。張海鹽迅速爬到了拿張家人泡酒的那節車廂的下面，他的手非常疼，手腫得有些變形。有警衛探頭下來射擊，被張海鹽一刀片打穿眼睛，直接掛在連接的地方，而他自己也差點掉下去。

火車頭在泡酒車廂那邊，兩節車廂的距離越拉越遠。張海鹽從邊上翻上車廂，直接爬到車廂的頂上，打算助跑直接跳到電報車廂的頂上，但距離已經太遠了。眼看張海鹽就要落在鐵軌上，被衝上來的電報車廂直接輾死。電報車廂裡的張海琪推開門出來，手裡扯著電報線，一下甩出電線。

張海鹽凌空捏住，張海琪側面跳出火車。火車正行在高橋上，下面就是湖。張海琪一拉張海鹽，就把他拉到自己的懷裡，直接抱住，兩人頭朝下跳進湖裡。

車上面的警衛對著湖面開槍。手槍距離有限，打進水裡沒有威力。警衛大叫停車。

兩個人從湖裡浮了上來，立即往岸邊游去。兩個人的水性極佳，快速地上了岸。

張海鹽問張海琪：「那個女孩在騙我？」

「對，長著一張從小騙人的臉。」張海琪掏出菸，全溼了。「她不會和你說實話的，她只想知道她妹妹的消息。」

「還好我也是騙子。妳給張啟山發什麼電報？」

「什麼都沒發。我做了手腳，調了發報臺的頻率。」張海琪說道，看了看火車。

火車上，莫雲高所在的兩節車廂都停了下來。他來到發報車廂，叫了一個警衛發報：「情況有變，通知四個城市裡的人，行動時間和方法，調整如下。」

發報員開始發電報。在張啟山宅邸的電報室，所有電報員開始默寫莫雲高的命令。

副官對張啟山說道：「確定是從莫雲高的軍用頻率發出的，所有的計畫人員、行動方式，都有了。」

張啟山看著電報紙。「通知南京我不去了。我們去北海，明天天亮之前，廣州、長沙、武漢三個地方莫雲高的人，要同時抓住。在我們到達北海之前，傳播怪病的假消息。」

第五十二章　孤舟蓑笠翁

張海琪和張海鹽是落在岳陽南湖裡的。他們順著河岸往燈火處走，很快就看到了岳陽城。但是走過去也很遠，這裡有很多漁家，他們便上了船，一路到了岳陽樓，下船就到了街市。

岳陽樓掛著燈，不知道是什麼節日。兩個人渾身溼透，到街市上找了家裁縫店，買了現成的袍子。稍作調整之後，他們換裝出了門。

張海鹽心裡盤算，他有很多想法，都沒有說，也不知道張海琪是真的機智，還是早和張啟山有這後續的補救。如果是第二種，乾娘豈不是很早就預料到自己會出紕漏？

張海鹽有點懷疑，當年張海琪讓他去麻六甲，就是覺得他的腦子在中國是活不下去的。

岳陽到長沙不過一天的路，這一番大戰，兩人都有損耗，張海琪上船之後就開始咳嗽。張海鹽則手已經腫得不行。於是找到了郎中，張海鹽接了骨不說，張海琪卻沒有查出什麼毛病來。郎中欲言又止，不知道是什麼意思。

張海鹽有些擔心，張海琪搖頭，那種毒氣對自己還是有影響的，郎中治不了外國的神經毒氣。既然莫雲高也敢在毒氣裡待著，說明總歸不是特別嚇人的東西，此時也只能等明天見到張啟山，再詢問軍醫。

郎中給了一些甘草含在舌頭下面，張海琪就和張海鹽一起找了一個酒樓，叫了小菜，吃起飯來。

張海鹽多要了一雙筷子，放在邊上，這一次沒有給海蝦報仇，他有些懊惱。張海琪把他的筷子收了回來。

「不要總把自己搞得那麼明顯。」張海琪說道：「特立獨行的行為做的時候很爽快，但無故招惹了是非自己是不知道的。」

「是不是我在盤花海礁說出了自己的名字，才讓這一切發生的？」張海鹽問道。這件事情他一直耿耿於懷。

「和莫雲高相處下來，我覺得他整個人已經壞掉了。」張海琪搖頭。「你有權力報出自己的名字，就算你不這麼幹，莫雲高也會和我們作對，畢竟我們知道他的陰謀。」

「可——」

「我哄你一次很耐心了，你閉嘴吃飯，把話題給我結束了。」張海琪說道。

張海鹽嘆了一口氣，只好把後面想說的一萬句話嚥了下去。他看著張海琪，覺得張海琪的狀態不太對。是不是對於剛才的結果也不滿意？

兩個人默默吃飯。外面就是長江和岳陽樓，人來人往，張海鹽覺得有些恍神。這些人，根本就不知道剛才發生了什麼。

吃完飯，兩個人去散步，問了長沙的方向，上了夜船，從長江進洞庭湖，在老港轉湘江，水路去長沙。

張海琪忽然變得非常累，上了船之後就睡著了。張海鹽睡不著，就在漆黑的江面上看漁火。

在江上生活過的人都知道，江風、漁火，船行向另一個彼岸，繁華三千卻又無人等候自己，內心充斥著那種自由、孤獨，無限的可能性和漂泊的焦躁感。

一夜無話。張海鹽醒來時，天已經亮了。他是靠在船舷上睡著的，張海琪也已經醒來了，也靠在漁船的窩棚邊。長沙的港口已經在前方。

此時的天空已經放亮，所有的買賣都開始了。

兩個人攙扶著上岸，張海鹽在這個時候覺得張海琪有一些不一樣了。

他們往碼頭裡走。張海鹽忽然停住了，他看著張海琪，看到了張海琪的頭上出現了好幾根白頭髮。

「娘，妳在愁什麼？一夜白頭嗎？怎麼有白頭髮了？」

張海琪愣了一下，問：「哪裡？」

張海鹽拔了一根下來，張海琪看著白頭髮，臉上露出非常奇怪的表情。

她捂住胸口咳嗽了幾聲，招停了人力車。張海琪從來沒有過白頭髮，她算了一下自己的年紀，張家人仍舊會衰老，但她還未活到需要思考這個問題的時候。

她沒有在意這件事情，對張海鹽說道：「我說我已經一百多歲了，你信了嗎？」

「張海蝦也有白頭髮，他每天都拔。」張海鹽說道。

兩個人一邊閒聊著，一邊繼續往布防司令部而去。

知道張啟山已連夜動身去北海，張海琪就知道她成功了。

接下來一連串連鎖反應，會有無數的變化，他們兩個人沒有能力去追逐這種變化，他們住回酒店等待張啟山的消息。軍醫給他們檢查身體，在食宿上也得到了禮遇。

這段時間是張海鹽後來回想起來最愉快的日子，雖然長沙的天氣有些習慣不了，但豬油粉，各種辣子、鴨血、魚頭、神仙雞，吃到飛起。

每天報紙多有零星的消息。北海司令部的各種小道八卦，也開始多起來。對於他們來說，有消息就意味著暗湧滾滾。

但張海鹽也有一些疑惑，張海琪在他的印象裡，永遠是精力充沛，從來不會疲倦的樣子。但這幾天時間裡，張海琪每天睡的時間越來越長。

最開始，他還以為是他乾娘貪睡。

但她睡眠的時間越來越長，開始超過了普通人睡懶覺的合理時間。

張海琪開始每天需要睡十個小時，接著是十五個小時，並且還在不停地增加。

張海琪自己也很奇怪，但她清醒不了多久就會劇烈地犯睏，無法抵抗睡意。

終於有一天，張海琪睡著了之後，沒有醒過來。

張海鹽等了整整一天，到下午還不見她起來，也敲不開門，只好翻過陽臺去看她。

睡夢中的張海琪像個孩子一樣，平日裡臉上的煞氣、凌厲都沒了蹤影。張海鹽坐到床邊，握住張海琪的手，此時她的脈搏仍舊強勁。這讓張海鹽第一次意識到，自己是一個大人了。

在這樣的場合，握住張海琪的手，已經不像一個孩子握住母親的手，更像一個父親握住女兒的手。

陽光照進來，正好把窗框的影子印在他們身上。張海鹽看到，張海琪白頭髮的數量已經無法用偶然的少年白頭來解釋，雖然不到花白的地步，但拔是絕對拔不完的。

而且，他也第一次看到了，張海琪的眼角邊有幾條若隱若現的皺紋。

他忽然明白了一個真相。

他的乾娘，開始變老了？

第五十三章　結案

張啟山歸來之時，盤花海礁案結案。

莫雲高昔日瀕死時見到一個異人，不似常人，異人救了自己，並用自己的血幫其解圍。

之後機緣巧合，坐守了北海，歲月流轉，心中對異人的事念念不忘。他當時問了異人，這身無常的能力是先天還是後天，異人告訴他是後天，於是心生不平。得勢之後，所得甚多，恐懼失去，於是他希望能夠再見異人，問詢方法。為此不惜散播瘟疫，逼異人出現。

為獲取當年傳播瘟疫相同的病症，查閱資料，在南洋劫持船隻，挖掘礁石沉船，得五斗病苗，卻遇到南洋檔案館的人阻撓，於是策劃了南安號事件，試驗病苗傳播速度，並屠殺南洋檔案館的人。

張海鹽、張海琪倖存，於當年火車上得到莫雲高實施陰謀的證據。長沙布防官張啟山去往北海，接管莫雲高的領地，以雷霆手段更換守軍，槍決莫雲高的親信。莫雲高從南京回北海之後，北海已經易主。張啟山在碼頭圍捕莫雲高，莫雲高逃入桂西深山，不知所終。

在莫雲高的宅邸發現了很多無名屍體。莫雲高熱衷於神經毒氣，這些屍體中，有幾具疑似是張家人，但屍體高度腐爛，手都被砍去，已經無法辨認。

故事寫到這裡，可以鬆一口氣了。

張啟山回到長沙，希望收編張海鹽、張海琪，幫助他們重建南洋檔案館。張海鹽自然是做不了軍人，承受不了這真正的軍服。軍籍他沒有接受，但一身半真不假的制服上身，也算是個執法人員。

莫雲高沒有抓到，進入深山。張海蝦的仇不能算報，此事終有後續。

威脅解除，各地散播瘟疫的人被抓，瘟水全都被收繳焚毀。此時，何剪西在廈門尋找張海鹽，一路找到了海利銀行，在海利銀行機緣巧合得到了一個襄理的職位。他仍舊在破解張海蝦的錢畫之謎，何剪西的故事才剛剛開始。這些錢畫對於後續故事有著非常重要的作用，但時機仍舊未到，只能再次強調。

如果一切如此，故事就太過完美。人生總是有所揪心，不在這裡，就在那裡。

張海琪這一覺睡了七天七夜，軍醫給張海琪輸送了營養液，免得她脫水。他告訴張海鹽，這是深度的昏迷。

張啟山帶回了所有莫雲高在北海的資料，從裡面發現了原因。但具體消息因為卷閥檔案有所缺失，這裡只能大概拼貼，事實可能更加複雜。

那種德國的神經毒氣，並不是德國生產，不知道是何來歷。似乎可以破壞張家人的血液。莫雲高只在紀錄中提到偶然所得，只此一罐。具體情況，恐怕只有抓到莫雲高才能知道。

張海琪將以驚人的速度衰老下去，就像民間傳說中的志怪故事，按照軍醫的估計，只有兩個月的壽命。

張家為何而來，為何而長生，真相撲朔迷離，張家人自己都未必知曉。張啟山提醒兩人：東北張家已經失去聯繫，既然知道了族長的下落，如今要有所轉機，只有一個可能性，就是找到族長。

張海琪不願再去南疆，她的人生足夠漫長精采，如今忽然要接受死亡，覺得平靜而令人期待。

長久的青春是享受不盡的，事實上，長生並沒有那麼讓人厭煩。但當你的人生足夠長、送別的人足夠多的時候，你多少也會期待自己和那個世界的人重逢的時刻，並且，對於死亡毫無恐懼。

但張海鹽無法接受。他接受了自己的乾娘會永保青春的同時，知道了這一切的神奇將在兩個月之後結束。

張海琪希望自己葬在廈門的墓園裡，和那些她送別的人在一起。也希望自己能夠在死前，幫張海鹽重建南洋檔案館，讓張海鹽有一個歸處。

張海鹽淒風苦雨，獨身來到張海琪身邊。身邊人來人往，也不過一、兩個人，如今猶如浮萍一樣飄零而去。他茫然地望著湘江，無法理解。

此時有一個算命先生，是張啟山的朋友，為這件事卜了一卦。熟悉的人都知道，這個人叫做齊鐵嘴。

齊鐵嘴告訴兩人，東西北方是死地，南疆是絕地。他們應去南疆，死地無以復生，而絕處可逢生。卦象上說，老嫗花開，落葉逢春枝復來，吳越交割，新仇舊愛歸滄海，卦落枯枝，落於樹下滾三滾，得失雙滿。

這是奇門八算中最神奇的一個卦象，齊鐵嘴平生看到的不超過三次，它的涵義是人生的最好狀態和最差狀態同一時間達到頂峰。

如果人這種生物，對於命運生命有所瞭解，大概是能夠推測出這種狀態的端倪的，但齊鐵嘴也知道，能夠有這樣人生的人，一定不是普通人。如同殺死自己最愛的人獲得自己最想得到的東西之類。他在張海鹽身上，看到的是一種無法預知的情況。

齊鐵嘴勸張海琪，人生可以求死，如果求死就不應該來卜卦，卜卦者內心一定還是有一絲想生的欲望。

她想要一個理由，這個理由不管是什麼。既然知道自己在尋找，就應該去南疆。因為世事變遷，如果有一天忽然不想死了，最好是在自救的路上。

張海琪因此同意了和張海鹽去南疆。張海鹽要和張海琪約定，路上不提病事，就如同旅行。張海琪只得答應。

南疆地域廣闊，連綿不絕的大山，要找到族長談何容易。莫雲高都要在全國散播瘟疫，才覺得自己有一線希望，張海鹽和張海琪也只能走一步看一步。

於是兩人備足乾糧、盤纏，張啟山給了通關文牒讓一路放行協助。

南洋檔案館最後兩人，踏上了尋找老闆的道路。

至此，盤花海礁案結束，南疆百樂案正式開始。

如果仔細看齊鐵嘴的卦象，還有很多蹊蹺是可以分析出來的。莫雲高、何剪西，芸芸眾生，在命運的安排下，還會發生怎樣的交集？土司、新娘、彝寨，神祕莫測的張家的真實目的，族長的蹤跡和身分，真正的百樂京為何能在世間百年無人可見？

我們可慢慢再看。

第二案

南疆百樂案

楔子

南安號，霹靂州的明珠。

那時候的張海鹽還沒有小張哥的名號，他在霹靂州被叫做 AHMAD ZAPUWAN ISMAIL BIN PUASA」，大家都叫他「BIN」。只有他自己知道，這個詞的發音在中文裡是「病」。

張海鹽是二十年前來到霹靂州的，當時他的豬仔布上寫著張海樓，月下飛天鏡，雲生結海樓。據說有個馬來人看不懂「鹽」和「樓」字，於是他就叫做了張海鹽。

後來到了中國南部，又有人叫他霹靂張，大概是知道他去過霹靂州的原因。當時他有一個搭檔，他自己叫阿 BIN，那個人叫做阿 KUN。應該是做越南人生意的時候用的名字。

不管是哪個名字，他都沒有太多意見。

這裡要講的是阿 BIN 和阿 KUN 相識的故事。

在講這個故事之前，要介紹一個人。這個人的名字叫做阿裡侃，是個滿族人，漢名叫做何剪西，上了南安號大船從麻六甲開往廈門，他是船上那件事情的見證人之一，張海鹽去中國南部山區之前的短期摯友之一。

何剪西是一個正白旗的滿人，戴著眼鏡，是一個清秀的帳房先生。他和當時的張海鹽住在一間鐵皮艙裡。那已經是非常昂貴的艙室。

對於張海鹽，他的第一個評價是，齷齪。

南安號從麻六甲開出之後遇到了大浪，開了三十天才到廈門。前二十天時間，張海鹽都沒有洗澡，船上本來已經很骯髒，第二十天的時候，張海鹽的頭髮油膩得結成了一綹一綹。整整二十天時間裡，張海鹽幾乎沒有下過床，在風浪中一直裹著被子大睡，似乎多久沒有睡過了。

第二十天的時候，他猶如活走屍一樣坐了起來，他的第一句話就是問何剪西：

「你聽到了沒有？」

當時正在大風暴中，何剪西雖然已經勉強習慣了風浪，不再暈眩嘔吐，但狀態也不是那麼清醒和樂觀。進過西風帶的人感受會非常深，海浪拍在船上，船上所有的結構都會發出扭曲的聲音，在船艙內是非常吵鬧的。

所以何剪西當然沒有聽到。

張海鹽卻沒有放下心來，他仔細聽著船上各處的聲音，忽然開始拿出器具，給自己刮起了鬍子。

在劇烈的顛簸中，他刮掉了鬍子，頭髮也洗乾淨了。何剪西回憶說，到第四盆水的時候，張海鹽頭上的油光才完全消去。然後，張海鹽背上自己的一只包，來到了甲板上。

雖然對於自己這個旅友，何剪西是不滿意的，但如此奇怪的舉動，他還是開始擔心起來。何剪西是個善良的人，媽媽信奉佛教，耳濡目染，他開始擔心張海鹽是算準了日子去尋短見，於是也跟到了甲板上。

風浪巨大。風浪中，張海鹽抓住甲板邊緣的欄杆，看向巨浪的縫隙。何剪西看到，那個地方有一艘更大的客輪。

燈光在浪和浪的縫隙中閃爍，同樣和南安號大船一樣被困在這裡寸步難行。這艘大客輪，大概是在三里之外，後來被證實是金州號客輪，是印度開往舊金山的，歸途從麻六甲通過，在廈門停泊。

何剪西看到張海鹽回頭看了一眼自己，大喊了一聲，然後跳入了海中。他大驚失色，衝到船舷邊，在大浪中完全看不到人。

何剪西立即向船主說明了這個情況。那驚心動魄的一躍，把他嚇壞了，以至於整個晚上，他都看著那油膩的被子渾身打擺子。

第二天的半夜，他在極睏之中恍惚睡去，在天亮之前忽然被奇怪的動靜驚醒。他睜眼的時候，看到一具赤條條的男性身體，站在他的床頭，渾身都是海水，似乎是剛從海中上來。

第一章　守箭之男

臨邛道士鴻都客，能以精誠致魂魄。
為感君王輾轉思，遂教方士殷勤覓。
排空馭氣奔如電，升天入地求之遍。
上窮碧落下黃泉，兩處茫茫皆不見。

張千軍進入群山之中的時候，只有四歲，師父告訴他說，他這輩子唯一的任務就是等一支穿雲箭。射出穿雲箭之人提出的任何要求，他都要滿足。

他的師父是一個道士，在深山中等到過兩支穿雲箭。他師父說起穿雲箭的時候，眉飛色舞，一點也不似要死的樣子，也不似一個極老的老人。

在他師父一百一十歲的時候，張千軍覺得他師父肯定熬不過當年，因為那個時候他師父不再下床，也不再喝酒，每天只是在道觀的門口坐著，看著門外的皚皚白雪，似乎在等什麼人來接他。那一年師父吃得很少，也很少說話，他們常常是沉默地過完每一個暮鼓晨鐘。

到了一百一十五歲的時候，師父仍舊還是那個樣子。那一年的冬天特別冷，張千軍發了一個月的高燒，覺得自己可能熬不過師父了，因為他虛弱得沒有飯吃，但師父似乎不用吃飯。

那天晚上，他的床頭多了一碗素麵，裡面還有幾個苦菜頭，那是師父的手藝。他意識到師父不僅能下床，而且還能下麵。

他本來想師父為什麼要這麼生活，但仔細想來，他立即就理解了。人生到了這個時候，很是尷尬，死亡隨時會到來。時間不多了，大事當是來不及幹了，也沒有力氣，小事也不屑去做。最可怕的是，到了這個年紀，無論是誰，也難以給自己什麼要求，能夠不搗亂就很不錯了。

一百一十五歲的經驗還是老到。吃著師父下的麵，到了春天的時候，張千軍奇蹟般地痊癒了，但是他的師父終於死了。死之前，他師父看著門外，對張千軍說：「原來，她不會回來了。」

張千軍知道這個她是誰。第一支穿雲箭射上天空的時候，作為外家張家在山中的呼應，知道有本家的隊伍在山中遇難求助，他師父隻身一人前往，只救出了一人，是一個張姓的女孩。女孩在道觀中養傷，四個月後離開。

那個時候他師父五十多歲，老房子著火，愛上了一個要命的姑娘。女孩告訴他，她回來的時候，會用穿雲箭告訴他。

那一年之後的五年時間，他師父在山中的每一塊石頭下，都放了信號箭。每天猶如鵝一樣，伸長著脖子看著山谷的上空。

他脖頸的皺紋都被這個動作拉平了，之前那黃色的眼白猶如老痰，現在亮如琥珀。

每每被張千軍發現異樣，他總是自嘲一句：白修了，白修了。卻沒一絲可惜。第二支穿雲箭卻不是那個姑娘射出的，那個人無關緊要，師父都不太提起她。

張千軍問過他師父，是如何能夠在這深山中守上一輩子，只是為了一件虛無飄渺的、可能會發生又可能不會發生的事情。

他師父告訴他，能夠守上一輩子的，從來就不是箭。

師父沒有說太多。

張千軍自己回憶被選中守箭，大概是因為從小就看得出的矬。張千軍七歲還不會說話，他師父就說，蠢成這樣，出去也沒有飯吃，出家就是個機緣。

師父死後，他忽然意識到不對。他師父當年收養他，難不成是已經準備跑路，準備養個替代品？然而在他要走沒走的時候，遇到了那個女孩。

這一輩子守的確實不是箭。

師父死了之後，張千軍決定好好思考一下，自己要怎麼度過這一生。師父當年好像還得了本家很多的好處，輪到他守箭之後，從未有過音訊，他慢慢覺得自己的人生就像一個自娛自樂的故事。

他每隔半個月就到山中各棵大樹之下，更換隱藏的箭鐮，把張家標記外面的青苔刮掉。

然後，幻想每天都有本家人的隊伍在深山中穿行，如果他們遇到困難，就會召喚自己過去。

道觀之外有兩個世界。一個世界裡，他是家族的守望者，深山中暗流湧動，穿行的人員絡繹不絕，他們心中有一片安寧，因為張千軍在暗中看著他們，隨時等候召喚。另外一個世界裡，山中只有他一個人，沒有人會路過這裡，沒有人會用這些穿雲箭。

天地間只有他一個人。

他慢慢地開始接受後一種解釋。他花了十四年的時間，終於讓自己背上了行李竹兜，準備離開這裡。他決定不再等待別人召喚他的煙花，他要變成煙花本身。

那一天，他走到山下的時候，一支穿雲箭射上半空，在烈日的天空中炸開，陽光強烈，看不到任何煙花火星。

他驚恐萬分，但是身體卻猶如猿猴一樣，順著竹林蕩下懸崖，來到了穿雲箭射起的地方。

那是他第一次看到小張哥和張海琪。

張海琪看到張千軍，一臉嫌棄。「怎麼是你來，你師父呢？」

第二章　無信之女

張千軍雙手抱胸，坐在小張哥和張海琪面前，良久，他才對張海琪道：「所以妳就是我師父等了一輩子的女人。」

張海琪用樹枝撥弄張千軍的衣服，這件衣服是他師父穿過的，如今洗得發漿褪。張海琪一臉慍色，喃喃道：「還是那麼窮啊。」

「那妳為什麼現在才來呢？」張千軍覺得一萬個委屈，倒不是因為師父白瞎等了一輩子，而是等人這件事情，瞬間從一種淒涼的美感，變成了一件極蠢之事。

「誰他媽記得啊？」張海琪有點幽怨地看著遠處的群山。「哎唷煩死了，聊正事。」

「聊妳個屁正事！他等妳等到死啊！妳要麼就是在外面死了，來不了；要麼妳就是個蛇蠍女人，妳他媽就是耍他玩的，這兩種都比妳忘了好啊！」張千軍內心暴跳如雷，但是臉上沒有動神色，因為他還深深地記得師父的教誨，他必須對射出穿雲箭的人言聽計從。

三個人沉默了一會兒，張千軍看小張哥和張海琪表情也有點尷尬。

小張哥靠在樹上，舌頭擺弄著嘴巴裡的東西，看著張海琪。「我說妳到底胡亂答應過人家多少事情，以後能不能不要胡亂答應人？普通人各自的人生很艱難的，不是來給妳玩的。」

「守信用又不是我的立身之本。」張海琪點上香菸。「再說是他自己死得早，我不是回來了嘛？」

「不對。」張千軍說道：「師父是五十多歲認識那個姑娘的，一百一十六歲死的。妳要是那個姑娘，就算當時認識師父的時候是個少女，現在也應該七十多歲了。妳怎麼還像個小姑娘一樣，妳騙我。」

「你師父沒告訴你我修駐顏仙的嗎？」張海琪看了看小張哥。「這是我兒子，不信你問他。」

張千軍看著小張哥，小張哥緩緩地說道：「是收養的。」

張千軍忽然覺得師父才是真蠢，他立即決定，辦完事，等這兩個人走了，他就直接跑路。這裡再也不會有一個孤獨的靈魂守一方古觀。

「你們誰射的穿雲箭？」張千軍問：「我只聽射箭的人的。」

小張哥和張海琪對視了一眼，兩個人都指了指自己。「我。」

張海琪一下怒了：「你怎麼胡說八道？」

「我怎麼胡說八道了？這種事情妳都要和我搶，當媽的能不能有點母愛？」小張哥瞇起眼睛，一板一眼地說。

「好了！」張千軍阻止了他們。「這麼吵不會有結果的，我聽他的。」他指了指小張哥。「這個女人不守信用，我不聽她的。你說，你想幹什麼？」

小張哥從口袋裡拿出地圖，說道：「我們想進洗骨峒，我們需要嚮導和熟悉的人。」

「漢人進不去那個地方。」張千軍說道。

「我們不以漢人的身分進去。」小張哥說道。

「那你們也要有理由進去。洗骨峒是這裡阿匕族專門洗骨的地方。這裡的人認為，骨頭、肉和人皮是三種不同的東西。肉的壽命最短，所以人能活到肉的歲數，但是骨頭和人皮的壽命比肉長很多，而骨頭的壽命是最長的。所以，人死了不算真的死。人死後四十九天，皮膚才會死掉。人死後三十年，骨頭才會死掉。所有皮肉爛盡的骨頭，都會送到洗骨峒清洗，給親人帶回家。這個地方對阿匕族來說非常神聖，不是洗骨的目的，是進不去的。」

三個人沉默了一會兒。

張海琪站了起來，忽然問張千軍：「你師父的墳在哪兒？」

「你想做什麼？」

「他不是想見我嗎？」

第三章　人後之言

「師父我對不起你。」張千軍拿著鋤頭到了師父的墳上，怎麼也想不到事情會變成這樣。

張海琪站在樹下陰涼處，看著張千軍老淚縱橫地刨他師父的墳，心中實在想不起，當年和這個老道士有過什麼故事。

也許是一個無心的在情景之下的約定，讓這個人等了一輩子？

這真是有點觸霉頭，多少人定下的誓言，當下都是真切的。

男人嘛，在某幾個時刻，你讓他去死，他也真的會為你去死。但毫無例外總有明白過來的時候，那時候你為他們去死，他們都未必願意承擔這個名聲了。

還真有人在情景之外，仍舊心心念念一個情景之中的約定，一輩子？

那她真要看看這副情骨長的什麼樣子了。

張海琪明事理很早，「卷閥」本質上是一個對真相工作的機構，南洋檔案館其實是一個收集真相的部門，有實際事物的真相，也有人和人之間的真相。

真相是什麼呢？這是個泛泛而談的詞語，總結下來，不過就是：人心中究竟在想什麼。

這個世界上，人心和歷史都有一個統一的特徵，就是無限靠近真相，卻無法抵達真相。

世界上歷史學家很多，卻逃不過故紙堆頭的限制，沒有一個歷史學家或者考古學家敢和你說：當年發生的事情就是這樣的。人中也有很多敏感之人，就算能夠大概知道別人心境，也絕不敢斷定，某人當時就是如此這般想的。然而，能靠近多少，卻是可以訓練的。

「卷閥」在張海琪看來，就是一個無限靠近人心的體系。這種靠近，也讓她不得不變成一個無信之人。

「人後之言，並不是每個人都能聽得的。」

人和人說話，表面上的話再難聽，咬緊牙關也總能聽完，但是「卷閥」常常以不同的面目出現在同一個人身邊。很快她就發現，人這種生物，就算是在面前如痴的戀人，轉身在自己另外的朋友面前談起你來，卻也可能輕蔑得難以入耳。

朋友戀人如此，兄弟父母竟然也會如此。

「人後之言，常常如此，不管是君子小人淑女潑婦，都難以一張嘴論人。那人後之輕蔑傲慢，再轉回人前，嘴臉已盡是可惡。人皆如此，有何約可守，又何必守約？」

她此時還是想起了胡碧亭這個人。這是泉州當時一個絲造廠的公子，留洋回來，放著家裡的生意不做，一直吵著要辦學。書倒是讀了很多，自由戀愛，娶了自己的女學生，各種傳言沸沸揚揚。後來那個女學生上吊死了，胡碧亭去了日本。在日本又是一樣的情況，再娶了一個日本女人，那個女人後來在長野的公園裡也吊死了。

胡碧亭再回的時候已經是一個年近四十的人，他在碼頭上碰到了張海琪。那一天張海琪穿著旗袍，海風下，短髮飄動，漂亮得猶如一個精靈。

胡碧亭對她展開了瘋狂的追求，所有的細節，都不可懷疑地詮釋著他瘋狂地愛上了她。

正是這種愛讓張海琪心中有著深深的寒意。已經死去兩任摯愛的人，可以毫無傷痕地如此愛第三個人，這種愛詭異異常。如此心力強盛的愛人，在說出那些情話的時候，腦中就沒有一絲恐懼嗎？

這個男人不太對勁。

那年冬天，和張海琪一夜長聊之後，胡碧亭吊死在了自己的公寓裡。

張海琪沒有告訴別人到底發生了什麼，就連葬禮都沒有參加。

小張哥只知道，那第一個死去的女學生，也是張海琪的學生。胡碧亭最開始追求這個女學生的時候，張海琪遠遠看著，就覺得這個男人有一股邪氣。去碼頭見他，是去聽聽胡碧亭的人後之言。

從胡碧亭的死相來看，並不好看。

正想著，張千軍師父的屍體被掘了出來。一個百歲老人，本來就不剩下什麼，如今竟然連骨頭都沒有多少。

已經看不出老頭守了一生的任何原因了。

張海琪從盆棺中拿出了老道士的頭骨，對小張哥說道：「從現在起，這是我們的爸爸，我是你們的姊姊，我們現在出發去找幾件衣服，然後進洗骨峒。」

第四章　百樂京

一行人回到道觀中，見滿牆的雜草，張千軍告訴他們，在深山之中這樣的寺廟道觀有三十餘處，規模都非常龐大，所以當地人叫它們百寺堆。後來一把山火燒得差不多了，當地的宗教環境才逐漸衰弱下去。

之後，土匪經常盤踞於這些寺廟道觀的廢墟之中，平日裡穿著道袍，就混在其中，但這些寺廟道觀沒人修葺。他師父來了之後，土匪的生意不好做，山中的年輕土匪都去當兵了，年老的土匪陸續老死在山中，這些廢墟也只剩下這個道觀還可以勉強住人。而阿匕族是當地苗瑤混居之後的一個地域性的民族，其實有四到五個民族混居。群寨依山而建，有六個大寨子。外寨子有三千多戶，叫做金牙峒，也叫做百樂京，是唯一和漢族混居的地方。這個峒的人以金牙為美，節假日會以金粉塗牙，上街集會。

百樂京前有一條河，一邊通到山西，一邊直接紅水河，是茶馬古道上一條通往中原的河運小道。

百樂京非常發達，各種行業的人每天絡繹不絕地來到這裡的驛館，人數比三千戶實際上多出好幾倍。一到晚上，華燈滿街，遠看就像山中的一條銀河。

因為各個民族都有，所以有各色宗祠、服裝、小吃、澡堂子，好不熱鬧。百樂京之後的深山，漢人幾乎很難進去。只知道裡面還有五個大寨，除了洗骨峒之外，在山谷的最深處還有一個寨子，名字連別人都不知道。

只知道那個峒的人對外賣一種泉水，似乎有特殊的用處，只好稱其為鬼水峒。

張千軍是漢人，也曾經偷偷潛入過百樂京後面的寨子，只進到過第二個寨子，買過一種特殊的大菸，再往後他只聽過無數的傳說。

張海琪看著道觀嘖嘖感嘆，說出家就出家，何必住這種地方。

張千軍說道：「話不能這麼說，出家人吸風飲露，有方草席就夠了。」

當晚，張千軍砍柴，燒洗澡水，炒了三個菜，開了一罈酒。張家駐湘西辦事處，就這麼再次開張了。

吃完飯，三個人就不再說話。約定了明日進百樂京。

洗澡的地方在廚房後面，是一個四方形的磚頭池子。用各個祠廟的老磚燒黃土坯子做的，張千軍在裡面用了牛糞，但是沒和張海琪說。

張海琪關死了四周的房門，吹熄了油燈。整個大殿就一個洗澡池，大殿頂上破了一個大洞，月光從上面透下來，赤條條的胴體精緻細膩，在月光下白得沒有一絲血色。

張千軍睡在房梁上面，能聽到水聲，完全睡不著了，瞪著眼睛看著頭上的瓦當，忽然坐了起來，翻出師父的古琴，胡亂彈了起來。基本功是有的，只是曲子不知道是哪首。

小張哥一個人躺在外面巨大槐樹的頂部，露出詭異的笑容，道：「出家人。」說實話，今天他是有幾分醋意的，如今只能看著月亮。老道士的頭骨就放在他樹幹的對面，他看著黑漆漆的眼洞。

「你說我們到底喜歡她什麼呢？」小張哥疑惑地問道。

第二天天亮後，陽光很好，深山的霧氣很快就散掉了。張千軍顯然一晚上沒睡好，被小張哥拖起來，吃著粗糧糍粑，講解幾個寨子的方位和不同的地理位置。

張千軍看著小張哥，說道：「問題就在這裡。在上一個寨子裡的人，只有少數人知道怎麼進入下一個寨子。中間峽谷道路繁亂，猶如迷宮，靠混是混不過去的。我們得找到對的人，讓他們帶我們過去。」

「找誰？用錢收買嗎？」

張千軍搖頭。「恐怕看兩位的身家，在百樂京待不過三、四天就要回鄉。這些人都是土司和大官，附近的山都是他們的，錢恐怕解決不了問題。」

張海琪看著小張哥，後者對張海琪說：「如果族長在這片寨子裡，就說明，有一個漢人已經進了六大寨。如若不是常例，則寨子中肯定生有大變。漢人進到阿匕族的政治中心，恐怕整個六大寨的土司的關係已經不是我們想的那樣。如果我猜得不錯，進到百樂京，我們一定馬上就會感覺到什麼。」

第五章　百樂京門

三個人是傍晚進的百樂京城，到處是彩燈，還有人放鞭炮。一問，是有人娶親。

百樂京算是當地一方錦繡繁華的縮影了，一進峒就遇上有人娶親不算稀奇。漢人將峒裡的姑娘娶出峒外叫做拔寨子，姑娘的兄弟、連襟都在峒裡的各個橋上等著，過橋就要一盤子金菸土。這種菸土是用金箔包的，回來摻上白膏泥，可以兌出六、七盤來，是上好的菸團子。

百樂京一共有六十幾座大大小小的橋，寨子裡的人各種哄趕，三、四十座橋是逃不過去的。還有講究過大關的，姑娘家是當地的地主，姑爺必然要把所有的橋全部踩一遍，對於當地漢人來說，是一筆鉅資。

但百樂京出美女，峒裡的姑娘能嫁出峒的，都是姿色俱佳。而且百樂京的姑娘，每個族的手藝都不一樣，但幾乎個個都能使刀。外地商賈做得好的，家裡幾乎都是百樂京的婆娘騎著馬兒，背著銀刀，手裡的串鈴響起來，姑爺一般都穿著長衫跟在後面拿著算盤。

張海琪進到京裡，看到姑娘們如此，開始雀躍起來，小張哥的注意力也終於從張海琪身上挪開了。這裡的姑娘毫不避諱人的眼神，小張哥看誰，對方也瞪著大眼睛看回來，小張哥越看越有意思。

煙火氣，這種不一樣的煙火氣，空氣中燒柴、飯香、酸湯魚的酸油，煙火的火藥味，油炸的油膩子，小孩子，大人，各色的花枝招展的服飾，銀的頂冠，到處是彩燈。

還有酒和菸土。

族長這傢伙很會生活嗎？

想起自己在南洋打魚，刮魚泡，看著南洋的姑娘一個個邋遢的，還是南疆好啊。

小張哥回過神來，就發現張海琪不見了。轉頭就看到張海琪在一處銀飾的地攤邊挑東西。

「妳在做什麼？」小張哥問，心中忽然覺得有些欣慰，總歸這還是個女的。

「這裡的姑娘不似其他，心裡想的都掛在臉上。你看她們，要什麼，想什麼，眼裡都有。想必拿起來也不會手軟，老娘看著實在喜歡。」張海琪感慨道：「像我，像我。」

「這個不錯，這個也不錯，我覺得這三個顯臉瘦。」小張哥也蹲了下來，挑了三件銀飾遞給張海琪。此時，過橋的隊伍就在前頭，能看到舞龍的花燈，邊上的攤位開始讓位。

張海琪笑著看了他一眼。「獻殷勤沒用的，我是你媽，你少琢磨。」

「我不是給妳挑的。」小張哥把銀飾貼在自己的額頭上，把他的頭髮撥弄了幾下，臉上出現了剛才他看著的幾個姑娘的生澀大方的笑容。「我也喜歡這兒，我也要體驗一下。」

張海琪看著那幾件銀飾，貼在小張哥臉上，還真的很好看。他真是給自己挑的。

「我教得好，我教得好。不能當街打兒子。」她按壓住心中的不爽。

張千軍在路邊發怔地看著迎親的隊伍，看著姑娘騎著馬走過，和他對視，他才鬆了口氣。轉身就看到小張哥戴著一身銀飾，邊上的老闆們正在圍觀，都笑得不行。

張海琪一臉正色道：「你在南洋待久了，一臉魚腥氣，哪裡像這裡的姑娘！」

小張哥饒有興趣地看著手上的鈴鐺，一抬頭，正好和路過的新娘子對上了眼。新娘子愣了一下，立即把馬給停了下來，後面送親的隊伍全部停了下來。

一街的人都停了下來，瞬間安靜。

新娘子下馬，迅速走向了小張哥，小張哥戴著銀飾有點不知所措。她來到小張哥面前，在尷尬地維持著剛才風騷動作的小張哥面前，一把扯開他的衣服，看他脖子下方的紋身。

「百年好合，早生貴子。」小張哥說道：「姑娘，我媽在，妳這樣她會誤會的。」

那姑娘忽然一口咬下去，咬在小張哥的肩膀上，小張哥疼得大叫。那姑娘低聲道：「救我！」還沒說完，小張哥條件反射，一個肩膀梅花樁直接把姑娘撞出去四、五尺。

姑娘頭磕在青石板地上，直接暈了過去。

小張哥莫名其妙，看著所有人，所有人也沒反應過來。

張千軍走過來，拉住他的手，開始往小巷子裡狂奔。幾乎是同時，送親的隊伍裡所有的姑娘、小夥子全部銀刀出鞘，下馬追了過來。

「你幹了什麼？」張千軍大罵：「我們進來才一炷香都不到！」

「我沒幹什麼，我就是——」小張哥低頭避過後面丟過來的一把刀。「騷了一下！」

第六章　劫親

兩個人在百樂京大街小巷一路逃命。虧得張千軍還算熟悉道路，翻茶館，衝染房，從人家家中跑過，一路衝過一座石橋，後面的人就不再追來。兩個人仍舊不敢怠慢，繼續往人群裡擠去，就發現他們到了一個屠宰的地方。

橋的另一邊什麼都沒有，但這一邊的河岸全是屠宰攤子，靠河的廊子、梁山上掛滿各種扒了皮的野味牲畜。肉腥和血味瀰漫著整個河岸。

所有的血水都直接被沖進橋下的河裡，帶著油脂和內臟的髒水快速被沖走不見。

「送親的人似乎對這裡有所忌諱，沒有追過來了。」小張哥在一個肉攤前停了下來，遠遠地看著橋的另一邊。那些人還在看著他們。

「你媽怎麼辦？」張千軍想起張海琪。

小張哥看著四周的肉攤子，心中覺得有些不安。為何那些人沒有追過來？看橋上人來人往，這地方打開門做生意，不像是禁地。他說道：「她絕對比我們脫身快。」他拉住張千軍的手。「為什麼他們不敢過來，你知不知道原因？」

「橋的這邊叫做八兩界，兩邊的牙司不和，一群人帶著刀過來肯定是不妥的。但他們很快就會通知八兩界的牙司要人。我們得盡快走。」張千軍指著前方。「河水今天朝這個方向流，五兩界就在下游，這兒的窮人全在五兩界，張著網撈河裡的內臟吃。河水三天兩頭變換流向，五兩界的人都是兩頭跑，那兒沒有牙司管。」

於是兩人順著河一路往下，很快過了一段不那麼繁華的冷河廊。開始出現無數的吊腳老房子，燈光沒有百樂京中心那麼華麗，都搭得非常簡陋。河中各種樹枝插著橫網。河裡有星星點點的帶著木桶和油燈的人。

兩個人找了一個河邊的煮物攤，就是一口大鍋裡面什麼都有，坐下來。張千軍一拍桌子。「到底是怎麼回事？」

小張哥看了看四周，吸了口冷氣。「你也是張家人，你聽聞族長是個什麼樣的人？」

張千軍看小張哥的表情。「這是你的破事，為何扯到族長？」

「剛才那女的，是看到我的紋身才停下馬來，她讓我救她。我的紋身並不普通，這個位置她一眼就認了出來，還向我們求救，似乎知道我們是誰。」小張哥說道：「我們初來乍到，這裡人如果知道紋身的事情，一定是族長告訴她的。族長無緣無故，和別人說自己的紋身，要麼關係不一般，要麼就是被看到的時候說的，那關係就更不一般了。那紋身豈是普通人能看到的，必然是在——」

小張哥做了一個動作。「敦倫的時候。但——族長聽聞是個寡淡之人，不說男女的事情，連飯都不怎麼吃，性情乖張，竟然在這南疆隱居之後，和別人聊聊紋身，敦倫入巷。這地方繁華三千，剛才那姑娘如花美眷，族長吃得一口好菜，行徑是個狂徒。」

張千軍倒吸了一口涼氣，不知道該如何接話。

小張哥繼續說：「最離譜的是，這姑娘現在出嫁，還向我們求救，那嫁的就不是族長，說明族長還沒被人家家裡看上。」

張千軍若有所思，不知道想起了什麼，眼神迷離，喃喃道：「原來族長和我一樣啊。」

「什麼？」小張哥問道，張千軍立即搖頭。「沒事，就是覺得，族長肯定很傷心。」

小張哥站了起來，摘掉身上的銀飾，對張千軍說道：「走吧。」

「幹麼去？」

「去劫個親先，這個女的身上肯定有族長的線索。而且既然是族長的女人，我們肯定要先保下來。」小張哥說道。

第七章　不好意思

寨子外西埡口前的洗頭灘，大樹從岸上一直長到水裡，樹下有石板相連用來在水上踏腳。這是往西去江邊的必經之路。

兩個人站在樹梢上，看著下面通過的送親隊伍。那是一條燈龍，各色彩燈在樹下蜿蜒。

之前，他們摸黑混在一隊馬幫裡出了寨子。送親的人家應該是大戶，出寨子的人每個人都分到了一碗燒酒。

兩個人喝完擦嘴，張千軍就問小張哥：「剛才我們被送親的家眷砍了半個寨子，現在我們還是兩個人，要怎麼劫親？」

「剛才是面對面的事兒，現在我們在暗處。我們趕上去的路上，我就能想出辦法。」

於是他們砸暈了施酒的人，偷了他們的騾子，一路趕到了前面。現在，隊伍已經過去大半了，小張哥還是沒有說話。

張千軍對劫親的事情本來就存疑，他沒有追問，只是看著小張哥，小張哥此時卻覺得不對。

他找不到新娘了。

下面的彩燈排列得雜亂無章，樂隊幾乎橫貫了整支隊伍，但是本應該在隊伍最頭上的新娘，中段沒有，到了尾段也沒有。

剛才那一撞，雖然小張哥出於條件反射，但也不會太重，稍微淋點涼水，新娘應該早就醒過來了。如果新娘沒有醒過來，是不會重新上路的。

「難道，被我撞死了？」小張哥摸了摸下巴。「不對，撞死了就更不用送親了。」

如此說來，新娘是被藏起來，藏在送親的隊伍之中了。難道，隊伍中有人知道有人要劫親？

「我的心思那麼好猜嗎？還是新娘在鬧市的舉動讓人起了聯想？」

剛才在鬧市，新娘忽然咬了一個路人，如果路人沒有把新娘撞翻在地，還真的會有很多誤會。但這個路人毅然決然地用自己的行動表達了自己完全不知情，應該是不會讓人聯想到劫親的事情。

忽然，小張哥一個激靈，覺得自己想明白了怎麼回事，對張千軍說道：「不對，事情是這樣的。我有個結合事實的小小猜想，這是族長的女人，和族長深深地相愛。族長向來神出鬼沒，神龍見首不見尾，族長的仇人尋找族長十年不得，但是仇人在查找過程中，知道了族長女人這件事情，於是用計逼迫族長的女人嫁給一個滿臉長瘡的漢人老馬幫。他的真實目的是引族長出來，知道族長絕對不會放任他愛的女人嫁給一個馬幫糙漢。但是族長實力強勁，所以他們知道族長一定會選擇送親的時候劫親，早就做好了準備，新娘被藏在隊伍中，就是等族長出現。下面是一個陷阱。那——族長也在我們附近！」

張千軍目瞪口呆地看著小張哥，隔了半晌——「你說什麼？」

小張哥在黑暗中看不出什麼來，回頭深吸了一口氣，又對張千軍說了一遍：「我有個結合事實的小小猜想，這是族長的女人，和族長深深地相愛。族長向來神出鬼沒，神龍見首不見尾，族長的仇人尋找族長十年不得，但是仇人在查找過程中，知道了族長女人這件事情，於是用計逼迫族長的女人嫁給一個滿臉長瘡的漢人老馬幫。他的真實目的是引族長出來，知道族長絕對不會放任他愛的女人嫁給一個馬幫糙漢。但是族長實力強勁，所以他們知道族長一定會選擇送親的時候劫親，早就做好了準備，新娘被藏在隊伍中，就是等族長出現。下面是一個陷阱。那——族長也在我們附近！」

張千軍總算聽懂了，看著他。「你這個哪裡是小小的猜想？聽上去完全都是猜想！」

小張哥說道：「我直覺就是這樣。當務之急，是把新娘找出來。」

張千軍看到他的嘴巴裡忽然閃出了一道冷光，不知道是從舌頭下面舔出了什麼東西。「我們先混進去，近距離觀察！」

第八章　人有不同的活法

小張哥說完那句話之後，在樹上卻紋絲不動，仍舊看著下面的送親隊伍。

張千軍看著小張哥，時光飛逝，送親的隊伍就快走到頭了。張千軍看到小張哥滿頭是汗，但是仍舊沒有行動。

一開始，張千軍還以為小張哥是在凝神醞釀什麼舉動，看到隊伍就要走過去了，張千軍才忽然省悟過來。「你該不是，沒轍？你不是說你隨時就能想出一個辦法來嗎？」

「辦法我早就有了，我只是對你不放心，不敢用而已。」小張哥指了指一個方向。「這些人都穿著彩服，我們無論從哪兒接近，都容易被發現，唯一能下手的就是隊尾。我原本以為隊尾的人會比較鬆懈，但你看他們的隊尾。」

隊尾的人都是騎著馬，清一色裹著白頭巾的小夥子，能看到腰間都配有短銃。

張千軍點頭。「人家早有準備。」

他擦了擦汗，回頭看小張哥，看到對方眼神炙熱地看著自己。「來不及了，張千軍，我們賭一把吧。」

「賭什麼？」張千軍膽怯地往後縮了一下。小張哥一下去解張千軍的褲腰帶，張千軍大驚失色。但是小張哥似乎對於解褲腰帶非常熟練，瞬間褲腰帶已經被他扯了下來。他自己背負雙手，快速地用褲腰帶把自己的手捆上。

人手反負的情況下，很難用手指工作。但小張哥的手腕關節非常靈活，整隻手幾乎可以反轉過來。

「你幹麼呀？」張千軍提著褲子，驚訝地看著小張哥。

小張哥低聲喝道：「背上我！」說著往張千軍背上一跳。「下去！」

張千軍還沒反應過來，小張哥一蹬樹枝，兩個人直接從樹上跳了下來。剛落地，張千軍一個趔趄，差點跪倒，小張哥就開始大喊：「放開我！」

送親的人轉頭，目瞪口呆地看著他們兩個。

小張哥在張千軍的耳邊說道：「快說，你把剛才打新娘的人抓回來了。」

張千軍一臉懵，但看到前面送親的人開始抽出刀來，立即大喊：「等一等，我把剛才打新娘的人抓回來了！」

送親的人開始面面相覷。

小張哥繼續在他耳邊說道：「說我要見首領，有沒有賞？」

張千軍對著送親的人大喊：「有沒有賞？我要見首領！」送親的人還是面面相覷。

小張哥忽然開始號啕：「我和新娘兩情相悅！我爹是前兩廣都督，現在我是大總統身邊的紅人，給美國人辦事的，你們敢動我試試！」

一個傳一個，很快，整支隊伍就停了下來，後面的白頭巾上來把兩個人圍了。不出一支菸的工夫，在隊首的一個頭人帶著一個親眷騎馬過來，催促隊伍繼續往前，自己下馬來到張千軍面前。

張千軍滿頭大汗，不知道怎麼辦。那頭人就來到他面前，看了看他，然後抓住小張哥的頭髮，把小張哥的頭拎了起來，讓那些親眷看。那些親眷立即點頭，用聽不懂的語言說了一句，然後指了指張千軍。

頭人看著張千軍。「我認得你，你是山裡的那個要飯的。」

「我是個道士，我在山裡修行。」張千軍一下怒了。

「你剛才不是拉著他逃了嗎？怎麼現在又抓他回來了？」

張千軍愣了一下，瞬間被對方說服了，小張哥在他背上輕聲道：「你說，剛才我是僱你當保鑣，你職責所在，但是事後我不肯付錢，所以你怒了，就把我抓回來了。」

頭人看著背上的小張哥，張千軍剛想複述，頭人就阻止了。「你們兩個以為我是聾的嗎？你們在唱雙簧嗎？挑斷他們的腳筋，帶著去姑爺家裡等候發落。」

頭人說完，所有人的短銃都掏了出來。一邊三個白頭巾下馬，直接拔刀圍過來，不做任何猶豫，時間只夠張千軍後退兩步，都沒有時間問小張哥怎麼辦。

一個白頭巾直接過來扯他的髮髻，張千軍躲過，一把把小張哥丟到地上，直接結出一個手印。「請祖師爺！五火正法神霄靈火！」

張千軍雙手瞬間著火，直接對著面前的人一甩手，甩出一條火龍。那人翻身躲過，用不懂的語言大喊，似乎是在罵有妖法。

張千軍翻動手印，手速非常快，雙臂一夾胸口。「起乩！」身上的道袍全部燒了起來，小張哥妖嬈地躺在地上，驚嘆道：「可以啊！」

那些人見狀，不敢上前。張千軍一拍後背的木頭匣子，從火中拍出一把火劍，凌空轉身迴旋踢中。火劍旋轉，直接刺向一個白頭巾，白頭巾勉強躲過，張千軍的身子幾乎瞬間就跟了上去。火劍落地的瞬間，他一把抓回盒子，滾地翻身，身上的火在泥濘的地裡瞬間熄滅，然後朝著樹林的深處狂奔而去。

等他跑進了黑暗中，完全看不見了，白頭巾才反應過來。

頭人冷笑了一聲：「玩把戲的？丟下同伴不管了嗎？」

他轉頭看小張哥，就看到小張哥已經解開了自己的雙手，正站著活動手腕、脖子和下巴。「真是丟臉。」小張哥看著張千軍跑走的方向，說了一句。

他看了看頭人，又看了看已經遠去的隊伍，說道：「送親的時間是固定的，剛才追我們已經耽誤了一會兒了，所以不能再耽擱了對吧？」

頭人沒有說話。小張哥的表情變得興奮起來，看著他。「你們上來就要斷人腳筋，看來弄殘疾個把人對於你們來說是家常便飯，但一點都不高級。」

經歷了剛才那一幕，白頭巾不敢貿然行動了。頭人從邊上一個白頭巾手裡接過短銃，對著小張哥瞬間開槍。小張哥以人類不可能達到的速度直接扭動腰部，躲過了所有的鐵砂，然後接著扭回來的動作甩頭，嘴裡「噗」的一聲，一道寒光像子彈一樣直接刺進頭人的眼睛裡。

頭人應聲慘叫翻倒。幾乎是同時，沒有人看清發生了什麼，只聽到「噗噗噗噗」的聲音，所有的白頭巾在一秒內落下馬來。

小張哥揉了揉脖子，環視了一圈。人都沒有死，但是都死死地捂住眼睛，血流如注。有人大罵舉銃，小張哥甩頭，直接將嘴巴裡的東西打進銃口，一下炸膛，整隻手炸碎。

「剛才那個是搞後勤的，我是正規軍。」小張哥蹲到頭人面前。頭人已經明白利害關係了，大喊：「誰都不要動！」

有幾個忍痛拔刀的，沒有再動。所有人咬牙看著小張哥。小張哥對頭人張開嘴巴，頭人看到了他滿嘴閃著寒光的刀片，一枚刀片被舌頭舔出來。

頭人說道：「大爺，放我們一條生路，我們是拿錢吃飯的。」

小張哥看了看頭人的褲腰帶，褲腰帶瞬間斷開。

頭人驚恐萬分。「大爺，不要在我手下面前……」

小張哥來到他頭邊，雙腳踩住他的雙手，蹲下來把他眼睛裡的刀片拔出來，他瞬間疼得扭曲起來。小張哥掏出頭人腰間的百寶袋，問：「你叫什麼名字？」

「我的乳名叫做霧琅，巴里山南花苗花渣寨的，所以叫霧琅花渣。這些都是我的兄弟，大爺我們有眼不識泰山，你放他們走吧。」

小張哥用膝蓋壓住他的臉，撥開他的眼皮，開始幫他縫眼球。霧琅花渣疼得整張臉都扭曲了，之後，小張哥放開了他，給他水讓他自己沖洗。他洗了半天，睜開眼睛的時候，就看到小張哥已經用他的褲腰帶又把自己綁了起來，人都趴到了馬背上，還對他招手。「來，快來啊，快過來。」

第十章　霧琅花渣

霧琅花渣騎在馬上，小張哥就被當成行李掛在馬屁股上。

追上隊伍之後，很多人看著他用頭巾蒙起來的眼睛。

他們在隊伍中慢慢地行進，小張哥得以近距離地觀察每個人。

霧琅花渣不敢做出任何舉動。剛才的那個瞬間，他動了殺心，同時正面看到了小張哥的動作。

在那個瞬間，他屁股後面掛著的這個男人，身體猶如妖怪一樣扭曲了起來。

而幾乎是同時，他看到了那個男人在笑。

就是那張在高速運動中猙獰的笑臉，讓他明白自己沒有任何的勝算。

這是兩種生物之間的強弱懸殊。

他以為自己占絕對優勢，而別人似乎只是用雜技應付他。

「你真的不知道新娘藏在哪兒？」小張哥找了一圈之後，偷偷地問霧琅花渣，後者搖頭。「大爺，我們是安保隊的，給鄉紳做做護衛，平時打打獵。送親的細節，都是新娘的家眷們在做。」

「他們就沒有提醒你們特別要注意什麼嗎？」

「沒有啊，隊伍這麼長，前面的覺得新娘在後面，後面的覺得新娘在前面。你這麼一說，我才發現新娘不見了。」霧琅花渣的眼睛疼得直抽搐。

小張哥換了個舒服的躺法，仰面躺在馬屁股上，看著頭頂的黑暗，忽然他想起了什麼，翻起來，看向四周的黑暗。

「往邊上走。」小張哥說道：「滅掉火把。」

「怎麼了，大爺？」

「還有另外一支隊伍。」小張哥說道：「剛才追我的人，有一批人我沒有在隊伍中看到。」

要隱藏的最好的方式，不是把人隱藏在人群中，而是隱藏在彩燈和鑼鼓喧天之下，在黑暗中平行前進的另一支隊伍中。這支隊伍，沒有火把，腳步聲隱藏在鑼鼓聲中，躲在彩燈照亮長龍的陰暗處。

霧琅花渣慢慢地離開隊伍，把火把插在泥巴中熄滅，往黑暗中斜插進去。馬小步往前，進入到叢林深處，果然，他們都聽到了輕微的馬蹄聲。

霧琅花渣慢慢靠近，就看到一群披著蓑笠的阿匕族人，在黑暗中默默地前進，馬戴著封口，馬蹄上包著草墊。其中一匹馬上，坐著一個戴著頭冠的女孩，只能看到大致的影子，但應該就是新娘了。

這裡黑到幾乎伸手不見五指。領頭的似乎非常熟悉這條道路，所以人和人、馬和馬都連著。

小張哥藉著夜光，看到的都是模糊的影子，所有人都不說話，也沒有任何的動作。他覺得像趕屍一樣。

霧琅花渣的馬術非常好，馬靠近的時候，聲音很輕，到了隊伍附近，完全是在摸黑。

小張哥給自己的雙手鬆了綁，輕聲對霧琅花渣說道：「在這裡等著。」說著翻身下馬，憑藉著印象，一路混進隊伍中，在幾乎完全漆黑的環境中幾個騰挪，來到了新娘的馬邊。

所有人都往前僵直地走著。

他翻身上馬，一邊捂住新娘的嘴巴，一邊壓住新娘的雙臂，用極其輕的聲音說：「我來救妳。」

他對於人的肢體觀察得非常細微，所以對於新娘的身高體態有很深的記憶，即使只是短短鬧市相見的一瞬間，他也記得很清楚。

他的手卡住新娘的雙臂之後，發現沒有像他估計的卡在腰部的位置，反而卡在了兩個玲瓏豐滿的胸部上。

他愣了一下，心說怎麼矮了，又摸了一下。這個胸部，手感很好，就像廈門的大包子，有彈性，而且形狀非常可愛。

「你摸夠了沒有？」新娘低聲問。

小張哥愣了一下，覺得這個聲音怎麼那麼熟悉，忽然一個激靈。「張海琪。」

「放手！這麼大了還摸親娘的奶，你他媽當自己還小啊！」張海琪輕聲說道。

「妳怎麼在這兒？新娘呢？」

「調包了。老娘辦事還要等你？」張海琪用四川話說道：「現在老娘就是新娘，你給我下去。我帶著你這麼大個拖油瓶改嫁，連門都進不了。」

第十一章　正經獵戶

不記得在哪一年，張海琪帶著小張哥洗澡。小張哥此時已經有一百七左右，比張海琪還高了。張海琪旁若無人地光著身子進來，腰肢清晰地劃出一道新月一樣的曲線，搖擺著解開當時還紮著的長髮。

頭髮披到雪白的肩膀上，嬌小的身軀非常勻稱，漂亮得猶如精靈一樣的少女，眼神中卻無比的成熟妖嬈。

張海琪的身體是經過特殊訓練的，她的肌肉很發達，但是都藏在柔軟的皮膚下面，骨骼很小，所以身材看上去豐滿但是嬌小。走路的時候，該抖的地方都會抖動，不會讓人有僵硬的感覺。

小張哥那天第一次覺得張海琪的身體有些刺眼，就在昨天，或者一週之前，甚至是早上，他都不覺得這具肉體有什麼特別的。但是此時此刻，他忽然覺得不對，呼吸開始急促起來。

這就是女人啊。

小張哥腦子裡第一次覺得，「女人」這個詞語有了特殊的意義。

現在小張哥想來，張海琪給他的青春期帶來的真是崩潰一樣的後果，肚兜，光膀子，裸體穿著圍裙做飯。

廈門的夏天很熱，張海琪精靈一樣帶著極強性吸引力的肉體，和大爺一樣的生活習慣，讓小張哥的腦海充斥著土石流上的一彎彩虹。

很長一段時間裡，小張哥看到身材嬌小的女人和大爺，就會出現一樣的反應。

他記憶中還有一次，張海琪哭得非常非常傷心，那是她以為小張哥已經死去的時候。當時，小張哥拖著渾身是傷的身體，從訓練的山中走了三天才回到了張海琪的身邊。張海琪第一次哭了出來，雖然第二天她就恢復了以往所有的各色，但那一天的眼淚，支撐小張哥到現在。

在那之前，沒有任何人為他哭過。

那天晚上，張海琪緊緊摟著渾身是傷的小張哥，沒有放手。張海琪睡得很香很香，但小張哥靠在張海琪豐滿的胸口，眼睛瞪大到了天亮。

廈門的夜晚。海風從窗口的蒲席吹進來，蟲鳴，海浪，月光，他記得每一個細節，也記得張海琪長長的睫毛，脖子上的曲線，還有那胸口的豐滿。最可怕的是，那天晚上，睡著睡著，兩個人都變得滾燙起來。張海琪臉上的紅暈和淚漬，讓呼出的氣息都變得香氣襲人。

在抱著張海琪的瞬間，小張哥腦海裡走馬燈一樣狂奔過所有的過往，張海琪也沒有強行把他的手掰開，輕聲說道：「乖啊，回頭娘給你娶媳婦，你和你媳婦琢磨去。」

小張哥這才把手鬆開，往四周看去，邊上鑼鼓喧天，似乎沒有人聽到剛才的動靜。小張哥把手伸了過去，張海琪在他手心裡寫了一句：你遠遠跟著，靜觀其變，不要添亂。

小張哥偷偷下馬，原路返回到霧琅花渣的邊上上馬，後者就問他：「什麼情況？」

「新娘是我媽，你說什麼情況，天要下雨，娘要嫁人，隨她去吧。」小張哥摟住霧琅花渣的腰部，意猶未盡地摸了幾下，長嘆一聲：「唉，我幹麼這麼聽話，多摸會就好了。」

霧琅花渣面紅耳赤地回頭。「大爺，我是正經的獵戶。」

小張哥看了看黑暗中，說道：「走，我們去把剛才的道士找回來。」

何剪西捂住鼻子，看著眼前的人，小張哥他們去南疆已經有一週了，他總算等到了張海琪讓他等的那個人。

來人是一個三十多歲的中年男子，背著一個很大的背簍。背簍中有一捆草席子，他搬了出來，放到何剪西面前的長方形大茶几上。

這就是南洋檔案館重建之後的001號檔案。何剪西給來人倒了一杯水，檢查了那個人的火車票，確實是從南疆來的。

向的東西。

張海琪特別關照，南疆肯定有事發生，存下來的錢收購檔案，盡量只收南疆方

草席子似乎在地裡埋過，發出土星子味和劇烈的霉臭味。何剪西看那三十多歲的中年男子，穿戴倒是整齊，只是皮膚黝黑，看似常年日晒，雙眼炯炯有神。他嚥了一口吐沫，努力鎮定下來，問：「咱們開始吧？」

中年人喝了三口茶，才放下茶杯，一口西北官話：「馬尾山在貢榜的邊上，獵戶打獵，四年前獵到了第一頭野豬，刨開之後，胃裡出來這個東西。」中年人從懷裡掏出了一個奇怪的東西，何剪西接過來一看，那是一塊奇怪的骨頭。骨頭上全是奇怪的暗紅色疙瘩。

他接過來的瞬間才發現，骨頭很重。

「獵戶整天打獵，殺的東西多了，但這塊骨頭，從來沒有見過，沒有動物長這種骨頭。」中年人繼續說道：「馬尾山是內陸，沒有湖，也沒有河，只有泉水。這塊骨頭一直被放著，一直到後來，有一個鬼佬到馬尾山修教堂，他看到了這塊骨頭，和我們說，這是一塊長人骨。山中有一個長人。野豬肯定是吃了長人的屍體。」

長人，何剪西從來沒有聽說過，應該是傳教士根據自己的翻譯方式翻譯成中文的。

「之後的幾年時間裡，陸續打到野豬和狼，肚子裡都有這樣的骨頭，一塊比一塊奇怪。」中年人說道：「獵戶們很害怕，開始把收集到的骨頭拼起來，他們想知

道，山裡到底有什麼。但是他們越拼，越害怕。」

中年人把桌子上的草席子攤開。何剪西看到了草席中全都是碎骨頭，如今被人用泥巴黏了起來，形成一個奇怪的形狀。

那是一根脊椎骨頭，但是脊椎骨的骨節，遠比他見過的任何動物都要長。中年人把七、八段脊椎骨拼接起來，形成了一根完整的有三公尺多長的脊椎。

何剪西後退了幾步，他一開始以為是一條大蛇，但是中年人又拼接出了一根腿骨，腿骨也非常長，超出所有何剪西見過的生物的骨頭。

這是一個人形的東西，身體非常長，手腳也極其長，看著就像竹節蟲一樣。

「這就是長人？」何剪西倒吸了一口冷氣。中年人說道：「現在馬尾山人心惶惶，很多人都開始出走了。獵戶也不敢進山了。我出來買槍，準備和幾個兄弟一起進去，看看到底是怎麼回事、這個東西到底是從哪兒出來的。」

何剪西看得手腳冰冷。看中年人看著自己，才把報酬給他，心說：這兩個姓張的，每天就一直面對這種事情嗎？

霧琅花渣在林子裡不停地尋找，黑暗中，血從他的傷口不停地流到他臉上。

他倒不是怕自己的眼睛瞎掉，而是不知道自己的命運。身後的人已經靠在他背上睡著了，這個人行為過於乖張，事後把他滅口，也是非常有可能的事情。但他又不敢輕舉妄動，這個人能力超凡，他沒有信心可以真正暗算對方。

「你的心跳很快唷。」就在霧琅花渣忽然起了殺心，想奮力一搏的時候，背後傳來一個懶洋洋的聲音，讓他猶如跌入冰窖，瞬間所有的殺心都消失了。

他身後的小張哥則覺得事情越來越奇怪。剛才進百樂京的時候，一切都還是正常的，怎麼一下子，這支正常的送親隊伍就變得那麼詭異？這裡的人行事都是那麼的乖張嗎？

小張哥只喜歡自己被人看不懂，不喜歡看不透別人。

他不相信巧合。剛才和張海琪走在路上，他有點心猿意馬，有點過於激動，現在冷靜下來，心說：那個新娘下來咬他，會不會只是一個巧合？畢竟，整個鬧市只有他行為乖張，吸引了新娘的注意力。他只是偶然順便被選中的一個人。

新娘非常絕望，在街上隨便找了一根救命稻草。

但他哪裡長得像救命稻草？他剛才在街上看上去就像是一個變態。

如果不是這樣，事情就變得很誇張了。他不相信隨便遇到一個新娘，就能夠對他的紋身有反應。反推，讓這件事情合理的唯一方式，就是百樂京的所有人都認得這個紋身，族長在這裡擁有極大的影響力。

想著他就問霧琅花渣：「哎。」他從霧琅花渣的腋下把身子探過去，拉開自己的衣服，打起火摺子，照亮自己拉開衣服的胸口。「你們這兒的人認得這樣的紋身嗎？」

霧琅花渣看了一眼小張哥的胸口，看到了紋身，幾乎是瞬間，他的臉就白了，小張哥立即知道了答案。而霧琅花渣停了馬，從馬上下來跪了下來。「小的有眼不識泰山，大爺這麼厲害，我早就應該想到大爺是飛坤爸魯的人。」

「飛坤爸魯？」小張哥想了想。

爸魯是勇士的意思，是神話中的稱呼。

小張哥下馬，穿好衣服。「你們這兒的人都認識我們飛坤大爺？」

「這裡整個十里八鄉，供的都是飛坤爸魯。信眾都在胸口紋這個樣子的紋身，有不平的事情，找他們，飛坤爸魯就可能會出頭。」霧琅花渣低頭說道。

「啥？」

小張哥摸著下巴。「宗教領袖？」他眼睛發光。「族長不愧是族長，不僅已經在這裡開宗立派，竟然宗教都有了。」

一切都可以解釋了，小張哥摸著後脖子，說道：「那你們飛坤爸魯有神龕？」

「有廟，有好多廟。」

小張哥幾乎要笑了出來。「我以為張家已經完蛋了，原來，張家連廟都有了。」

他看了看遠處的送親隊伍，心中只想拋下這一切，立即去廟裡看看。但張海琪還在隊伍中，他皺起了眉頭。「那這支送親的隊伍，就是一件簡單的事情了。」

霧琅花渣這時忽然說道：「對了，這個新娘，今晚就要在一個飛坤廟裡過夜。」

【未完待續】

盜墓筆記之南部檔案

作　　者／南派三叔
執 行 長／陳君平
榮譽發行人／黃鎮隆
協　　理／洪琇菁
總 編 輯／陳昭燕
美術監製／沙雲佩
美術編輯／陳聖義
國際版權／高子甯、賴瑜妗
文字校對／施亞蒨
內文排版／謝青秀

國家圖書館出版品預行編目資料

盜墓筆記之南部檔案 / 南派三叔作 . -- 1 版 . -- 臺北市 : 城邦文化事業股份有限公司尖端出版 : 英屬蓋曼群島商家庭傳媒股份有限公司城邦分公司尖端出版發行 , 2022.08
面 ;　公分
ISBN 978-626-338-194-0（平裝）

857.7　　111009870

出版／城邦文化事業股份有限公司　尖端出版
臺北市南港區昆陽街 16 號 8 樓
電話：（02）2500-7600　傳真：（02）2500-2683
讀者服務信箱：7novels@mail2.spp.com.tw
發行／英屬蓋曼群島商家庭傳媒股份有限公司城邦分公司　尖端出版
臺北市南港區昆陽街 16 號 8 樓
電話：（02）2500-7600　傳真：（02）2500-1979
劃撥專線：（03）312-4212
戶名：英屬蓋曼群島商家庭傳媒（股）公司城邦分公司
劃撥帳號：50003021
※ 劃撥金額未滿 500 元，請加付掛號郵資 50 元
法律顧問／王子文律師　元禾法律事務所　台北市羅斯福路三段 37 號 15 樓

台灣地區總經銷／中彰投以北（含宜花東）　楨彥有限公司
電話：（02）8919-3369　　傳真：（02）8914-5524
雲嘉以南　威信圖書有限公司
（嘉義公司）電話：（05）233-3852　　傳真：（05）233-3863
（高雄公司）電話：（07）373-0079　　傳真：（07）373-0087
馬新地區總經銷／城邦（馬新）出版集團 Cite（M）Sdn Bhd
電話：603-9057-8822　　傳真：603-9057-6622
E-mail：cite@cite.com.my
香港地區總經銷／城邦（香港）出版集團 Cite（H.K.）Publishing Group Limited
電話：852-2508-6231　　傳真：852-2578-9337
E-mail：hkcite@biznetvigator.com

版　次／ 2022 年 8 月 1 版 1 刷　Printed in Taiwan
2024 年 5 月 1 版 4 刷